# Vanessa Navicelli

# IL PANE SOTTO LA NEVE

ROMANZO FINALISTA NAZIONALE AL
PREMIO LETTERARIO RAI "LA GIARA" 2012
PRIMA EDIZIONE

*Saga della Serenella I*

Sebbene ispirati a fatti realmente accaduti, le storie e i personaggi di questo romanzo sono frutto di fantasia.
"Copiare il vero può essere una buona cosa, ma *inventare il vero* è meglio, molto meglio." [G. Verdi]

# INTRODUZIONE

## La Saga della Serenella

"**Serenella**" è il nome colloquiale con cui, soprattutto nelle zone di campagna, veniva e viene chiamato il lillà.
Oltre a essere un fiore profumatissimo, il fatto di avere un nome familiare, che suona così dolce e affettuoso, l'ha sempre reso speciale ai miei occhi. Fin da bambina. Sembra una pianta delicata e invece sa resistere alle difficoltà, anche da sola e senza cure.
Credo che la sua presenza renda bene, già di per sé, l'atmosfera delle storie che vi racconterò.

Ed eccoci qua. Dopo anni e anni di lavoro, di attesa, di giornate/nottate passate con questi personaggi che mi guardavano come per dire: "Allora, che si fa? Quando usciamo in mezzo alla gente?", finalmente ci siamo.
Ora son pronta a presentarveli.

La *Saga della Serenella* è la saga di una famiglia – e degli amici che le ruotano attorno – **dai primi del '900 fino all'autunno del 1945**; incentrata, in particolare, sulla seconda guerra mondiale e sulla lotta per la liberazione dal nazifascismo.
**I protagonisti dei vari libri che si succederanno sono i membri di questa famiglia.**
La Storia viene così affrontata da più punti di vista. Osservata da sguardi diversi.
L'ultimo romanzo, ambientato tra estate e autunno del 1945, ci mostrerà e ci racconterà le vicende, le evoluzioni di

tutti i protagonisti e dei tanti coprotagonisti alla fine della guerra, in un periodo ancora di grande fermento. E tirerà le fila di tutta la saga, con un grande colpo di scena.

Tutti i libri, ad eccezione di uno, sono ambientati nel **nord Italia**, tra Emilia e Lombardia.

In ogni romanzo sono presenti anche i protagonisti degli altri romanzi, senza che questo, però, vincoli in alcun modo – per la comprensione della trama – alla lettura dell'intera saga. **I libri sono pensati per poter essere autonomi e completi anche individualmente.**

L'ambientazione è storica; non si tratta, però, di romanzi prettamente storici perché **le vicende personali, i percorsi interiori dei protagonisti sono sempre e comunque in primo piano. La Storia è sullo sfondo.**

In questa saga io racconto "l'Italia degli ideali forti, l'Italia [per lo più] rurale, **l'Italia dell'*età del pane*"**, come la chiamava Pasolini. "Erano cioè consumatori di beni estremamente necessari. Ed era questo, forse, che rendeva estremamente necessaria la loro povera e precaria vita. Mentre è chiaro che i beni superflui rendono superflua la vita."
Sono **storie di narrativa popolare**, con caratteristiche popolari.
Umanità, affetto, commozione, umorismo. **Dramma e commedia. Si ride e si piange. Ci si affeziona ai personaggi.** Si parla di famiglia, di comunità, di un Paese che risorge e lotta per riprendersi la libertà. Ricostruzione storica e drammi e gioie private.

In una società come la nostra, a volte ci si sente sommersi dalle brutture e si avverte il bisogno di ascoltare **storie di gente per bene**, di sperare in un mondo così, di ricordarsi che lo si potrebbe avere. E ricordarsi di **come si potrebbe essere felici con così poco...**

È anche un modo per **conoscere la Storia accompagnati da personaggi che ci diventano amici.** Attraverso le loro vicende personali.

**Il periodo storico in cui ho ambientato i miei romanzi è stato raccontato da molti meravigliosi scrittori** (Fenoglio, Calvino, Meneghello, Rigoni Stern, Revelli, la Morante ecc.). Scrittori che, nella maggior parte dei casi, l'hanno vissuto in prima persona e quindi ne fanno un vero racconto storico, fortemente realistico, con la descrizione delle battaglie, delle asprezze, delle crudeltà.
Io mi sono ritagliata un piccolo spazio narrativo nuovo, mio. Nei romanzi si sente la mia voce. E si sente che non è la voce di una che c'era, ma di una che getta **uno sguardo morbido e affettuoso** su quel periodo. Per questo, anche i fatti più dolorosi sono raccontati con uno sguardo in un certo senso innocente.
**Ho creato un mio universo** scegliendo aspetti e prospettive che m'interessavano.
La Storia è reale. Ma il resto, spesso, è quello che molti di noi vorrebbero fosse reale. È un po' una favola. **Una realistica favola per adulti.**
E poi **la cifra del dialogo e dell'ellissi:** sono elementi che io uso moltissimo e che mi allontanano dai mondi narrativi degli autori che ho citato. Così come **la forte presenza dell'umorismo. E del surreale.**

**Perché ho scritto proprio queste storie?**
Io sono cresciuta con un grande amore e interesse per tutto quello che riguarda la prima metà del Novecento (dalla Storia, alla musica, ai film, ai libri...). Ho ascoltato a occhi sgranati gli aneddoti di mia nonna, della mia prozia e dei miei genitori.

7

Così, con tutto questo amore dentro, è stato naturale, per me, voler raccontare storie ambientate in quel periodo. Io credo nell'importanza della **Memoria**. Sapere da dove veniamo aiuta a capire chi siamo e cosa possiamo diventare; in bene o in male, a nostra scelta.

Da sempre mi sento in debito con tutte quelle persone che hanno fatto sì che oggi si possa essere liberi. Un'incredibile e variegata Italia.

Volevo ringraziarle.

Per questo ho scritto romanzi che **si rivolgono sia agli adulti che ai ragazzi**. Ragazzi che ormai conoscono sempre meno le due guerre mondiali che ci hanno devastato, la lotta di liberazione dal nazifascismo, la Resistenza, le leggi razziali. E cosa voleva dire essere giovani nella prima metà del Novecento – nelle difficoltà, sì, ma anche nella semplicità dei desideri.

Alla fine della lettura, dovrebbe restare addosso **il senso delle cose importanti della vita**. Questo è quello a cui tengo di più.

Quand'ero bambina, ancora prima di iniziare a leggere, ho iniziato a guardare in tv i film del neorealismo italiano (De Sica, Rossellini, Germi, De Santis, Visconti... E poi il neorealismo rosa con Risi, Comencini, Monicelli...). Mi sono innamorata subito di quel mondo e di quella gente. Mi sono rimasti dentro come nient'altro, poi, nel seguito della mia vita.

Quando ho iniziato a leggere, i primi libri sono stati quelli di Giovannino Guareschi. Lì ho ritrovato la stessa gente che già amavo, ma raccontata da angolazioni diverse. E mi sono innamorata per la seconda volta: del Mondo piccolo della Bassa e del suo umorismo.

Un consiglio semplice ma importante che mi è stato dato tanto tempo fa è: "Scrivi di quello che ami, di quello che conosci davvero. Mettici passione. Dedicagli del tempo."

È quello che ho fatto.

E spero di non tradire mai lo spirito dei personaggi (... delle persone) di cui racconto.

Come dicevo all'inizio, **la serenella** è un fiore semplice. La serenella è il mondo contadino, la famiglia, la primavera dell'anima. È per me il simbolo di ciò che è buono e vero. Di un mondo pulito e schietto.

Ma tutto questo lo potrete capire, veramente, solo leggendo le storie della gente nata là, sulle colline al confine tra Emilia e Lombardia, nella terra dove cresce la serenella.

# Il pane sotto la neve

**Il titolo del romanzo** viene da un'espressione contadina. "Sotto la neve il pane": perché d'inverno i campi di grano riposano sotto la neve, e si aspetta la primavera, quando germoglieranno e poi diventeranno pane.

Si tratta di un **romanzo di narrativa popolare ambientato nel nord Italia**, sulle colline dell'Emilia, al confine con la Lombardia.

**È la saga di una famiglia contadina dai primi del '900 fino alla primavera del 1945.** Si parla della prima guerra mondiale, della fatica del lavoro in campagna, delle figlie che crescono e si fidanzano. Dell'arrivo della seconda guerra mondiale, della lotta di liberazione dal nazifascismo. E dei nipoti: chi parte soldato, chi diventa partigiano.

Ho cercato di raccontare **un mondo e una felicità** fatti di piccole grandi cose. Tra politica e apparizioni della Madonna, canzoni degli alpini e orgoglio partigiano, la musica di Verdi e le passeggiate lungo il Po, innamoramenti inattesi e le gare ciclistiche di Bartali e Coppi, le recite di Natale in parrocchia e un bicchiere di vino all'osteria. Volevo ricordare le **nostre radici**, chi siamo e quanto ci è costato arrivare fin qua.

**Un romanzo sulla famiglia e per tutta la famiglia.** Un romanzo "trasversale", che si rivolge sia agli adulti che ai ragazzi.

Me lo sono sempre immaginata come una di quelle storie che si raccontavano una volta, avete presente? Attorno al fuoco, tutti assieme (bambini compresi). Qualcosa da condividere.

Ci sono **parti drammatiche e parti umoristiche**, come nella vita. E parti che, nel loro umorismo, sfiorano il surreale. Molte cose raccontate sono vere. Molte altre sono verosimili. "Copiare il vero può essere una buona cosa, ma *inventare il vero* è meglio, molto meglio" diceva Giuseppe Verdi.

Ho cercato di usare **un linguaggio che rendesse quel mondo**. E quindi il linguaggio è semplice ed essenziale, come lo è la gente di cui racconto e che, quando possibile, ho lasciato parlare direttamente.

Mentre lo scrivevo, ho sempre visto le scene scorrermi davanti come in un film. Ed è così che le ho raccontate. Quindi è un romanzo costruito per **immagini e salti temporali**.
Ci tenevo che si sentisse la vita. Lacrime, sorrisi, colpi di scena, amore, odio, dolore, risate, amicizie... **Sentire la vita scorrere**. E ci tenevo che **i personaggi** uscissero dalla pagina e diventassero reali, coi loro mondi e le loro personalità.
Io li conosco – e ci convivo – da tanti anni, ormai. Mi hanno fatto ridere, piangere, preoccupare, rallegrare. Voglio bene a tutti loro, perché se lo meritano.
Spero di essere stata capace di accompagnarli sulla pagina scritta rispettandoli e raccontandoli in modo che anche altri gli possano voler bene.

Ho voluto raccontare la grandezza che, potenzialmente, è in noi. Raccontare la speranza, il sogno.
Per questo ho raccontato di **com'eravamo e di come, spero, in fondo siamo ancora**.
L'attaccamento alla famiglia e alla comunità. La solidarietà reciproca, la condivisione, l'aiutarsi tra vicini, nel lavoro

in campagna o nelle difficoltà.

Oggi gli edifici crollano per i terremoti o per gli attacchi terroristici; ai tempi in cui è ambientato il mio romanzo crollavano per i bombardamenti. I drammi e le difficoltà ritornano ciclicamente, magari sotto forma diversa. E in quei momenti si riscoprono valori che si erano dimenticati e una **forza morale** che non si pensava di avere. Per non cedere alla paura, mai. E per riflettere sulla pace, sempre.

Questo romanzo parla di un tempo lontano. Gente pronta a lavorare il doppio quando ce n'è bisogno, pronta a battersi per la famiglia e gli amici, col cuore grande e le braccia robuste. Gente per cui una stretta di mano vale come un contratto. Solidi e concreti, ma capaci di slanci e di passioni fortissime. Una dignità indistruttibile, anche di fronte alle peggiori sciagure. E con la capacità di rialzarsi senza lamenti inutili.

**C'è ancora, dentro di noi, quella gente? E quelle radici?** Io spero di sì. Sono convinta di sì. **Dobbiamo solo ricordarcene.**

**La crisi** che il nostro Paese – e il mondo intero – sta attraversando fa pensare molto ai tempi di cui racconto. Se ci siamo risollevati allora (con molta più povertà, con due guerre mondiali quasi di seguito, coi bombardamenti...), possiamo farcela anche oggi.

Ecco perché lo considero un romanzo ricco di **speranza**.

"La libertà, per ora, riposa sotto la neve.
Ma arriverà la primavera... e non sarà solo il grano a germogliare."

Benvenuti nel primo romanzo della *Saga della Serenella*.

L'Autrice

*Post Scriptum*
Questo romanzo è principalmente la storia dei capostipiti, Battistino e Cesira.

I protagonisti sono loro. E sono loro quelli che conoscerete bene.

Altri membri della famiglia – a cui spero inizierete ad affezionarvi – non è qua che li conoscerete a fondo. Se leggendo penserete: "Vorrei sapere di più di Emma, o di Giacomo, o...", ecco, sappiate che arriveranno i romanzi a loro dedicati, e lì troverete tutto il loro mondo.

*A Libero, Maria Luisa, Erminia, Chiarina.*
*Le mie radici.*
*(Tutto il mio cuore, per sempre.)*

*"Torniamo all'antico, sarà un progresso!"*
*Giuseppe Verdi*

# I
# Il vento degli angeli

*Da qualche parte sulle colline dell'Emilia, al confine con la Lombardia, dove la provincia di Piacenza abbraccia la provincia di Pavia.*

È il 1897. Una domenica di maggio. Un ragazzo di diciassette anni cammina per una stradina sterrata di collina. In mano ha dei rametti di serenella. Ogni tanto prende dalla tasca dei pantaloni un fazzoletto, se lo passa sulla fronte; poi lo gira sull'altro lato, si china a terra e lo passa sulle scarpe. Guarda il sole, con gli occhi socchiusi; fa un bel respiro e riprende a camminare.

Una ragazza di quindici anni aspetta davanti alla chiesa del suo paese. Stringe un santino della Madonna tra le mani. Di fianco a lei c'è il parroco che la osserva mentre, nervosa, zoppicando un poco, va avanti e indietro da una fontanella a rinfrescarsi il viso.

"Arriva" dice il parroco, indicando il fondo della piazza antistante.

La ragazza s'infila il santino della Madonna in una tasca del vestito e, per un attimo, lo tiene premuto con la mano.

Il ragazzo di diciassette anni si avvicina, si toglie il cappello e fa un leggero inchino verso il parroco. "Buongiorno, reverendo."

Poi, a occhi bassi, aggiunge: "Buongiorno, Cesira." E, senza dire altro, allunga alla ragazza i rametti di serenella.

"Grazie" sussurra lei.

"Siete proprio sicuri?" chiede il parroco. "Non preferite pensarci ancora un po'? La tua famiglia, Battistino, è contenta di sapere che ti fidanzi così giovane?"

"Decido io per me" risponde il ragazzo. "La mia famiglia lo sa e non ha niente da ridire."

"E tu, Cesira, sei davvero convinta?"

La ragazza fa segno di sì con la testa. "Reverendo, sapete la mia situazione. Vivo coi miei zii, ma... sarei contenta di farmi una famiglia mia, prima possibile."

"Allora venite. Entriamo in chiesa e ufficializziamo il fidanzamento."

"Quando parti per la risaia?" chiede il ragazzo, fermo nella piazza davanti alla chiesa, ancora col cappello in mano.

"Domani mattina presto" risponde la ragazza, abbassando gli occhi sulla sua serenella.

Il parroco sta dritto davanti alla porta della chiesa, come un carabiniere, a controllare i due ragazzi che si salutano.

"E con la gamba... in risaia ce la fai?"

"Sono già due anni che vado. Fatico un po', ma ce la faccio."

"Mmmh. Va be'. Ci rivediamo a metà estate allora."

"Ti scriverò qualche cartolina. Se ti fa piacere, Tino..."

Il ragazzo annuisce.

Per un istante restano in silenzio. Poi entrambi estraggono da una tasca una foto: sono i loro ritratti. Se li scambiano senza parlare.

Si salutano stringendosi la mano.

Gli occhi verdi di lui incrociano quelli scuri di lei.

Il ragazzo si rimette il cappello e riprende la strada verso casa.

Dopo essersi allontanato di circa un chilometro dal paese di Cesira, in aperta campagna, quando ormai è sicuro che nessuno lo veda più, Tino si ferma, si siede su un sasso e si toglie le scarpe. Le ripulisce col fazzoletto. Scuote la testa e sospira perché c'è della terra che solo col fazzoletto non vien via. Si rialza, si mette le scarpe sottobraccio e ritorna a casa scalzo.

Queste sono le prime scarpe nuove che ha da quando è nato. Gli sono toccate per pura fortuna; erano in un pacco per i poveri donato alla sua famiglia dalla parrocchia, e in casa sua era l'unico a cui andavano bene.

Scarpe di cuoio; nere con un bordo bianco.

Fino ad allora, Tino non aveva mai sentito il profumo del cuoio nuovo.

La sera, prima di coricarsi, metteva le scarpe ai piedi del letto, e tutte le notti, almeno una volta, si alzava per vedere se erano ancora lì, se nessuno le aveva toccate.

Le teneva sempre lucide con uno straccio di tela, e usava un po' di strutto per tenerle morbide.

Le metteva solo nelle occasioni importanti; altrimenti usava quelle vecchie e bucate, oppure andava scalzo. Tutto pur di non consumarle.

Erano l'unica cosa elegante che aveva, in una vita fatta di miseria.

*****

*"Ci vediamo ad agosto, per la festa del mio paese?*
*Io sto bene e lo stesso spero di te."*
Così diceva l'ultima cartolina di Cesira.

Tino si prepara per la domenica della festa.

Va a casa di Cesira a prendere lei e i suoi zii. Prende sottobraccio la sua fidanzata, sotto gli occhi vigili della zia, e si dirigono tutti sulla balera.

Tino si guadagna un bicchiere di vino e un panino col cotechino per tutti loro, offrendosi di dare il cambio al tizio che suona la fisarmonica – che è dovuto correre a casa perché la moglie sta partorendo –.

È bravo, Tino, con la fisarmonica.

Cesira lo guarda, mentre suona col resto dell'orchestra, e pensa che è proprio bravo.

Con la coda dell'occhio guarda anche le sue amiche;

nessuno dei loro fidanzati sa fare qualcosa di simile.
Sospira fiera e fa un piccolo sorriso tra sé. – Ma proprio
piccolo, perché lo sa che troppo orgoglio è peccato. –

Un coro di grilli fa da sottofondo a Cesira e Tino mentre
tornano alla casa di lei, seguiti a pochi passi dagli zii.
D'improvviso, si sente solo il canto delle cicale, come se si
fossero imposte a forza e avessero zittito i grilli.
Una leggera brezza si alza e rompe l'immobilità dell'aria
afosa d'agosto.
"Il vento sono gli angeli che sbattono le ali" sussurra Cesira, aggiustandosi una ciocca di capelli sfuggita dal ciuffo.
"Tutte storie da perditempo che raccontava tua mamma"
ride la zia, pochi passi dietro.
Gli occhi della ragazza s'inumidiscono.
Tino s'irrigidisce, stringe il braccio di Cesira e inizia a tossire. È una tosse nervosa: gli viene sempre quando si emo-
ziona troppo, o quando si agita e non può dire quel che
pensa. Gli succede fin da piccolo.

*****

Per la vigilia di Natale, Cesira gli dà appuntamento davanti alla chiesa; andranno a messa assieme.
Ma quella notte scende una gran nevicata e così Tino arriva con parecchio ritardo. Davanti alla chiesa non c'è più
nessuno, e dentro è tutta piena. Cesira e i suoi zii sono seduti su una panca a metà navata. Tino li vede dal fondo
della chiesa, ma non prova neanche ad avvicinarsi: sono
tutti stipati, non c'è spazio per muoversi.
Vede un posticino a sedere lasciato libero, perché in un
angolo quasi soffocante; ma Tino è talmente stanco che si
precipita a sedersi.
È da un mese che non vede Cesira; ha avuto da lavorare.
Ora ha voglia di prenderla sottobraccio e di augurarle buon
Natale. Appena finirà la messa, la aspetterà sul sagrato e la

riaccompagnerà a casa. Sarà contenta e lui si farà perdonare il ritardo.

Mentre ci pensa, Tino incrocia le braccia, si appoggia allo schienale della sedia e, dopo qualche minuto, la testa si inclina in avanti; gli occhi gli si fanno pesanti.

Ha smesso di lavorare poche ore prima, e poi ha camminato per chilometri nella neve per arrivare lì.

È stanco. Si è addormentato, con la nenia del parroco in sottofondo.

Finita la messa, Cesira esce coi suoi zii. Si guarda attorno, ma non lo vede, nascosto com'è nell'angolo più buio e stretto della chiesa. Lo aspetta anche sul sagrato, per un po'; ma poi la zia insiste per tornare a casa, prima che la neve blocchi le strade.

"Se n'è rimasto al suo paese, al caldo, te lo dico io. Altro che *me l'ha promesso*. Figurarsi! Quello lì è uno che fa quel che gli fa comodo. Se non lo capisci sei più stupida di quel che pensavo."

E detto questo, la zia prende sottobraccio lo zio e ordina a Cesira di seguirli a casa.

# II
# Pazienza con rabbia

Marzo 1899. Cesira sta tornando dalla chiesa con altre ragazze. Sulla strada di casa, vede Tino. La aspetta con le mani in tasca, la schiena e un piede appoggiati al muro. Le altre ragazze sorridono e accelerano il passo, per lasciarla indietro, sola con lui.

Gli occhi verdi di lui incontrano gli occhi scuri lei.

"Se continuiamo così non riusciremo mai a vederci e io mi consumerò i piedi. È arrivato il momento di sposarci, sei d'accordo?"

Cesira fa segno di sì.

E così, a maggio, si sposano.

Tino con le sue scarpe di cuoio, Cesira con un bouquet di serenella. Nessun altro orpello.

Lui ha diciannove anni, lei diciassette.

*****

Tino fa il mezzadro. Dopo aver lavorato per anni a giornata, come bracciante, prima di sposarsi è riuscito ad avere un contratto che gli garantisce un terzo del raccolto e una casa in cui vivere.

La casa è composta da tre stanze. Fuori c'è lo spazio per un orto e davanti c'è già un albero di serenella. A Cesira, che arriva lì fresca sposa, subito dopo la cerimonia in chiesa, sembra di buon auspicio trovare già una pianta fiorita.

"Tieni a mente che sei venuta ad abitare in un posto dove non nevica mai dritto. Qui nevica sempre di traverso."

Cesira non capisce. Tino sorride.

"È una balla per dire che c'è sempre il vento! Te eri in pianura, ma qua siamo su un bricco."

"Ah!" sorride Cesira. "Ma io sono contenta di vivere in collina. Mi piace il tuo paese. E poi la pianura non è mica così lontana."

I campi attorno sono quasi tutti coltivati a frumento e melica. Ci sono anche dei vigneti, ma meno di quel che Cesira si aspettava.

Lungo una strada poco lontano da casa loro, c'è una cappelletta con una Madonnina. Cesira, che è sempre stata devota alla Madonna, prende l'abitudine di andarci con qualche fiore di campo, ogni volta che può.

*****

Nel 1900, con l'arrivo del secolo nuovo, arriva anche Augusto, il primo figlio.

Nel 1901, il 27 gennaio, muore Giuseppe Verdi, grande passione di Tino. Cesira è di nuovo incinta e Tino le dice subito che, se nascerà un maschio, lo chiamerà Giuseppe. Ma pochi mesi dopo nasce una bambina: la chiamano Emma.

Nell'inverno del 1902, Augusto si ammala all'improvviso. Gli viene una febbre alta che non si riesce a curare. Ha due anni e sua madre, col rosario stretto in mano, lo vede morire senza poter far niente. Tino non si arrende: lo avvolge in una coperta, lo prende in braccio e lo porta di corsa, a piedi, dal dottore.

Augusto muore tra le braccia di suo padre, mentre ancora sono per strada.

Cesira ha solo vent'anni; da quel momento, per tutta la vita, vestirà a lutto.

Nel 1903 nasce il Tour de France: una buona notizia per Tino che è un appassionato di ciclismo. Il Tour viene vinto da Maurice Garin, spazzacamino valdostano.

Quello stesso anno, Cesira finisce di accatastare dei covoni di grano in campagna e poco dopo dà alla luce un'altra bambina: Rosa.

Tino sperava in un maschio che lo aiutasse in campagna. "Sarà per la prossima volta" dice, mentre prende in braccio Rosa e le accarezza le guance.

Ma non ci sarà una prossima volta; non arriveranno altri figli.

"Se il Signore ha deciso così..." si rassegna Cesira.

"Eh, ma nei campi a lavorare con me non ci viene mica il Signore" borbotta Tino.

\*\*\*\*\*

Tino si alza quando ancora è buio, alle quattro, per prendersi cura degli animali e sistemare la stalla.

Mentre sorge l'alba, lui, Cesira (con al collo Rosa ed Emma per mano) e gli altri contadini sono già pronti ad andare nei campi, con gli arnesi in spalla e in mano un fagotto con il pranzo.

Ad agosto si arano i campi di frumento e melica. A novembre si semina. D'inverno si aspetta. "Sotto la neve il pane" dicono i contadini; perché il grano riposa sotto la neve. "Sotto il gelo la fame" concludono. E pregano perché non succeda.

A primavera germoglia, e a inizio estate le colline, ricoperte di spighe di frumento, risplendono di riflessi dorati.

A giugno c'è la mietitura: il taglio del grano. E poi si fanno i covoni.

A luglio le donne e i bambini vanno a spigolare nei campi; raccolgono le spighe di frumento spezzate, rimaste a terra dopo la mietitura. Quando se ne raccolgono tante, le si usa per fare della farina. Altrimenti le si dà da mangiare alle galline.

Dopo la trebbiatura, il frumento viene messo a essiccare

sui solai. E finalmente arriva il momento di riempire i sacchi che vengono venduti al mugnaio perché il grano sia macinato.

In estate si fa anche la spannocchiatura.

Ci si ritrova nelle cascine e ci si mette in cerchio; il crepitare dell'involucro delle pannocchie risuona per tutta l'aia. Si lavora e si raccontano storie, mentre si sorseggia il vino, passando il fiasco da una mano all'altra.

I vini principali delle colline di Tino e Cesira sono quattro: Bonarda e Barbera (vino nero), Moscato e Malvasia (vino bianco).

"Vo a fa i vid" dice Tino uscendo di casa, tra febbraio e marzo.

*Vado a fare le viti*, a prepararle in ordine per la nuova stagione: lega i tralci buoni rimasti – quelli che non sono stati potati –, raddrizza i pali storti. Mette proprio in ordine. Quel poco che resta a terra viene raccolto per far fuoco, come legna: si va a "büscaià".

Alla fine di settembre inizia il periodo di raccolta dell'uva. Dura all'incirca un mese. L'uva viene colta e pigiata coi piedi nelle bigonce. A fine ottobre è già nei tini a fermentare e lì resta per un paio di settimane. Poi si cava dal tino in una tinozza. Una parte viene passata con un setaccio: è il mosto, con cui si fa il mosto cotto (facendolo bollire in una pentola assieme a farina e zucchero – anche senza zucchero, se il vino è dolce). Lo si mangia anche d'inverno, come pietanza.

Con una parte, quindi, si fa il mosto; col resto si riempiono le botti e si lascia riposare per tutto l'inverno.

A novembre si potano le viti e con i tralci tagliati si fanno delle fascine: serviranno come legna per il fuoco.

Durante l'inverno, il vino viene travasato un paio di volte, per farlo diventare più limpido e lasciare il torbido sul fondo; in questo modo il vino matura.

A marzo viene imbottigliato. Si scelgono giorni che non piova, non ci sia vento e che la luna sia piena.

*****

È un'estate calda e arida. Tino guarda il cielo: azzurro terso, nessuna nuvola.

Si passa il fazzoletto sulla fronte.

"Se non piove alla svelta, secca tutto."

"Bisogna pregare perché piova" dice Cesira, facendosi il segno della croce.

"Se non riusciamo a fare il raccolto, va in malora il lavoro di un anno intero. Se ci riusciamo, arriva il padrone, bello fresco, e se ne prende due terzi. Fare i contadini vuol dire esser pronti a morire di fame."

Cesira si pulisce le mani nel grembiule e gli si avvicina.

"Perché a noi spetta solo un terzo del raccolto? Mezzadria... non dovrebbe voler dire 'a mezzo'?"

"Eh, *dovrebbe*. Ma vallo a dire al padrone, se ti ascolta."

Cesira sospira e abbassa gli occhi. "Pazienza."

"Sì... Pazienza con rabbia" borbotta Tino, mettendosi in spalla la vanga.

# III
# La famiglia


Cesira è una donna e una madre paziente. È affettuosa e cerca di far giocare le sue figlie – per quel poco di tempo che le resta, tolto il lavoro nei campi e in casa –.

A volte, mentre pulisce le camere, le bambine la seguono e si mettono in piedi su un materasso – imbottito con le foglie delle pannocchie –. Aspettano sorridendo. Cesira raddrizza la schiena, va davanti al letto e inizia: "Angelo bell'angelo, vieni qua da me!"

"No, perché il diavolo mi tenta!" rispondono in coro le bambine.

"Apri le tue ali e vola qua da me!"

E le bambine, allora, fanno un piccolo salto e le si buttano tra le braccia. Cesira, tenendole strette, si mette a sedere sul letto e fa loro il solletico. Ridono assieme, e per quei minuti non esistono più altri pensieri e preoccupazioni.

"Ël me bagài" *Le mie bambine*, ripete spesso, tenendosele strette.

È felice che ci siano. È triste perché Augusto non c'è più.

La sera, quando le mette a letto, racconta loro qualche cantilena.

"C'era una volta un re, seduto sul sofà. Diceva alla sua serva: 'Raccontami una storia!'"

"E poi?" chiede sempre Emma, mentre Rosa se ne sta accoccolata tranquilla sotto la coperta.

"La serva incominciò: C'era una volta un re, seduto sul sofà, diceva alla sua serva: 'Raccontami una storia!' La serva incominciò..."

"E poi?" ride Emma.

"Di', balòssa" *Di', birichina*, sorride Cesira dandole un

bacio. "Me la faresti continuare così fino a domani, eh?" Poi si china a dare un bacio anche a Rosa, aggiusta la coperta del loro letto ed esce dalla stanza, pregando la Madonnina di vegliare sul sonno delle sue figlie.

Tino è un uomo e un padre silenzioso. Sembra quasi che il suo motto sia: "L'è sè guardàt." *Basta guardarti.* Quando ha troppo da dire, sta zitto. E incute più timore così che se parlasse.

Non alza mai le mani sulle figlie, per nessun motivo. Ma gli basta uno sguardo, una sola parola e loro ubbidiscono.

Ha tre grandi passioni: il ciclismo, le opere di Verdi (che sa quasi a memoria) e la fisarmonica, che ha imparato a suonare da bambino, grazie a suo padre.

"C'è un paese qua vicino dove costruiscono le fisarmoniche" gli aveva detto un giorno il padre. "Ho un mio amico che ci lavora e che me ne dà una in cambio di un favore che gli ho fatto. Sarà vecchia e scassata, ma..."

"Andiamo, andiamo a prenderla!" era saltato subito in piedi Tino.

E ora, ora che si è sposato e che suo padre è morto, quella fisarmonica è passata a lui, che la tiene come una reliquia.

Di ciclismo parla con gli altri uomini. La fisarmonica la suona solo in occasioni speciali, di festa.

Le opere, invece, sono un qualcosa che gli va di condividere con la famiglia, con le bambine. Ogni tanto, racconta loro la storia del *Trovatore*, del *Nabucco*, dell'*Aida* e della *Traviata* (sorvolando sul "lavoro" che faceva Violetta). Ha una bella voce, Tino; e a volte, oltre a raccontare la storia, intona anche delle arie. È l'unico momento in cui non sembra nemmeno l'uomo ombroso e riservato che è. Mentre canta: "*Di quella piiraaa, l'orrendo foocoo, tutte le fiibreee, m'arse avvampò!*" balza spesso in piedi e, senza accorgersene, avvampa anche lui come il Trovatore. Gli scappa quasi una vera messa in scena. Poi, finito di cantare, si schiarisce la voce, torna a sedersi – come se rientrasse in sé – e torna al suo silenzio, versandosi un bicchiere di vino.

Le bambine (che pure non hanno idea di cosa sia una pira e nemmeno il resto) lo guardano e ascoltano rapite: sia perché ha proprio una bella voce, e sia perché l'unica occasione che hanno per sentirlo parlare tanto con loro è quando canta e parla di opere.

Fin da piccole, le bambine mostrano dei caratteri molto diversi.

Rosa è timida. Tranquilla e obbediente, si accontenta di tutto senza lamentarsi. E dove la metti sta. Come se non volesse disturbare nessuno.

Emma è sempre alla conquista del mondo. Non ha paura di niente. Dice tutto quello che le passa per la testa e, quando non è d'accordo, tenta di ribellarsi. Una vicina di casa l'ha soprannominata la Garibaldina, proprio per il suo carattere e per quell'andatura pimpantella che te la fa saltare agli occhi anche da lontano.

"Emma, scappa scappa! Che la mamma ha preso il battipanni!" l'avverte Rosa quando Emma ne combina una delle sue e Cesira cerca di farsi valere.

Per quanto la insegua, Cesira non riesce mai a raggiungerla: un po' perché la figlia scappa davvero veloce, e un po' perché Cesira ce la mette tutta per rallentare nei momenti giusti.

"Forse io sono figlia di zingari!" dice Emma, guardando la sorellina che, tirandosi su in punta di piedi per arrivare al tavolo, prende un bicchiere sporco e va a lavarlo. "Come nel *Trovatore*! E la mamma e il papà mi hanno preso con loro! Come facciamo se no a essere sorelle?!"

Rosa non ha capito. Ma ride. Sua sorella la fa sempre ridere.

# IV
# Lo posso picchiare?

Emma ha sette anni, Rosa cinque. Sono in cucina con Cesira. Rosa è seduta pensierosa su una sedia. Emma è scura in viso. Ha un graffio in faccia, il vestitino sporco di terra, con uno strappo sulla manica. Cesira sta cercando di ripulirla in fretta, prima che torni Tino; ma la porta di casa si apre proprio mentre Cesira inizia a cucirle lo strappo.

"Cos'è successo?" chiede Tino.

"Si è azzuffata con..."

"..."

"... con il figlio del padrone" conclude Cesira, abbassando lo sguardo.

"COSA?! Ma sei locca o che roba?! Il figlio del padrone... Ma lo sai o no che se vogliono ci sbattono fuori di qua in un attimo e finiamo sotto i ponti?! Domani vai subito a chiedere scusa! Io mi ammazzo di lavoro tutto il giorno e questa qui va a metterci in un guaio che..."

Tino sbatte per terra il cappello e lancia un paio di imprecazioni. Solo allora si accorge dello strappo nel vestito di Emma.

"Non hai proprio cognizione! Di soldi non ce ne sono. È l'unico vestito che hai e vai a rovinarlo. Brava. Adesso te lo metti com'è, così penseranno tutti che tua mamma non è capace di tenerti in ordine!"

Tino abbassa lo sguardo: Rosa è scesa dalla sedia e si è attaccata alla gamba di suo papà. "Basta" gli sussurra coi lacrimoni agli occhi.

Emma sbuffa come un treno in corsa. E di corsa corre in camera.

Cesira si avvicina, stanca, a Tino.

"Non cercare di darle ragione" la anticipa lui. "Non mi interessa se quel bambino è antipatico. Lei non doveva..."

"Le ha detto che siamo dei morti di fame" lo interrompe Cesira. "Che in casa nostra piangono anche i topi. E che tu sei *roba* di suo padre."

Tino entra nella stanza dove dormono Emma e Rosa. Emma ha preso una coperta e ci sta mettendo dentro le sue poche cose. Poi cerca di chiuderla con un nodo.

"Fai fagotto?" le chiede Tino, sedendosi sul letto.

Emma, con gli occhi lucidi, fa segno di sì.

"Ti capisco. Quando uno subisce un'ingiustizia, vorrebbe andar via. E tu oggi ne hai subite due: da quel bambino là e da me."

"..."

Tino si rigira il cappello tra le mani, lentamente.

"Quand'ero ragazzino, dopo una giornata di lavoro nei campi, passavo a prendere la paga dal padrone – uno ricco che non sapeva neanche più dove metterli i soldi –. Sai cosa ci dava? Ci metteva tra le mani quattro mele o una manciata di noci: era questa, per lui, la ricompensa per una giornata di lavoro."

Emma lascia stare il fagotto e si siede sul letto, accanto a suo padre.

"È inutile girarci intorno: siamo gente povera e c'è da farci i conti" dice Tino, con qualche colpo di tosse – la sua tosse nervosa –. "A voler picchiare tutti quelli che fanno i locchi, ci sarebbe da consumarsi le mani tutto l'anno" conclude poi, mentre tira fuori dalla tasca un fazzoletto pulito e toglie delicatamente un po' di terra dal viso di Emma.

"Va bene. Ho capito..." annuisce lei.

"Ci metteremo la pazienza che non abbiamo, eh?" E Tino schiaccia l'occhio a Emma.

Il giorno dopo, Emma, accompagnata da entrambi i

genitori, va a scusarsi dal padrone. Ci va a testa alta, con una fierezza che lascia stupiti in una bambina di sette anni. Per tutta la strada del ritorno, Tino non fa che tossire.

*****

La rugiada sui vigneti di settembre fa risplendere i grappoli al sole del mattino.

È iniziata la raccolta dell'uva. Tino e Cesira sono al lavoro. Anche Emma e Rosa danno una mano; ogni tanto Cesira va loro vicino e dice: "È ora di fare un'altra pausa, ve la siete meritata. Fermatevi a giocare."

Le bambine tirano un sospiro e si siedono sull'erba; si mettono a costruire dei giocattoli di terra. Prendono della terra bagnata e la modellano fino a darle la forma che vogliono.

Emma canticchia: *"Fra' Martino, campanaro, dormi tu? Dormi tu? Suona le campane! Suona le campane! Din, don, dan. Din, don, dan..."*

"Guarda! Ho fatto un cavallino!" le dice Rosa, tutta contenta, mostrandole la scultura.

Emma la sta guardando, quando un bambino, figlio di altri mezzadri, passa di lì e, senza un perché, salta coi due piedi sul cavallino di Rosa, riducendolo in poltiglia.

"Tanto era brutto come te!" ride il bambino, mostrando una dentatura di tutto rispetto.

Rosa piange e corre vicino alla sorella.

Emma le prende la mano e gliela stringe; poi si volta verso il bambino e gli urla: "Hai poco da ridere, dentone che non sei altro!"

Dice alla sorella di sedersi e aspettarla.

Sta per fare una cosa, ma le viene un dubbio, e allora grida: "Papààààààààà! Lui lo posso picchiare?"

Tino si tira il cappello sugli occhi e abbassa la testa, per non far vedere che gli scappa da ridere. Le fa un cenno con la mano e borbotta: "Sì, lui sì."

# V
# Un'ape matta

Il sole è appena tramontato; c'è ancora un po' di luce in cortile.

"Cosa fanno fuori?" chiede Tino, versandosi mezzo bicchiere di vino.

"Rosa è seduta su uno scalino a giocare con la scatola dei bottoni" gli risponde Cesira, mentre taglia qualche pezzo di pane.

"..."

"Be', hanno colori, forme diverse. Lei ci inventa su delle storie."

"E la Garibaldina cosa sta combinando? Di sicuro lei non è seduta a giocare coi bottoni."

Cesira sorride. "No, lei no. Se n'è inventata un'altra delle sue. Guardala dalla finestra. Devi vedere..."

Emma sta correndo per il cortile con in mano un legno sagomato tipo il manubrio di una bicicletta. Con del fil di ferro, ci ha legato un vasetto di vetro con dentro delle lucciole. Prima ha provato con una scatola di latta – che è più leggera – con dentro un mozzicone di candela; ma, correndo, ogni due passi la candela si spegneva. Quindi s'è fatta venire l'idea delle lucciole nel vasetto.

Emma finge di star guidando una bicicletta. Tiene in mano il manubrio, corre e fa: "Drin, drinnnn! Spostatevi che se no vi metto sotto!"

Tino scuote la testa e si affaccia sulla porta. "Adesso basta! Si fa buio, venite in casa."

Rosa, appena sentita la voce del papà, scatta sull'attenti, raccogliendo in velocità i bottoni e rimettendoli per bene nella scatola.

"Ancora un giro, papà!" grida invece Emma. "Rosetta, lo vuoi un passaggio sulla mia bicicletta? Salta su che poi ti porto a casa!"

Cesira si affianca a Tino e sorride. "Sembra un'ape matta!"

*****

"Quando c'è limpido, le montagne si vedono così bene che pare di poterle toccare" commenta Cesira, fermandosi un istante a guardare davanti a sé. Le bambine non la sentono. Saltellano, tenendosi per mano, e recitano: "*Lucciola lucciola vien da me, che ti darò il pan del re, il pan del re e della regina, lucciola lucciola vien vicina!*"

"Di pomeriggio e a novembre sarà difficile che troviate delle lucciole, anche se le chiamate" sorride Cesira, riprendendo a camminare.

"Sei sicura, mamma?" chiede Rosa un po' dispiaciuta.

"Sicuro è morto!"

"Eh?"

"È un modo di dire" spiega Cesira, prendendo le sue bambine per mano. "Significa che a questo mondo non c'è niente di certo."

Sono quasi arrivate a destinazione; stanno andando a raccogliere i tralci delle viti rimasti a terra dopo la potatura.

In tutto il pomeriggio, riescono a raccoglierne una discreta quantità che preparano già legata in fascine. Sono fortunate: trovano anche qualche legnetto un poco più grosso e lo mettono assieme al resto.

Ma la fortuna è passeggera.

Mentre stanno per tornare a casa, arriva, a cavallo, il proprietario del terreno; controlla le fascine e obbliga Cesira a togliere i legnetti.

"Ci provate sempre, eh?" commenta poi andandosene.

"Non è giusto! NON È GIUSTO!" batte i piedi Emma.

"Abbassa la voce!" le intima sua madre. "Può ancora sentirti!"

"Vorrei che mi sentisse! Vorrei dirglielo sul muso, ecco! Ma perché fa così, mamma? Ha tutto quello che vuole, cosa se ne fa di qualche legnetto in più o in meno?"

Cesira alza le spalle. "C'è gente che dà più valore ai soldi e alle cose che alle persone. E non gli sembra mai di avere abbastanza."

Rosa cerca di dire qualcosa per rallegrare i visi tristi di sua madre e di sua sorella. "Ma noi non abbiamo bisogno dei suoi legnetti. Li può tenere! Noi abbiamo raccolto sei belle fascine, siamo a posto!"

Cesira le accarezza il viso. "No, bambina. Abbiamo raccolto sei fascine, è vero. Ma possiamo tenerne solo un terzo. Il resto va al padrone della terra."

"Ne abbiamo raccolte sei, ma ne possiamo tenere solo due. Capito, Rosetta?" Ed Emma dà un calcio a un sasso.

Tornando verso casa, Cesira sembra zoppicare più degli altri giorni.

"Mamma... ti fa molto male la gamba?" le chiede Rosa.

"No, Rosetta. Devo un po' tirarmela dietro, ma non fa niente" sorride Cesira. "Quand'ero poco più grande di te, ho avuto una febbre alta e una paralisi al corpo. Una brutta malattia, ma è passata. Mi è rimasta solo la gamba destra un po' malandata. In fondo, mi è andata bene."

Rosa, non del tutto convinta, struscia il viso – in una coccola – contro il grembiule della mamma.

Emma è corsa avanti con le sue fascine. Quando Cesira e Rosa arrivano, le ha già messe al loro posto ed è pronta a correre via di nuovo.

"Vado a prenderti un secchio d'acqua, ma prendo su anche il rüdé!"

Ed è già lontana con la sua rotella, quando Cesira le risponde: "Va bene."

Il "rüdé" di Emma è una piccola ruota di ferro con attaccata (in maniera ingegnosa, così da poter far girare la ruota) una bacchetta, di ferro pure quella.

Gliel'aveva costruita un fabbro loro vicino, per un Natale passato. Emma gli gironzolava spesso attorno quando lavorava e lui le si era affezionato. Aveva visto quanto le piacevano tutti gli aggeggi che aveva nel suo laboratorio. E così le aveva regalato questa rotella.

Emma ne era orgogliosa. E ogni occasione era buona per portarla a spasso. Camminava e la spingeva avanti a sé, come fosse stata una carrozza d'oro.

Non ci faceva giocare nessuno.

Tranne sua sorella, s'intende.

# VI
## La frittata con la colla

Cesira entra in casa, stretta nel suo scialle di lana. Appoggia a terra una fascina: è riuscita a tagliare e raccogliere delle siepi di biancospino che le serviranno per scaldare il forno, per fare il pane.

Emma e Rosa sono vicine a una finestra: c'è un vetro rotto da tempo, ma mancano i soldi per cambiarlo.

"Cosa state facendo?"

"Proviamo a sistemarci contro uno straccio, per vedere se così passa meno aria" risponde Emma, continuando attenta nel suo lavoro.

"Lo straccio ripara un po'" assicura Rosa, che sostiene la sorella.

Cesira sorride. "Brave, avete avuto una bella idea. Adesso mi metto a preparare della polenta abbrustolita e un paio di uova sode, così quando vostro padre rientra trova tutto pronto. E poi, per voi due, come premio per il lavoro da vetraie, preparo due fettine di pane con la marmellata."

"La tua marmellata, mamma? Quella di uva e mele?" sgrana gli occhi Rosa, mentre anche Emma lascia lo straccio, interessata com'è alla notizia.

"Certo!" risponde Cesira allacciandosi il grembiule in vita. "È la mia specialità. E va bene che un po' la vendiamo, ma qualche vasetto lo tengo bene anche per le mie bambine, o no?"

"Sì, sì" annuiscono assieme Emma e Rosa.

Si apre la porta di casa e, avvolto nel suo tabarro nero, entra Tino con in mano due lepri; le mette sul tavolo, assieme al suo fucile.

"Oh, Maria Vergine!" esclama Cesira, incrociando le

mani. "Ne hai prese due! Oggi, finalmente, la caccia è andata bene."

Tino si sposta davanti al camino, a scaldarsi le mani. "Sì, oggi abbiamo avuto fortuna. Ero col Renato, s'era deciso di fare a mezzo di quel che prendevamo. Alla fine abbiamo preso tre lepri, ma lui ha detto subito: io sono solo, me ne tengo una e va bene così. Le altre due le prendi tu che hai famiglia."

"Evviva! Evviva! Altro che uova sode, possiamo mangiare della carne!" Emma salta attorno al tavolo tirandosi dietro anche Rosa.

Tino scuote la testa. "Eh, tla chi – *eccola qua* –. Non le teniamo mica per noi. Le dobbiamo vendere per guadagnare qualcosa. Lo sai che d'inverno è dura. Non c'è quasi lavoro, niente paga. Bisogna ingegnarsi. E accontentarsi."

Tino si toglie il tabarro nero e poi anche il foglio di carta che s'era messo sullo stomaco – sotto la maglia – per ripararsi dal freddo e soprattutto dal vento.

Emma ha smesso di festeggiare. Si è seduta, sospirando, su una sedia vicino al tavolo; fissa le lepri che finiranno nei piatti di qualche signorotto e dei suoi figli.

"Anche le uova sono buone" la consola Rosa, appoggiandole una mano sulla spalla. Poi, con un sussurro, aggiunge: "E c'è pure la marmellata della mamma!"

Cesira prende delle piccole palle di carta, macerate nell'acqua e compresse, e le mette nel camino: servono a far durare di più il fuoco quando c'è poca legna

"Sta arrivando il freddo vero" commenta Tino, guardando il fuoco. "Fuori l'acqua è ghiacciata. È tutto ricoperto di brina."

"Quando sono rientrata, mi pareva iniziasse a nevischiare" gli dice Cesira.

"No, per ora è solo la galaverna."

Rosa guarda Emma con aria interrogativa.

"È la nebbia che brina e sembra nevischio" le spiega la sorella.

"Be', comunque non mancherà molto. Oggi è già il 23 novembre. E lo sapete cosa dice il proverbio?" chiede Cesira, rivolgendosi alle figlie. "San Colombano ha la neve in mano!"

"Questo non ce l'avevi mai detto" sorride Emma, saltando giù dalla sedia.

"Io mi ricordo quello sulla neve che c'hai insegnato l'inverno scorso: la prima nev l'è dël gat, la seconda l'è dël câ e la tersa l'è dël cristiàn! – *la prima neve è per il gatto, la seconda è per il cane e la terza è per le persone!*"

"Tu ti ricordi tutti i proverbi che c'entrano col mangiare" dice Tino, mettendosi a sedere vicino al tavolo e passandole una mano in testa.

"Allora dobbiamo aspettare la terza nevicata per mangiarla?" chiede Rosa.

Cesira annuisce.

"Io la vorrei con del latte" se la pregusta Rosa.

"Io la preferisco col vino e un po' di zucchero! Uhmmm" si passa la lingua sulle labbra Emma.

"Noi ce la facciamo con un goccio di caffè, eh, Tino?"

Cesira mette a bollire le uova e taglia le fette di polenta da far abbrustolire nel forno.

E ognuno, in silenzio, va avanti a fantasticare su quello che vorrebbe mangiare.

\*\*\*\*\*

Cesira s'è alzata prima dell'alba. Ha munto la mucca e ora sta lavorando del burro.

Tino, avvolto nel tabarro, le passa a fianco. "Vado col Piero e col Renato. Prima che nevichi sul serio, andiamo a cercare della legna. Mi hanno detto che hanno segato degli alberi; c'è il pezzo di tronco che è rimasto nel terreno. Con la vanga... proviamo. Poi ci dividiamo quello che riusciamo a tirare fuori."

"Stai ben coperto, neh! E fate attenzione."

Tino si tira su bene il tabarro e raggiunge Piero e Renato che sono già sulla strada.

"Sono passato anche in Comune. Mi sono messo in lista, per quando ci sarà da spalare la neve sulle strade. Speriamo si ricordino di chiamarmi..."

Tino si siede a tavola; lo sguardo è alla finestra. Ha iniziato a nevicare.

"Hai trovato tanta legna, papà?" gli chiede Rosa, andandogli vicino.

"Eh, insomma. Tanto da non morir di freddo ce n'è" risponde, togliendosi il cappello e buttandolo su un'altra sedia.

"Cosa prepariamo da mangiare al papà, mamma?" saltella Emma, pimpante come sempre.

Cesira sorride. "Gli facciamo una bella burtlëina. Buona, no?"

"Uhmmm, la frittata con la colla. Sì, sì!" conferma Emma.

Cesira prepara un tegame con un po' di strutto, ci versa un impasto fatto di farina, sale e acqua; ce lo lascia per pochi minuti ("per essere buona, dev'essere sottile e croccante") e la burtlëina è pronta.

"Perché si dice 'frittata con la colla'?" chiede Rosa.

"Perché farina e acqua, assieme, fanno un po' da colla" le spiega Cesira. "Se le metti tra due fogli, attaccano. Domani ti faccio vedere."

Rosa annuisce contenta, e porta in tavola il vino per il papà. Poi corre alla finestra a sistemare lo straccio che, infingardo, tenta di staccarsi.

# VII
## Un mondo soffice

12 dicembre 1908.

*"Santa Lucia, la scarpa l'è la mia, la borsa l'è del papà...*
*Santa Lucia l'è la mamà!"* ride Luigina, un'amica di Cesira.
Sono sedute entrambe, assieme ad altre donne, in una
stalla. Lavorano a maglia, mentre fuori nevica, riscaldate
dal respiro delle mucche.

Fanno calze e maglioni; soprattutto calze, perché la lana
è poca.

Figli e figlie sono seduti a terra, sulla paglia, e ascoltano le
storie delle loro mamme.

"La state aspettando, Santa Lucia, per domani?" chiede
Luigina a Emma e Rosa.

Le bambine fanno segno di sì.

"Vi ricorderete di mettere le scarpine vicino al letto? E di
preparare del fieno e della biada per il suo asinello?"

"Sì, sì!" scuote su e giù la testa Rosa. "Forse le lasciamo
anche un mezzo bicchiere di latte."

"E stiamo scrivendo una letterina da mettere sul davanzale: per stasera è pronta" aggiunge Emma.

"Ma che brave!" sorride la donna.

"Sarebbe bello riuscire a vederla, una volta" sospira
Emma, che da anni cerca di star sveglia ad aspettarla, ma
non ci riesce. "Tutta vestita di bianco e con un campanello
in mano... di sicuro manda della luce tutto attorno! E il suo
asinello chissà che faccia simpatica che ha."

Le donne ridono all'idea di un asino con la faccia
simpatica.

"Magari quest'anno è la volta buona e la vediamo" interviene Rosa, a incoraggiare la sorella.

La mattina dopo, la letterina che Emma e Rosa hanno messo sul davanzale non c'è più. Così come sono spariti la biada e il latte. Allora Santa Lucia è passata!

Le bambine corrono a guardare nelle loro scarpine: in ognuna trovano un mandarino e una caramella.

Emma e Rosa li prendono e si precipitano dalla mamma. "È venuta! È venuta!"

"Bene" sorride Cesira, chinata a lavare il pavimento.

Le bambine ritornano allegre nella loro stanza, girandosi tra le mani ognuna il proprio mandarino e la propria caramella.

"Cos'avevi chiesto tu nella letterina?" domanda Rosa.

"..."

"..."

"Un pranzo tutto intero al ristorante, con tanta carne e tanti dolci" ammette Emma, mentre sbuccia con cura il suo mandarino. "E tu?"

"Una torta col cioccolato e la panna" sorride Rosa, infilandosi in bocca la caramella e succhiandola piano. "L'ho vista una volta disegnata su un giornale."

*****

Si avvicina il Natale.

Emma e Rosa hanno già scritto la lettera per Gesù Bambino e l'hanno messa, come d'abitudine, sotto al piatto del papà.

A scuola, una compagna di classe di Emma le ha detto che non è vero che Gesù Bambino porta i doni: sono il papà e la mamma che, se hanno i soldi, li comprano. E se no, si resta a muso asciutto.

A Emma non è piaciuta la spiegazione della sua compagna; e siccome quella insisteva, ha finito per darle uno spintone.

La maestra l'ha presa per un orecchio e messa in punizione, in piedi nell'angolo.

"È più il tempo che passi nell'angolo che quello che passi seduta!" ride la sua compagna, finite le lezioni.

Emma l'aspetta fuori da scuola, lontano dagli occhi della maestra. E le dà il resto che non ha potuto darle in classe.

Una gran nevicata ha già ricoperto tutte le colline. E la neve non accenna a fermarsi.

Tino è nella stalla. Sta aggiustando una bicicletta.

"È ora di andare, hai finito?" chiede Cesira, entrando nella stalla, stretta nel suo scialle.

"La finisco domani o dopo. Mi ha detto il Piero che gli basta sia pronta per dopo le feste."

"Pensi ti pagheranno, stavolta?"

"Qualcosa sì. Quel che possono. È Natale, non me la sentivo mica di fargli storie per i soldi."

"Già. È brutto chiedere soldi agli amici, a Natale" sospira Cesira, guardando i pantaloni rattoppati del marito e le sue scarpe bucate.

Tino mette il tabarro e una sciarpa legata stretta fin sotto al naso.

Anche le bambine se la mettono, legata allo stesso modo.

"Respirate nella sciarpa, così vi proteggete la gola" si raccomanda Cesira, prendendo per mano le figlie e uscendo nella neve.

Prima della messa della Vigilia, tutto il paese si ritrova nel salone parrocchiale, dove il prete ha organizzato uno spettacolo di Natale coi bambini.

Mentre gli adulti si siedono, ci sono già tre bambini su quello che dovrebbe essere il palcoscenico. E loro, vestiti alla bell'e meglio, dovrebbero rappresentare Giuseppe, Maria e il Bambinello: un piccolo presepe vivente.

Giuseppe ha cinque anni, Maria ne ha quattro e il Bambinello due. Giuseppe, forse per rompere la monotonia dell'attesa, si sta ficcando le dita nel naso, incurante dei gesti che gli fa il parroco per dirgli di smetterla. A Maria prude la tunica che le hanno messo addosso, e continua a grattarsi, provocando un generale e contagioso prurito anche nel pubblico. Gesù se ne sta seduto in mezzo ai due, giocando a tirarsi i piedi e sbadigliando.

Dal fondo del salone, entrano tutti i bambini con una candela in mano.

"Arrivano i nostri angeli!" esclama sollevato il parroco, mentre i paesani si voltano a guardarli.

I bambini intonano *Tu scendi dalle stelle* e avanzano con le loro candele.

Gli adulti li guardano e sorridono: sembrano proprio dei piccoli angeli.

Rosa, con le sue guance colorite e i dolci occhi scuri, saluta i suoi genitori con la mano.

Emma canta a testa bassa; uno dei suoi begli occhi verdi è pesto, a causa di una delle sue ultime zuffe.

Finita la canzone e raggiunto il palcoscenico, i bambini si dispongono a semicerchio attorno a Gesù, Giuseppe e Maria. Ad alcuni di loro è stata affidata una poesia da recitare. Si fa avanti il primo, poi il secondo, il terzo, il quarto. Per ultima, tocca a Emma.

Avanza sul palcoscenico, lasciando Rosa poco più indietro. È vicina a Giuseppe.

Inizia bene la poesia, con tono deciso.

"La notte di Natale
è nato un bel bambino..."

Lunga pausa riflessiva.

Ci riprova.

"La notte di Natale
è nato un bel bambino..."

Altra lunga pausa.

Emma non se la ricorda più.

Giuseppe prova a suggerirle; ma lei non se ne accorge nemmeno.

Rosa, allora, fa un paio di passettini avanti e le sussurra la poesia, mettendosi la mano davanti alla bocca, perché gli altri non sentano. Naturalmente tutti sentono benissimo e qualcuno si mette a ridere.

Emma sta per arretrare e accettare la sconfitta; ma Rosa le va vicino, le prende la mano, la guarda convinta e inizia a recitare la poesia. Ci vuole solo un istante ed Emma le si accoda.

La recitano assieme.

"La notte di Natale
è nato un bel bambino
bianco, rosso e tutto ricciolino.
Maria lavava,
Giuseppe stendeva
e il bimbo piangeva
dal freddo che aveva.
*Stai zitto, mio figlio*
*che adesso ti piglio;*
*pane non ho*
*ma latte ti do.*
La neve sui monti
cadeva dal cielo
e Maria col suo velo
copriva Gesù..."

Finiscono facendo un bell'inchino, e Cesira salta in piedi, con gli occhi lucidi, ad applaudirle.

Tino applaude da seduto. Scuote la testa, ma anche i suoi occhi riluccicano. E la sua tosse, poi, non mente.

Una candela, accesa di notte, in una stanza.

Due bambine parlano, ridono e l'appoggiano accanto alla finestra, per guardare i fiocchi di neve che scendono.

"Che bello il caldo della fiamma!" esclama Rosa, tenendo le mani sopra la candela.

"Attenta che se vai troppo vicina ti scotti" l'avvisa la sorella maggiore.

Il vento crea delle onde sulla neve e strattona i piccoli fiocchi da una parte all'altra.

"Il vento sono gli angeli che sbattono le ali" sussurra Emma alla sorellina.

"Davvero?" chiede Rosa a bocca aperta.

"Sì, sì. Lo sa la mamma" conferma Emma.

Rosa si appiccica al vetro a guardare la neve e il vento degli angeli.

"Dobbiamo spegnere la candela, è tardi. Se no la mamma si arrabbia" dice Emma, cominciando a scansarsi dalla finestra.

Rosa annuisce. Un po' dispiaciuta, ma annuisce. Le regole vanno rispettate, lo sa.

E poi comincia a subentrare la stanchezza della lunga serata: lo spettacolo, la messa... non sono abituate a fare così tardi, la sera.

Le bambine s'infilano nel loro letto.

"Hai i piedi gelati!" ride Rosa, facendo finta di allontanare la sorella.

"Ma tu ce li hai sempre caldi, quindi siamo a posto!" ride Emma, abbracciandola.

Si addormentano così, con qualche altra risata, tenendosi per mano.

La mattina dopo – la mattina di Natale – si svegliano che ancora è buio.

Nonostante la stanchezza, l'ansia di aspettare Gesù Bambino le ha fatte svegliare prima del solito.

Ma non possono alzarsi, è troppo presto. Si guardano nella semioscurità e, speranzose, aspettano che arrivi presto l'alba.

Quando finalmente l'aria schiarisce e si sentono rumori provenire dalla stanza di Tino e Cesira – segno che si stanno alzando –, le bambine balzano giù dal letto e guardano cosa ha messo nelle loro scarpine Gesù Bambino.

Trovano, ciascuna, un paio di caramelle, dei calzettoni e una specie di bambola fatta con stoffa e spago.

Rosa abbraccia subito la sua. "La chiamerò Natalina! Perché m'è arrivata a Natale" precisa poi.

"L'avevo capito!" le sorride Emma, mentre s'infila i calzettoni e scruta la sua bambola.

Sul camino della cucina c'è un altro pacchetto.

Anche Cesira è sorpresa nel vederlo.

"Per questo non c'entra Gesù Bambino" dice Tino, prendendo il pacchetto e appoggiandolo sul tavolo. "È una roba cittadina. L'ho comprato io tre giorni fa, quando sono andato via col Renato."

Tutta la famiglia si siede attorno al tavolo. Le bambine – e pure Cesira – aspettano, quasi intimidite.

Tino lo apre lentamente: compare un pezzo quadrato di una strana cosa che nessuno di loro ha mai visto.

"È un dolce" spiega Tino. "Si chiama torrone."

Le bambine lo guardano a bocca aperta. Restano tutti e quattro in silenzio, per qualche minuto, seduti attorno al tavolo a studiare quello sconosciuto.

"Con cosa è fatto?" chiede Emma, rompendo il pensoso silenzio.

Tino si fruga nella tasca dei pantaloni e tira fuori un foglietto. "Me lo sono fatto scrivere. Ho pensato che a vostra mamma poteva interessare. Magari un giorno provi a farlo" dice, consegnando il foglietto nelle mani di Cesira.

"È fatto con un impasto di albume d'uovo, miele e zucchero" legge Cesira. "Farcito con mandorle, noci o nocciole. E ricoperto da due... da due ostie! Oh, Maria Vergine!"

Cesira si fa il segno della croce e butta il foglietto sul tavolo.

"Ma non sono mica le ostie della chiesa!" brontola Tino. "Mica sono consacrate! È solo uguale la roba con cui son fatte. È un po' come per il vino, no? Mica è tutto vino da messa! E il vino normale lo bevi. Bah, che testa che avete voi donne."

Ha una sua logica il discorso di Tino. Essersi giocato la carta del vino è stata una mossa vincente; il paragone è proprio azzeccato. Cesira lo sa. E, pur guardando ancora con sospetto quel dolce, decide di assaggiarlo. Prende un coltello e taglia il pezzetto di torrone in quattro parti: due più grandi per le bambine, e due più piccole per lei e Tino.

"Che buonooo" se lo gusta estasiata Rosa.

"Se il prete desse dei pezzi di questo torrone, invece delle ostie normali, ci andrebbe molta più gente a messa!" osserva Emma.

A Cesira sembra andare di traverso il suo pezzo; si porta una mano alla guancia e si fa subito il segno della croce.

"Possiamo uscire a giocare nella neve?" chiede Rosa.

L'ha mandata avanti Emma a chiederlo, perché sa che la mamma fa più fatica a dire di no agli occhioni dolci di Rosetta.

Ma Emma non ha fatto i conti col papà.

"Dovete restare in casa ad aiutare la mamma per il pranzo di Natale. Non è mica la vostra serva" borbotta Tino, mettendo un pezzo di legno nel camino.

"Ma no, non ce n'è bisogno" si affretta a dire Cesira, vedendo il viso dispiaciuto di Rosa. "Ho già pronto tutto dai giorni scorsi. E poi è roba che cuoce da sola. La gallina è già in pentola. Gli agnolotti son solo da buttare nel brodo. E il buslâ – *la ciambella* – l'abbiamo preparato con le bambine ieri mattina. Lasciale andare fuori a giocare."

Tino, seduto vicino al fuoco, sbuffa un po'. Poi borbotta: "Va be'. Andate."

Emma e Rosa si rincorrono in mezzo alla neve. Rosa ogni tanto ci sprofonda come fossero sabbie mobili, e allora sua sorella corre a tirarla fuori. E ridono, ridono tanto.

Poi si mettono a giocare a palle di neve. A un certo punto,

Emma chiede una pausa, per riprendere fiato e togliersi di dosso un po' di neve. Dopo poco, le arriva una palla sulla schiena.

"Ehi! Non vale, eravamo in pausa!" si lamenta con la sorella.

"Non te l'ho tirata io!" allarga le braccia Rosa.

Emma si guarda attorno e vede suo padre, avvolto nel tabarro, che trattiene un sorriso.

"La Garibaldina non sa neanche difendersi da una palla di neve?"

Un sorriso si allarga sul volto di Emma. "Forza, Rosa! Il papà vuole la guerra! All'attacco!"

Non era mai successo che Tino giocasse con le figlie. E a dirla tutta, non succederà più, nemmeno in futuro. Ma in quella mattina di Natale, per qualche strano motivo, Tino ride, scherza e gioca con le sue bambine. E Cesira, silenziosa alla finestra, sorride e piange.

"Dovremo rientrare, adesso" dice Emma. "Sarà quasi ora di mangiare e prima dobbiamo asciugarci al fuoco."

"Dov'è il papà?" chiede Rosa. "Non lo vedo più da un po'. Non è che sarà affondato nella neve?!"

"Ma va!" ride Emma. "Sarà rientrato in casa e noi non ce ne siamo accorte. Dài, andiamo."

Mentre stanno per rientrare, Tino sbuca da dietro casa e le chiama.

"Venite qua! Venite a vedere cosa vi ho preparato."

Le bambine si guardano e poi corrono.

Tino ha scavato una specie di caverna in una montagna di neve e sul fondo ha messo uno straccio.

"C'hai fatto una casa di neve!" saltella Emma. E poi abbraccia suo padre alla vita.

"Grazie! Grazie!" ripete Rosa, e intanto si attacca ad abbracciare una gamba di Tino.

Lui appoggia una mano sulla testa di entrambe le figlie. Dopo poco, inizia a tossire.

Si schiarisce la voce. "Sì, be'... sì... andate a provarla! Vedete un po' se ci state dentro tutte e due!"

Le bambine corrono, entrano nella loro casetta, si siedono sullo straccio e salutano il padre. "Ci stiamo benone!" gridano.

Cesira, nel suo scialle, si affaccia alla porta. "È pronto! Cinque minuti e tiro giù dal fuoco gli agnolotti!"

Rosa, dalla casetta, osserva sua madre e suo padre, in mezzo a tutto quel bianco candido. Poi accarezza la neve farinosa che fa da zerbino alla sua casetta e stringe la mano di Emma.

"Oggi il mondo è più soffice" sorride.

# VIII
## La Signora Maestra

Rosa sta giocando con Natalina, la sua bambola di pezza; la sera la porta a letto con sé, e al mattino le mette in testa un fazzoletto per prepararla ad uscire.

Emma prende un pezzo di legno da portare a scuola: ogni alunno deve contribuire a tenere accesa la stufa.

"Emma, Rosa... venite qua che vi faccio le trecce, su!"

"Io non le voglio!" protesta Emma. "A scuola c'è uno stupido che me le tira sempre!"

"Emma mi ha raccontato che in classe con lei ci sono bambini che parlano solo il dialetto. Dice che sembrano come il papà, ma in piccolo! Vero, Emma?"

Rosa ride, abbracciata a Natalina.

Emma annuisce, ma senza troppe risate; la mamma le sta facendo le trecce.

*****

Ritornano le rondini e portano la primavera del 1909.

La casetta di neve di Emma e Rosa si è sciolta lentamente, ma il dispiacere per la sua perdita viene presto rimpiazzato dalla felicità per l'arrivo dei primi fiori.

Le bambine raccolgono violette selvatiche lungo i fossi, ne fanno dei mazzetti e le danno alla mamma che le va a portare alla Madonnina della cappelletta.

"Siete passate anche da vostro fratello?" chiede Cesira, che cerca di tener vivo il ricordo di Augusto.

"Sì. Gli abbiamo portato i fiori" dice Rosa, mentre Emma conferma annuendo.

"Brave" sorride Cesira.

E si prepara per andare dalla Madonnina.

\*\*\*\*\*

Un giorno, tornando da scuola, Emma non entra subito in casa; si siede vicino alla pianta di serenella, ancora senza fiori.

Rosa corre a sedersi vicino a lei e le chiede com'è andata. Emma non risponde e tiene le braccia conserte. Ha la faccia in tempesta e gli occhi rossi. Rosa non si arrende; insiste per sapere.

Emma abbassa le braccia e tira su le maniche della camicia. Rosa inizia a singhiozzare. Le braccia di Emma sono piene di lividi.

"È stata la maestra. Non sono riuscita a dirle la poesia che c'era da studiare per oggi. Non mi restano in testa, cosa posso farci? Gliel'ho spiegato, ma quella carogna ha preso la bacchetta di legno e..."

Quando Tino e Cesira tornano dalla campagna è quasi sera. Trovano le figlie ancora sedute vicino alla serenella.

Emma è cupa e arrabbiata; ma non piange, ha la sua dignità da difendere. Piange Rosa per lei. – Rosetta, a sei anni, non sente il dovere di preoccuparsi per la sua dignità. –

Cesira, vedendole così, si precipita a chiedere cos'è successo. Rosa le si butta al collo e racconta la storia al posto della sorella – sempre per quella faccenda della dignità –; Emma si limita a mostrare le braccia.

Tino ascolta restando in piedi, con la zappa in spalla. Non dice niente. Dà solo un paio di colpi di tosse.

La mattina dopo, Tino si alza prima del solito per sbrigare il lavoro nella stalla, e quando Cesira finisce di preparare Emma per la scuola, le dice: "Oggi l'accompagno io."

Camminano silenziosi, uno di fianco all'altro, entrambi con le mani in tasca, fino ad arrivare al cortile della scuola.

"Fammi vedere qual è la tua maestra" dice Tino.

Emma gli indica una signorina coi capelli biondi e la borsetta al braccio.

"Aspettami qua" le dice Tino, aggiustandosi il cappello.

"Siùra Maestra, gh'avrìss da parlàv" *Signora Maestra, dovrei parlarvi,* esordisce accostandosi alla donna.

"Oh, misericordia. Non parla italiano" sbuffa la maestra tra sé. "Voi parlate solo in dialetto. Ah, la campagna! Senti-te. Io il dia-let-to non lo ca-pi-sco."

"Èla luca o che roba?" *È stupida o cosa?,* si chiede Tino fra sé. La fissa alzando un sopracciglio e con calma le dice: "Al-lo-ra vi par-lo in i-ta-lia-no."

"..."

"Se la mia bambina non impara le poesie, è giusto che voi la sgridiate. Ma se la picchiate ancora con la bacchetta... Eh, allora sarà un guaio. Per me e per voi, Signora Maestra. Per me, perché mi tocca tornare qua e arrivare tardi al lavoro. E per voi, perché se mi fate tornare... Av do tant psà ad dre c'av fo pasà mi la vöia da ciapàvla coi bagài. Soi stat cèr?" *Vi do tante pedate nel sedere che vi faccio passare io la voglia di prendervela coi bambini. Sono stato chiaro?*

La Signora Maestra non capisce le ultime frasi. Non alla lettera, almeno. Ma l'espressione di Tino è così diretta che non c'è da sbagliarsi su quel che vuol dire.

La Signora Maestra fa cenno di sì con la testa, deglutisce un paio di volte e poi gira i tacchi e grida: "È ora di entrare a scuola! Forza bambini, su!"

Tino si aggiusta il cappello; fa segno a Emma di avvicinarsi. "A posto" le dice.

E nell'andarsene, le appoggia una mano sulla spalla e la stringe.

# IX
## Princìpi morali

Maggio 1909.

Tino (e con lui tutto il mondo del ciclismo) è in fibrillazione perché *La Gazzetta dello Sport* ha organizzato la prima edizione del Giro d'Italia.

Partono in centoventisette, il 13 maggio da Milano. Arrivano al traguardo solo in quarantanove. Tino segue le varie tappe sul giornale, coi suoi amici. Ed è entusiasta quando la vittoria va a Luigi Ganna, soprannominato El Luisin o Luison, lombardo di origini contadine. "È un tipo bello schietto, questo Ganna" dice Tino a Cesira, tornando a sera dal lavoro, con un insolito sorriso. "Il Piero m'ha fatto vedere il giornale dove c'è scritto che ha vinto il Giro. E sai cos'ha risposto ai giornalisti che gli rompevano le scatole e insistevano perché dicesse che emozioni provava e come si sentiva e quelle balle lì? 'Me brüsa el cü!'" e Tino scoppia a ridere.

"Oh, Maria Vergine" arrossisce Cesira. "Ma sono cose da scrivere sui giornali? E se le leggono dei bambini, come le nostre figlie?"

"Eh, già. Adesso Emma e Rosa leggono *La Gazzetta dello Sport!*" borbotta Tino. "Che testa, voi donne."

*****

Emma – che ora ha otto anni – è seduta in cortile; sta disegnando una gallina. Dal vivo. Purtroppo, il soggetto è in costante movimento. Con i fiori e gli alberi era stato più semplice. Persino con la mucca, che è statica nella stalla. La gallina, invece, è irrequieta; ma Emma non si dà per vinta.

56

Rosa è seduta vicino alla sorella e ogni tanto sbircia il disegno. "È uguale! Sei un'artista!"

Emma sorride. "Eh, sai mica! Per aver disegnato una gallina e qualche fiore. Devo provare a fare i ritratti alle persone. Domani provo con te!"

Non le riesce di ricordarsi le poesie, ma disegnare è un'altra faccenda.

Rosa annuisce contenta: è pronta a restare immobile tutto il tempo che servirà a sua sorella. In fondo, per lei non sarà un gran sacrificio; basta darle un libro in mano e lei se ne sta buona per delle ore.

Anche adesso, mentre Emma disegna, Rosa legge.

Nelle sere precedenti, è stata in casa dei vicini a leggere il libro delle preghiere per il mese di maggio.

"Vieni, vieni, Rosetta" la chiamano le donne anziane del vicinato. "Tu che sai leggere bene..."

Ora, seduta accanto a Emma, è immersa nel libro Cuore, tutta esaltata dall'amor di Patria.

I libri vengono passati da una famiglia all'altra. In questo periodo, sulle loro colline, gira Cuore. Poi sparirà, per andare a finire, in un giro largo, in mano a qualche famiglia in una zona diversa della valle. E con calma, a loro ne arriverà magari un altro.

Tino è seduto in cucina: sta ispezionando la loro bottiglietta d'olio, piccola, tipo quella di un medicinale. La usano quasi col contagocce; deve durare almeno una settimana.

Tino sospira. Si taglia un pezzetto di pane e fa scendere giusto una lacrima d'olio dalla bottiglietta. Poi la richiude con cura, attento a non sprecarne neanche un'ombra. Mette un po' di sale sul pane e se lo mangia così.

Cesira si toglie il fazzoletto che ha portato legato in testa per tutto il giorno, nei campi. "Rosa è tanto brava a scuola. È sempre sui libri. Se potessimo farla studiare da maestra... E la nostra Emma fa dei disegni che sembrano quadri! Anche lei, ci sarebbe da farla andare avanti con le scuole..."

Tino si versa due dita di vino. "È inutile star lì a sognare. Non abbiamo soldi. Dovranno accontentarsi..."

"Maledetta terra" si lascia scappare Cesira, a mezza voce.

"Non lo devi dire" la rimprovera serio Tino. "Non son giuste le condizioni di lavoro, lo so anch'io. Ma la terra non ne ha colpa."

È nato un vitellino nella stalla. Le bambine arrivano in casa di corsa, dopo essere state a vederlo e curarlo.

"Sta già in piedi! Com'è bello!" sorridono entrambe.

Tino guarda gli occhi scuri di Rosa: ritrova quelli di Cesira. Guarda gli occhi verdi di Emma: ritrova i suoi.

\*\*\*\*\*

"Prima si fanno i compiti, poi si va a giocare" ordina Cesira, uscendo per andare nel pollaio.

A Rosa va bene. A Emma meno.

"I compiti possiamo farli anche tra un'oretta. Dài, usciamo dalla finestra della stanza e andiamo a cercare un po' di fiori!" propone Emma.

"No, la mamma ha detto di no" resiste Rosa.

"Ma potremmo raccogliere dei fiori per la Madonnina. E anche per il cimitero. È una buona azione, la mamma poi lo capirà" insiste subdola Emma.

Rosa è incerta; non sa bene cos'è meglio fare, ma sua sorella è così sicura...

I campi attorno a casa sono pieni di cespuglietti bassi con dei fiorellini azzurri che sembrano minuscole margherite: sono gli Occhi della Madonna. Rosa prova a coglierli, ma è impossibile: sono troppo piccoli.

Emma, scappando dalla finestra, è riuscita a portarsi dietro anche il suo rüdé.

Si sono allontanate parecchio da casa.

Si fermano vicino al giardino di una villa che non avevano ancora visto: sono enormi, sia il giardino che la villa.

Nascoste dietro a una siepe, assistono a una buffa scena.

C'è un bambino, vestito alla marinara – avrà all'incirca l'età di Emma –. Sta giocando con un trenino luccicante e colorato. Arriva la madre. Una signora elegante, con un vestito bianco, lungo; lo chiama per la merenda e gli appoggia, su un tavolino da giardino, una fetta di torta, dei quadratini di cioccolato e una banana, già sbucciata e tagliata a pezzi.

"Non ho voglia" rifiuta il bambino, senza quasi guardare la merenda.

La donna prova a insistere; prova anche con le suppliche, ma il bambino è irremovibile.

"Ho detto di no! Non ho fame. E poi la torta è la stessa di ieri!"

La madre si arrende e rientra in casa, dicendogli: "Te li lascio sul tavolino. Se cambi idea..."

"Io ho una fame... E quel pulcioso lì fa lo smorbio! – *fa il difficile!* –" sbotta Emma, coi pugni chiusi.

Rosa sta fissando il tavolino con sopra tutte quelle cose buone. Prova a deglutire un paio di volte, ma la saliva continua a riformarlesi in bocca a doppia velocità.

Emma appoggia a terra il suo rüdé. "Rosetta, ho un'idea" dice con un sorriso. Un sorriso che fa subito preoccupare Rosa.

"Adesso tu ti fai vedere; lo chiami e ci parli. Che so, digli com'è bello il trenino! Tu lo distrai, io scavalco la siepe e prendo il cibo. Poi scappiamo."

"Ma è rubare!" protesta Rosa.

"Ma va là!" scuote le spalle Emma. "Sarebbe rubare se a lui importasse qualcosa di quello che gli prendiamo. Ma siccome lui se ne frega, e probabilmente lascerebbe andare a male tutto... è quasi un dovere il nostro, altrimenti sprecheremmo dei così buoni doni del Signore!"

A Rosa continua a non quadrare la faccenda. Ma sua sorella riesce a farle una tale confusione in testa, quando vuole convincerla di qualcosa, che alla fine cede.

E così Rosa, impacciatissima, distrae il bambino, ed

Emma scavalca la siepe e si precipita sul bottino.

Proprio mentre sta venendo via, il bambino si volta e la vede. Invece di gridare all'istante, resta inorridito a fissarla; e questo tempo gli è fatale, perché Emma, decisamente più sveglia, gli tira un pugno sul muso e scappa, trascinandosi dietro Rosetta e il suo rüdé.

Si spartiscono la merenda in un nascondiglio, parecchio lontano dalla villa.

Rosa si sente in colpa, anche per il pugno che la sorella ha dato al bambino. Ma ci sono quelle cose buone da mangiare che sembrano chiamarla e la fame è troppa per farsi fermare dai princìpi morali. Specie a sei anni.

Emma invece mangia di gusto la sua parte, senza rimorsi.

"A uno povero come noi non prenderei mai neanche una buccia di patata" dice, masticando piano la banana che prima d'allora mai aveva assaggiato. "Ma a uno così, ricco e viziato, è solo un peccato non potergli fregare la merenda tutti i giorni!"

"Emma!" la riprende dispiaciuta Rosa. E si fa un piccolo segno della croce, mentre assapora un quadratino di cioccolato che le si scioglie in bocca.

Quando tornano a casa, Cesira è sulla porta ad aspettarle. Col battipanni.

# X
# L'omino dei gelati

Emma aiuta Rosa a scendere da un albero di ciliegie, dopo essere riuscite a mangiarsene un po'. Corrono verso casa. Sembra rincorrano il vento. Quando Cesira torna dal solito giro al cimitero e alla cappelletta, le trova che giocano attorno alla pianta di serenella. Rosa ficca il viso tra i grappoli di fiori; Emma si butta a pancia all'aria sull'erba. È così che Cesira si accorge che i piedi di Emma hanno delle striature rosse: pare sangue.

"Ti sei ferita?!" chiede Cesira preoccupata, ben sapendo com'è brava sua figlia a mettersi nei guai.

"No! Macché!" ride Emma. "Sono sporca di papaveri!" E mentre lo dice, per tranquillizzare la mamma, si passa una mano sui piedi e le mostra come viene via il rosso dei fiori.

"Meno male" sospira Cesira. "Tra ginocchia sbucciate e graffi dappertutto sei sempre ridotta peggio di un maschio."

Rosa coglie dei rametti di serenella e li porta in un vaso di latta in cucina.

Emma salta su svelta dall'erba. Saltella attorno a sua madre e dice: "Vado a dar da mangiare alle galline."

"Non sta mai ferma. Sembra proprio un'ape matta" scuote la testa tra sé Cesira.

Poi entra in casa; si lega il solito fazzoletto dietro la testa e ci appoggia sopra il cappello di paglia. Prende Rosa per mano e chiama Emma: "Sbrigati con le galline, che dobbiamo andare a prendere l'acqua!"

Mentre tutte e tre si stanno incamminando, vedono un uomo arrivare lungo la loro strada.

"Papà! C'è l'arrotino!" avvisa Emma.

Arriva con i suoi attrezzi in bicicletta: un'officina su due ruote.

Tino si affaccia dalla stalla.

"Bene. Digli di venir su che avevo proprio bisogno."

Cesira, Emma e Rosa riprendono il loro cammino.

Ed è bello lungo il loro cammino: devono arrivare a un pozzo che hanno in comune con altre famiglie del paese. C'è già una fila di donne. Cesira e le figlie si mettono in coda e aspettano il loro turno.

"In classe con Rosa c'è un bambino figlio di gente ricca e importante. E la maestra fa delle preferenze per lui!" dice Emma nell'attesa, rivolgendosi alla madre. "Rosa è più brava, ma la maestra loda di più lui. Solo perché è ricco e suo papà fa l'avvocato. E siccome noi, invece, siamo contadini..."

Cesira non parla; è troppo dispiaciuta, le si legge in viso. Da tutta la vita vede queste disparità di trattamento e non ci può far niente. Finché riguarda lei, pazienza, ci ha fatto l'abitudine. Ma quando riguarda le sue figlie...

"La maestra fa i complimenti anche a me" interviene Rosa, cercando di essere convincente. "Davvero, mamma. Non devi preoccuparti, mi tratta bene!"

Cesira le accarezza una guancia; fingerà di crederle, per il bene di tutte e due.

Finalmente arriva il loro turno al pozzo. Riempiono i secchi e, come coperchio – per far sì che l'acqua non si versi per strada – , usano qualche rametto con foglie di robinia.

Stanno per prendere i loro secchi d'acqua e iniziare la lunga strada verso casa, quando una donna anziana si avvicina a Emma.

"Le dici le preghiere?" le chiede. "Perché se no, se muori durante la notte, vai nel Purgatorio!"

Lo dice muovendole l'indice davanti al viso, a mo' di minaccia.

Emma mette giù i secchi, raddrizza la schiena e la guarda spavalda.

"Io sono giovane. Ditele voi le preghiere, che c'è più pericolo che domani non vi svegliate!"

*****

Una volta all'anno, d'estate, passa un omino con un carretto tirato da un asino: vende i gelati. Emma e Rosa possono prendere una pallina di gelato a testa. Piccola, però una ciascuna. Quest'anno, l'omino dei gelati arriva proprio il giorno della festa del patrono del paese.

Cesira ha già addosso il suo vestito della festa. Ne ha solo due, di vestiti, e sono entrambi neri; ma uno è per lavorare – più consumato –, l'altro è per la messa e le occasioni speciali.

Tino ha indossato le scarpe di cuoio nero con la riga bianca, di quando aveva diciassette anni. Ora gli vanno strette e non sono più così lucide e nuove, ma sono comunque il meglio che ha.

Le bambine, invece, devono ancora prepararsi; si sono incantate nel cortile, a osservare un cane ossessionato da un rospo. È il cane del Piero, l'amico di Tino. Ogni tanto gli scappa e va da loro. Da qualche giorno, sembra avere un appuntamento fisso con un rospo che si nasconde sotto due tegole rotte, lasciate a terra. Il cane prova a infilare il muso sotto le tegole, salta tutto attorno, piange, abbaia. Ma non arriva mai a prenderlo.

Le bambine ridono a vedergli fare tante acrobazie per un rospo.

"Se non vi sbrigate a cambiarvi, non vi do i soldi per la pallina di gelato" le minaccia Cesira.

Le bambine alzano lo sguardo dal cane e vedono sulla strada l'omino col carretto.

Si lanciano in casa a sistemarsi per la festa, e in un tempo da primato si presentano davanti alla mamma e al papà per avere le monete per il gelato.

Pur mangiandolo piano piano, quando arrivano in paese il gelato è già finito.

La banda sta suonando: dei bambini ballano facendo il

girotondo. Ma Emma e Rosa vanno decise, assieme ai genitori, verso la balera. Si mettono a ballare sulla pista.

"Guido io che sono la maggiore" dice Emma, come tutti gli anni.

Un falò si accende per festeggiare l'estate.

# XI
## Una novità in paese

Emma e Rosa camminano a piedi nudi sull'erba. Camminano piano perché stanno portando da mangiare a Tino nei campi e hanno paura di far cadere qualcosa. Rosa porta due fette di pane con dentro un uovo sodo, Emma un fiasco di vino con sopra un bicchiere.

"Vi siete fermate lungo la strada, eh?" chiede Tino, guardando le loro labbra sorridenti sporche di more.

"Hanno fatto bene" dice il Renato, che gli lavora a fianco. "Sai che i Signori, per i loro figli, le more le comprano nei negozi?! Eh, be'. Le tue figlie non son da meno."

"I Signori, i Signori..." sbuffa Tino. "Oh, in fondo mangiano il grano che viene dai campi anche loro! E se non ci fosse gente come noi che si sporca le mani, cosa farebbero? Vorrei vederli a mangiare le loro carte da avvocati e ingegneri!"

Emma torna a casa con una fascina di legna sottobraccio; Rosa con dell'erba per i conigli.

"Siete state via un bel po'. Avete fatto il giro largo, mi sa" sospira Cesira, fingendo una severità che non le appartiene, mentre con un fazzoletto ripulisce le ultime tracce di more dalle bocche delle figlie.

"Dobbiamo sbrigare le faccende domestiche. Tu, Emma, vai a dar da mangiare ai conigli e alle galline, e poi ti fermi a vedere se i panni che ho steso si sono asciugati. Tu, Rosa, mi aiuti a fare il pane."

Mentre le bambine si organizzano per eseguire gli incarichi della mamma, arriva di corsa Luigina, l'amica di Cesira.

"C'è una novità in paese!" annuncia col fiatone.

*****

È il settembre del 1912.

Emma ha undici anni, Rosa nove.

Vanno alla messa della domenica, come sempre, coi loro genitori.

Ma a celebrarla trovano un nuovo parroco, fresco di nomina.

"Mamma, ma non è troppo giovane? È un prete vero? Siamo sicuri?" chiede Emma, mettendosi a sedere sulla panca.

"Ël par un bagài" *Sembra un bambino,* borbotta Tino.

"Quanti anni avrà?" chiede Rosa.

"Ne ha ventiquattro!" risponde la Luigina, sporgendosi dalla panca dietro. "L'ho chiesto alla Gina che gli dovrà fare le pulizie in chiesa e canonica. Ho anche sentito il farmacista che ne parlava e diceva con ammirazione: 'Uomo di grande cultura. Ha anticipato le tappe' e altre robe così."

"E cosa significa?" chiede Tino.

"Di preciso non lo so. Ma credo sia uno matto per lo studio e molto intelligente" spiega la Luigina.

"Il nostro vecchio parroco aveva un'aria più professionale" commenta Emma. "Questo più che un prete sembra un chierichetto!" ride.

"Emma!" la riprende sottovoce la mamma. "Adesso fate tutti silenzio che inizia la messa. Sssh!"

Il nuovo parroco si chiama don Franco. Sorride bonario, e sorride spesso.

Dopo una certa diffidenza iniziale legata alla sua età, si conquista la simpatia dei parrocchiani.

"Le vostre belle colline, i vostri fiumi... Sento già che l'Emilia sarà una nuova e confortevole casa per me. Grazie per avermi accolto. Che Dio vi benedica, andate in pace."

Con questo piccolo discorso, don Franco conclude la sua prima messa al paese.

Quasi tutti i parrocchiani si fermano sul sagrato ad

aspettare che si cambi ed esca, per conoscerlo da vicino e presentarglisi.

"Di dove siete originario, reverendo?" chiede Luigina.

"Di Padova, signora."

"Ciùmbi – *caspita* –, avete fatto un bel viaggio allora!"

"Eh sì" le sorride il parroco.

"Io sono la Garibaldina" si fa avanti Emma.

"Balòssa, ma cosa dici? Presentati bene!" la riprende con dolcezza Cesira. "Scusatela, reverendo. Si chiama Emma. E lei è Rosa."

Rosa sorride, nascosta dietro la gonna della mamma.

Don Franco si fruga in tasca e tira fuori due caramelle.

"Le ho prese nella mia città, prima di partire. Posso offrirvele?"

Emma fa segno di sì, ringrazia e prende subito la sua caramella. Poi, visto che la sorella resta impacciata dietro la gonna di Cesira, si riaffaccia alla mano di don Franco. "Gliela do io, per voi. È un po' vergognosa con gli estranei" gli sussurra.

"Oh, capisco" sorride a bassa voce il parroco.

Quando tutti i parrocchiani hanno finito di sfilare davanti al reverendo, e mentre Cesira si ferma a dire due parole con la Luigina e altre amiche, Emma torna ad avvicinarsi a don Franco.

"Siamo la vostra prima parrocchia?" chiede, tenendo le mani dietro la schiena.

Don Franco fa un piccolo sobbalzo: era perso a guardare il paesaggio attorno e non l'ha sentita arrivare.

"Purtroppo per voi, temo di sì" le sorride.

"Non offendetevi, ma... si vede."

"Si vede tanto?"

"Eh, insomma. Comunque, l'idea delle caramelle è buona. Se ve ne tenete sempre qualcuna in tasca, i bambini li conquistate tutti!"

"Uhmm, credo che tu abbia ragione. Dovrò fare così!" Emma fa qualche passo avanti e indietro; è una pausa di riflessione.

"Reverendo... Se avete bisogno di qualche consiglio, chiedete pure. Noi siamo pratiche di questa chiesa. E la gente la conosciamo tutta. Se qualcuno, poi, vi dà fastidio, ditelo pure a me!" dice tirandosi su le maniche.

Don Franco vorrebbe scoppiare a ridere, ma pensa che la bambina potrebbe prendersela a male; così si trattiene. Si limita a uno dei suoi ampi sorrisi, mentre risponde: "Lo terrò presente. Ti ringrazio proprio."

"Oh, figuratevi" alza le spalle Emma. "Quando si può aiutare il Prossimo..."

***** 

Don Franco ha l'entusiasmo e l'ottimismo dei giovani, che siano preti o no. Una delle prime cose che si mette in testa di fare è creare una biblioteca parrocchiale.

"Abbiamo un bel salone che appartiene alla chiesa, e quindi alla gente del paese. Non riesco a pensare a un modo migliore per utilizzarlo!"

Tra tutti i parrocchiani, grandi e piccoli, Rosa è sicuramente quella che apprezza di più l'idea. Riesce a vincere persino la sua smisurata timidezza e va dal reverendo, offrendosi di aiutarlo.

Don Franco decide anche di creare un coro.

"Perché non vieni a farne parte?" chiede a Emma, dopo aver sentito la voce bella che ha.

La bambina si volta verso il padre per vedere cosa ne dice.

"L'ha presa da me" commenta Tino, con malcelato orgoglio. "Vacci, vacci" l'autorizza poi.

*****

Il nuovo parroco se ne va spesso in giro in bicicletta per le colline. Vuole conoscere la zona dove l'hanno mandato a stare, e vedere le case dei suoi parrocchiani, vedere come vivono.

Un giorno si ferma vicino a un campo. Vede un anziano contadino ballista (ha già avuto modo di conoscerlo) che parla con una coppia di città. I due hanno fermato l'automobile proprio vicino al suo campo; sono scesi a fare una sosta e a scrollarsi un po' di polvere di dosso. Il contadino si avvicina diffidente a quel mostro metallico: così rumoroso che ne aveva sentito l'arrivo quando l'automobile era ancora a valle.

"Non avete paura che questo arnese vi esploda sotto al sedere?" chiede alla coppia. "E vi piace viaggiare respirando tutta la polvere che fa volar per aria? Non vi conviene restare in città e far su e giù per le strade corte e piane che avete voi?"

L'uomo e la donna si guardano.

"Siamo partiti dalla città stamattina" risponde l'uomo, mentre si sfila i guanti e gli occhialoni scuri. "Saremo ospiti per qualche giorno nella villa della famiglia Cobianchi. Con l'automobile spostarsi diventerà sempre più semplice e di moda. Vedrete, buon uomo!"

L'anziano contadino ascolta il motore che emette gli ultimi gemiti e sbuffi di spegnimento. Si scosta dall'automobile e torna nel campo, scuotendo la testa e borbottando: "Sarà di moda per chi vuol saltar per aria e assordare tutti."

"Com'è andato il raccolto quest'anno?" gli chiede l'uomo dell'automobile, puntandosi i pugni sui fianchi e guardandosi attorno.

Il contadino fa un mezzo sorriso tra sé. Poi si volta verso l'uomo, prende in mano un sasso, lo rigira e: "Male, male. Questi, l'anno scorso, erano grandi il doppio!"

"Oh, ci spiace..." commenta preoccupata la donna, mentre anche l'uomo partecipa alla sventura con espressione seria.

"Eh, cosa volete. In campagna da noi è così. È piovuto troppo poco" dice l'anziano contadino, lasciando cadere a terra il sasso e voltando definitivamente le spalle all'automobile.

Quando la coppia di città riparte, rombando per le strade di collina, don Franco si accosta al contadino.

"Antonio, Antonio" lo rimprovera bonario. "Allora i sassi quest'anno non maturano?"

"Poca acqua, reverendo. Poca acqua" gli schiaccia l'occhio il contadino.

Quando don Franco torna in chiesa, trova un gruppo di donne che stanno pregando assieme.

È da quando è arrivato che le vede in chiesa, tutte le sere dopo il lavoro nei campi.

"Che donne devote" commenta con Gina, che gli fa da perpetua.

"Oh, perbacco! Altroché!" risponde Gina, con aria sorniona, mentre tiene gli occhi sul pavimento che sta scopando.

"Pregano per il padrone della loro terra."

Don Franco si avvicina piano, incuriosito, e sente un coro di donne che, all'unisono pregano: "Signore... Fallo morire! Fallo morire!"

*****

Una messa domenicale.

Don Franco è sul sagrato a salutare i parrocchiani.

"Io scappo, reverendo. Devo andare a lavorare" dice Tino, infilandosi il berretto.

"Anche oggi che è festa?" chiede il parroco.

"Il frumento e la melica non lo sanno mica che oggi è domenica!"

"Come va in campagna?"

"Eh, c'è da zappare. E la terra è bassa!"

Don Franco allarga le braccia, con un gesto di rassegnazione.

"Ci vuol pazienza, Tino."

"Pazienza con rabbia, reverendo."

Mentre Tino sta per andarsene, don Franco lo trattiene

ancora, ricordandosi che doveva chiedergli una cosa. "Ho sentito il Giulio che si lamentava. Diceva che l'hai imbrogliato scambiando il burro e il lardo che ti aveva comprato con un mattone. Io non ci posso credere, ma..."

"È vero."

"..."

"Quel malnàtt – *farabutto* – del Giulio doveva pagarmi per un lavoro, ma ha voluto fare il furbo. E allora, quando ho avuto l'occasione, l'ho ricambiato con la stessa moneta."

Tino si toglie il berretto e se lo gira tra le mani. "Non mi piace esser costretto a fare così. Mi piace l'onestà e la chiarezza. Ma quando si ha a che fare con gente che mette la parola sotto i piedi..."

Tino dà un paio di colpi di tosse.

"Se gli sento dire ancora qualcosa su di te, saprò ben io cosa rispondergli" dice don Franco serio, infilandosi le mani nella tonaca.

Tino fa un cenno di ringraziamento col capo. Poi vede la bicicletta del parroco appoggiata a un albero lì davanti.

"Ha un pedale mezzo rotto. Portatela da me che ve l'aggiusto."

E senza aspettare una risposta, Tino si rimette il berretto e va al lavoro.

*****

"Benvenuto, reverendo!" lo accoglie Emma nel cortile di casa. "Siete qua per la bicicletta? Il papà la sta finendo, venite che vi accompagno nella stalla."

La bambina prende il parroco per mano e lo trascina.

"Mia mamma ha appena sfornato i batarö; sono ancora belli caldi. Poi dovete venire in casa a mangiarne uno! Ci potete mettere sopra un poco di marmellata di uva e mele. È la migliore della vallata! Mia mamma cucina benissimo."

Don Franco rimane regolarmente frastornato dai discorsi di Emma: a volte per il contenuto, sempre per la velocità.

Quando riesce a inserirsi, chiede: "Cosa sono i batarö?"

"Sono come dei panini lunghi; però più saporiti. Si parte con lo stesso impasto del pane. Mia mamma ci aggiunge anche una manciata di farina gialla, per renderli più croccanti. Poi si aggiunge olio e sale – se li si vuol fare salati –, oppure olio e zucchero – se li si vuol fare dolci – e li si mette in forno. Adesso la mamma li ha fatti solo salati, perché non abbiamo zucchero. Ma son ben buoni anche quelli dolci!"

Il parroco ascolta e immagazzina le novità che sta imparando.

"E bisogna metterci poca marmellata?"

Emma ride. "Non è che bisogna! Più se ne mette, meglio è. Sarebbero buoni anche col salame! Con la coppa! E coi formaggi!... Però bisogna avere i soldi. Per quello noi ne mettiamo poca. A volte li mangiamo anche senza niente. Son buoni lo stesso" alza le spalle la bambina.

"Alla prossima festa del paese, dovete assaggiare anche la chisöla coi grasej. Vi leccherete le dita!" aggiunge Emma.

"..."

"La chisöla è la focaccia!" ride di nuovo Emma, che era certa di trovare impreparato il reverendo anche stavolta. "I grasej sono i ciccioli: vengono presi dalla parte grassa del maiale."

La bambina lascia la mano del parroco.

"Papà! C'è don Franco per la bicicletta."

"Avevo già sentito" borbotta Tino pulendosi le mani con uno straccio. "Te fai un bordello con le tue chiacchiere che è difficile non accorgersi che è arrivato qualcuno."

Cesira e Rosa si affacciano alla porta della stalla. Salutano don Franco e restano a guardare la consegna della bicicletta.

"Ho fatto del mio meglio" dice Tino. "Il pedale è a posto; ma ho trovato parecchie altre cose che erano da sistemare. Adesso dovrebbe andare."

"Allora, come si suol dire, siamo a cavallo!" esclama

contento don Franco.

"A cavallo di un asino" ribatte Tino.

Cesira si porta le mani al viso e lancia un'occhiataccia al marito, che subito si spiega. "Intendevo dire che io ve l'ho aggiustata, reverendo, e che per ora regge. Ma non so per quanto; non vorrei finisse per lasciarvi a piedi, mentre siete su per i bricchi. Quindi, se in Curia vi danno i soldi per comprarne una nuova, viaggiate più sicuro."

Don Franco allarga le braccia. "Sarà fatta la volontà di Dio. E se dovrò, mi farò una passeggiatina a piedi di qualche chilometro sulle colline."

Poi tira fuori il portafoglio: vuole pagare Tino per il suo lavoro.

"Non se ne parla" dice Tino, scuotendo la testa e facendo segno di no con la mano. "Ag mancarìs àtar. – *Ci mancherebbe altro.* – Per gli amici lo faccio gratis."

Don Franco sorride. "Apprezzo il fatto che mi consideri un amico e te ne sono grato. Ma a maggior ragione, io non mi approfitto degli amici. Insisto per pagarti, altrimenti non mi sentirò più libero di chiederti un favore."

"Siete un bell'arnese, va là" scuote di nuovo la testa Tino. "Va bene." E alla fine accetta i soldi.

"Ora, però, vorrei assaggiare la marmellata più buona della vallata e un pezzo di ba-ta-rö" dice don Franco, guardando Emma in cerca di approvazione per la pronuncia.

Emma ride e alza il pollice.

# XII
## Tutto il mondo in guerra

28 luglio 1914.
Mentre Tino e Cesira sono nei campi con le figlie a spigolare, l'Austria-Ungheria dichiara guerra alla Serbia.
I giornali ne parlano. Tutto è cominciato il 28 giugno con l'assassinio dell'arciduca Francesco Ferdinando – erede al trono d'Austria – compiuto a Sarajevo da uno studente serbo.
L'Italia, dal 1882, fa parte della Triplice Alleanza (assieme all'Austria e alla Germania), quindi tutti si chiedono cosa succederà ora.
Entrerà in guerra anche il nostro Paese?

Il 3 agosto – mentre Tino è nella vigna a controllare la maturazione dell'uva e Cesira è nella stalla a mungere la mucca – il governo, guidato da Salandra, dichiara che l'Italia non parteciperà, resterà neutrale.
Il Paese si divide in neutralisti e interventisti.
Tra i neutralisti, contrari alla guerra, c'è la maggior parte del parlamento. I cattolici, i socialisti ("la guerra è un affare tra capitalisti, i lavoratori devono restare uniti"), e i liberali di Giolitti (ex presidente del consiglio).
Tra gli interventisti c'è il re. E i liberali conservatori, l'ala defezionista socialista guidata da Benito Mussolini, i giornali (che attaccano i neutralisti e definiscono Giolitti un traditore), la grande industria (che già pensa ai guadagni legati alle forniture per l'esercito), e diversi intellettuali come Marinetti ("La guerra è la sola igiene del mondo, non c'è bellezza che nella lotta") e D'Annunzio (che parla del "raggiante dolore del martirio" e dello splendore del sangue).

Tanti sono i discorsi patriottici fatti per esaltare le folle.

*****

Nel maggio del 1915 – mentre Emma e Rosa, dopo aver dato da mangiare a galline e conigli, sono sedute vicino alla pianta di serenella – la Triplice Intesa (composta da Inghilterra, Francia e Russia) propone all'Italia, in cambio della sua entrata in guerra contro i vecchi alleati, una posizione di dominio nell'Adriatico e ampliamenti territoriali ai danni dell'Austria (Trento, Trieste, Gorizia, parte dell'Istria e altro ancora). Giolitti stava già cercando di ottenere gli stessi risultati con accordi diplomatici, ma la guerra sembra una soluzione più rapida.

L'Italia si stacca dalla Triplice Alleanza, aderisce all'Intesa e il 24 maggio dichiara guerra all'Austria-Ungheria.

I parlamentari neutralisti ricevono minacce e intimidazioni; Giolitti finisce sotto scorta, tanto è il pericolo che corre.

Gli interventisti festeggiano in piazza l'entrata in guerra. Sono in molti a far festa, perché l'idea che si è cercato di inculcare a tutti è che la guerra sarà breve e certamente vinta.

"Sono stato in città col Piero e il Renato, per cercare di capire cosa succederà" dice Tino, appoggiandosi a un muretto in cortile, vicino alla serenella. "Mi sembrano tutti matti. Stanno festeggiando la guerra. Io sono ignorante e non ho capito neanche la metà dei discorsi che facevano nelle piazze dove siamo passati. Usavano tante di quelle parole difficili che mi ci voleva dietro un professore che mi spiegasse! Però, io dico: se c'è da farla, 'sta guerra, se quelli che ne sanno di più dicono che è giusta, va bene, facciamola. Ma da lì a esserne contenti e aver voglia di festeggiare... Non so cos'hanno nel cervello. Forse delle pigne secche."

Tino ha trentacinque anni e alle spalle già un'intera vita di lavoro duro nei campi. Ha la preoccupazione di una famiglia che conta su di lui per andare avanti. La preoccupazione del padrone che, se lui non rispetta il contratto, lo sbatte fuori.

Eppure, nei primi mesi del 1916 viene richiamato alle armi, come tanti altri contadini prima di lui. Come i suoi amici Piero e Renato.

Viene assegnato a un reggimento alpini, in fanteria.

"Non ho mai preso il treno. Guarda te in che occasione dovevo salirci."

Sono le ultime parole di Tino, prima di partire verso la guerra.

È così che saluta la moglie e le figlie; borbottando queste parole, tra un colpo di tosse e l'altro.

*****

Nel 1916 Emma deve compiere quindici anni, Rosa tredici. Si siedono attorno al tavolo con Cesira. A parlare del da farsi.

Se vogliono tirare avanti fino al ritorno di Tino, devono impegnarsi tutte e tre; e parecchio.

Ai primi di marzo – quando le viole cominciano a fiorire sui cigli dei fossi – vanno a zappare e seminare i campi di melica. Poi Cesira aiuta a imbottigliare il vino, mentre le ragazze vanno a büscaià.

Ad aprile è il momento di andare a zappare nelle viti, per smuovere la terra, togliere l'erba.

Quando arriva maggio, Cesira dice alle figlie che, per mettere da parte qualcosa, ha deciso di partire per le risaie: andrà in provincia di Pavia.

A Rosa viene da piangere; le sembra che la sua famiglia si stia sbriciolando.

Emma le stringe la mano e poi, con voce ferma, si rivolge a Cesira: "Vengo anch'io. Sono abbastanza grande e una paga in più ci fa comodo. Rosa potrebbe andare a stare con la Luigina e continuare a seguire la biblioteca parrocchiale con don Franco che così le darebbe un occhio."

"No!" salta su Rosa con gli occhi gocciolanti lacrime. "Non pensateci nemmeno di lasciarmi a casa! Dovrei restare a leggere dei libri mentre voi andate a lavorare? Sono abbastanza grande anch'io. Vengo con voi!"

Cesira resta in silenzio, con gli occhi lucidi, a guardare le sue figlie che si tengono stretta la mano.

"Le mie bambine..." sussurra. E a voce più alta: "Va bene. Andremo tutte e tre. Assieme."

Partono a maggio e tornano ai primi di luglio.

La vita in risaia vuol dire stare tutto il giorno con la schiena curva e i piedi nell'acqua, nel fango, a trapiantare le piantine di riso (il trapianto) e a togliere le erbacce (la monda). Cesira e la sua gamba ne risentono.

Un giorno, Emma e Rosa sentono parlottare delle donne. "È malandata e sta invecchiando: non regge più la vita in risaia. Prima o poi la dovranno sbattere fuori."

Non ne sono certe, ma hanno paura si riferiscano alla loro madre. Si dicono subito che la dovranno aiutare ad andare avanti più velocemente nella fila in cui lavora.

Non ce n'è bisogno: Cesira lavora già tanto di suo, facendo anche gli straordinari per far saltar fuori giornate di paga in più.

Quasi tutte le donne che vanno regolarmente a fare la monda soffrono di reumatismi, scogliosi, dolori alla schiena. Spesso, le giovani incinte hanno aborti spontanei.

*"Se otto ore vi sembran poche, provate voi a lavorar,*
*e proverete la differenza tra lavorare e comandar."*

Questo canto di protesta accompagna le mondine quando le condizioni di lavoro diventano insostenibili o quando qualche padrone cerca di ridurre loro la paga.

Rosa ha paura delle bisce che ci sono nell'acqua; Emma le sta davanti cercando di evitare che le incontri.

La sera, le ragazze nubili vanno a ballare. Le più piccole hanno sonno e vanno subito a coricarsi, così come le donne sposate.

Emma e Rosa (che si stropiccia gli occhi di continuo) dormono nello stesso letto.

"Hai sempre i piedi gelati" dice Rosa con voce malinconica. Si guarda attorno, nella penombra, e pensa alla loro casa, alle loro colline in Emilia.

"In questa stagione dovresti esserne contenta! Col caldo che fa" prova a farla sorridere Emma.

Quando piove, non si lavora e non si prende paga.

La paga, terminato il periodo, è un po' in soldi e un po' in riso.

E poi, finalmente, si torna a casa.

Appena arrivate, Emma e Rosa sono già in giro a tagliare fascine di robinia per i conigli, mentre Cesira, con altre donne, inizia la spannocchiatura.

Sistemati i conigli, Emma e Rosa vanno a spigolare in un campo, portandosi dietro le oche. Le ragazze spigolano e le oche mangiano.

A fine giornata, sorridono soddisfatte; hanno trovato e raccolto abbastanza spighe di frumento per poterci fare della farina.

Si preparano a tornare a casa, quando arriva il figlio del padrone – quello con cui Emma s'era picchiata da bambina – e, di prepotenza, carica il loro raccolto sul suo carro trainato dai buoi.

"Da quando vostro padre è via, lavorate meno, ce ne siamo accorti" dice il ragazzo. "E siate contente che non vi prendo anche le oche, visto che hanno mangiato il mio grano!"

"Si tiene di buono perché è il figlio del padrone! Ma da solo non sarebbe neanche capace di fare la O col bicchiere! Vorrei tanto tirargli le orecchie fino a farlo diventare più alto!" grida Emma, prendendo a calci la terra, quando il ragazzo ormai se n'è andato.

"Bisognerebbe dargli un pugno sul muso" sussurra Rosa, con gli occhi umidi.

Emma le guarda le mani: sono piene di piaghe e calli. Come le sue.

"Chissà dov'è il papà" si chiede Rosa, radunando, piano, le oche per tornare a casa.

"Il fronte italiano è tutto in montagna, sulle Alpi" dice Emma, aiutandola con le oche. "È lì da qualche parte anche lui."

Nell'agosto del 1916 l'esercito italiano conquista Gorizia. Ma a che prezzo? I soldati cantano: *"Gorizia tu sei maledetta, per ogni cuore che sente coscienza. Dolorosa ci fu la partenza, e il ritorno per molti non fu."*

Cesira, intanto, si prepara, con l'aiuto delle figlie, ad arare un campo di melica.

Si alza di mattina presto, mette il giogo ai buoi e li guida con il "ghiadè" (una specie di pungolo) che usava Tino. Lei sta davanti a guidarli, le ragazze dietro per controllare che l'aratro lavori bene.

Alla fine di settembre inizia la raccolta dell'uva che durerà per un mese. Cesira e le ragazze vanno a lavorare a giornata. Se piove non lavorano e, come in risaia, non prendono paga; il padrone gli dà giusto qualcosa da mangiare.

A novembre, poco prima che arrivi l'inverno, vanno a seminare il frumento; poi a potare le viti e a farsi qualche fascina di legna, con i tralci tagliati.

Le giornate ormai sono corte; il sole se ne va presto.

A sera, tornando dai campi, accettano spesso un passaggio sul carro di qualche vicino. A volte, Rosa si addormenta sulla spalla della sorella, prima di arrivare a casa.

*****

Vedendo che la guerra dura più del previsto, don Franco

decide di rendersi utile e dà una mano nei campi ai suoi parrocchiani più poveri. Tra questi ci sono anche Cesira e le figlie.

Qualche sera, tornando dai campi, si ferma a riposarsi nel cortile di casa loro. Si appoggia al muretto, vicino alla pianta di serenella, e dice due parole in tranquillità.

"Volete qualche bastürnô, reverendo?" gli chiede Emma con un sorriso.

"Me lo fai apposta, eh?" le sorride di rimando don Franco.

"Sai che non so cosa sono e ti diverti, benedetta figliola!"

"Sono le castagne arrostite sul fuoco! Ne abbiamo ancora."

"Oh, sono buone. Ma no, ti ringrazio. Il pezzetto di mosto cotto che abbiamo mangiato oggi col pane mi si è piazzato sullo stomaco. Forse un colpo di freddo o..."

Emma scoppia a ridere. "Questa è bella! Ci nutriamo praticamente di aria, e voi avete fatto lo stesso indigestione! Con una briciola di mosto e pane?! Reverendo..." conclude scuotendo la testa.

Don Franco allarga le braccia.

"La volete una limonata calda? Mia mamma dice sempre: così, o su o giù!" Emma sorride. "Comunque, siete un disastro."

"Emma!" la rimprovera Cesira, che arriva con Rosa in quel momento. "Ma che modo è di parlare al reverendo?! Scusatela. Mio marito dice sempre che è schietta come il freddo del mattino."

Nominare Tino ha fatto sparire tutti i sorrisi. La guerra si affaccia prepotente nei loro pensieri.

"Come stanno andando le cose, don Franco?" chiede Cesira. "Voi che avete studiato e ne capite più di noi, diteci cosa pensate."

Don Franco sospira e prende tempo. Non vorrebbe dire niente che le preoccupi troppo, ma è ben difficile trattandosi di una guerra.

"Stanno usando nuove armi che nelle altre guerre non c'erano. Che Dio mi perdoni, ma non so spiegarmi perché l'uomo cerchi sempre di inventarsi nuovi modi per far soffrire i suoi simili. Aerei, lanciafiamme, gas, carri armati. È una guerra di trincea. Gli aerei combattono tra di loro e mitragliano le trincee. Per fortuna, raramente bombardano le città. Ho sentito dire che, quando lanciano i gas tossici, ai soldati viene data una nuova attrezzatura che li fa assomigliare a dei formichieri: credo siano le maschere antigas. Quante diavolerie insensate. Se non usassero i gas, non ci sarebbe bisogno delle maschere."

"Ne avranno data una anche al papà?" chiede Rosa con un sussurro.

"Speriamo non gli serva" interviene Emma, con lo sguardo perso nel cielo.

*****

"Mi am sa mia car." *A me non fa piacere.*

Così dice sempre Cesira quando si trova tra più persone che iniziano a spettegolare su altri; e con fare rispettoso ma deciso, si allontana.

Non lo dice con stizza o con aria di superiorità. Lo dice come si dice la verità. E con una punta di dispiacere mista a incredulità, come fosse difficile per lei capire che gusto possano trovarci gli altri.

Forse anche per questo è così benvoluta in paese e dai vicini.

È sempre disponibile ad aiutare, per quel che può. È una donna seria, una buona madre e moglie, una grande lavoratrice. Di una religiosità profonda, sincera, non formale.

Da quando Tino è partito, poi, sta portando avanti la famiglia, la casa e il lavoro da sola, a costo di sacrifici, ma con onestà, senza ricorrere a mezzucci o piccoli imbrogli, come fanno in tanti.

Nella sua mitezza, è una donna su cui nessuno potrebbe trovar da ridire.

Tra i compaesani, c'è anche Angelo, un mezzadro sui quarant'anni, scorbutico con tutti.

Da un paio d'anni, sua moglie Teresa si è ammalata. Ha gravi problemi di cuore. E anche d'anima.

Per i primi, va regolarmente a visitarla il dottore, le lascia delle medicine e, ogni volta, conferma ad Angelo che purtroppo non c'è possibilità di miglioramento. Per i secondi – i problemi dell'anima – il dottore non sa che fare. È come se Teresa avesse da tempo rifiutato la vita. Sono due anni, ormai, che non scende dal letto. Certo, è anche molto debole, per via del cuore; ma è come se non avesse più motivi per alzarsi.

Angelo, pur facendo del suo meglio, non è il marito ideale da avere al fianco in simili condizioni. È un uomo ruvido e capace di manifestare interesse solo per le faccende pratiche.

In più, la coppia ha due figli maschi, di quattordici e diciassette anni, e una femmina di tre anni. Nessuno si occupa di loro; la madre perché non può, il padre perché non sa.

Angelo ha un brutto carattere, e così i vicini stanno alla larga dalla sua casa.

Solo Cesira e le sue figlie, da quando Teresa si è ammalata, vanno ad aiutarli. Accudiscono la moglie, puliscono la casa, lavano i panni, fanno il pane, e rallegrano un poco la bimba piccola.

Anche Teresa è devota alla Madonnina, come Cesira. Porta sempre un anellino di rame con la Sua effigie; dice che è l'unica sua consolazione. Così, quando Cesira va alla cappelletta a portare fiori alla Madonnina, ne porta qualcuno anche a nome di Teresa.

Non c'è un grande dialogo con Angelo. Lui sa, pressappoco, l'ora in cui deve arrivare Cesira. Si fa trovare appoggiato alla porta, si tocca il berretto in un gesto che per lui vuol dire tante cose – Cesira lo capisce –, e poi se ne va a lavorare, o da qualche altra parte; non vuole restare tra i piedi, sa di essere d'impaccio.

Cerca di sdebitarsi, Angelo; non perché gli sembri un obbligo, ma perché gli sembra giusto e perché gli fa piacere. Rispetta e stima quella donna; vale più di tanti uomini.

A luglio, appena matura la prima uva bianca da tavola, l'uva di Sant'Anna, ne prepara qualche cassetta e va subito a portarla a casa di Cesira. Gliela lascia davanti alla porta, senza dire niente.

E a ottobre, allo stesso modo silenzioso, le porta la Verdea, che viene messa da parte per essere mangiata in inverno.

Una volta, Rosa si era accorta che in cortile c'era Angelo e che stava mettendo giù l'uva. "Lo chiamo e lo faccio entrare, mamma?"

Cesira aveva scosso la testa, senza alzare gli occhi dal rammendo a cui lavorava. "È così che vuole lui e noi dobbiamo rispettarlo."

È il 1917 quando Emma apre la porta e si trova davanti una bicicletta. È usata, certo. Ma è una bicicletta! E in giro, in paese, ce ne sono ancora poche.

"Mamma! Corri, vieni a vedere!"

Cesira si appoggia una mano sulla guancia. "Maria Vergine..." sussurra.

"Siccome non credo che sia un regalo di Gesù Bambino" sorride Emma, "mi sa che è stato Angelo a portarcela."

"Avrà pensato che così possiamo andare più facilmente anche da loro" dice Rosa contenta, mentre tocca con stupore la bicicletta.

"Gli altri in paese non lo crederebbero mai capace di un pensiero così gentile. Ci resterebbero di sasso!" commenta Emma. E aggiunge, ridendo: "Forse aveva bevuto!"

Cesira, col viso commosso e stanco, s'infila le mani nelle tasche del grembiule. "È un brav'uomo."

\*\*\*\*\*

6 aprile 1917.
Entrano in guerra anche gli Stati Uniti, al fianco della Triplice Intesa. A fianco dell'Italia.
Crescono le speranze di farcela.
"Il Renato, l'amico del papà, è in un campo di prigionia tedesco" annuncia Cesira alle figlie, rientrando in casa, dopo essere stata dalla Luigina.
"E il papà..." sussurra in silenzio Rosa, mentre Emma le stringe la mano.

Agosto. Tornando dai campi, Cesira e le ragazze, per avere notizie, si fermano a leggere il giornale che la moglie del Piero s'è procurata in paese.
"C'è l'elenco dei Paesi che stanno combattendo" dice Rosa, che legge per tutte. "Alcuni non li ho mai sentiti; non so neanche dove sono."
"Tutto il mondo è in guerra" commenta Cesira. E si fa un piccolo segno della croce.

In ottobre, scoppia la rivoluzione in Russia. Cade lo zar e con lui il suo impero. La Russia è in crisi, e così Austria e Germania possono spostare le loro truppe da oriente sul fronte italiano e occidentale.
Per il nostro esercito è un evento disastroso.
Il 24 ottobre inizia la battaglia di Caporetto: un massacro.
Anche Tino era a Caporetto; sarà ancora vivo?

Papa Benedetto XV continua a lanciare appelli per la pace, definendo la guerra vergogna dell'Umanità.
Ormai in Italia è forte la consapevolezza di come stia andando tutto molto diversamente da come avevano previsto gli interventisti. Una guerra disperata di cui non si vede la fine.
La situazione al fronte è drammatica: ragazzi e uomini

male armati, messi lì senza adeguata preparazione, mandati al massacro (in missioni che gli alti comandi sanno essere suicide) per il possesso di qualche pezzo di terra in più che spesso, il giorno dopo, viene perso nuovamente. E quasi sempre sono i poveri che vengono mandati a morire. Si muore anche per le infezioni; non ci sono bende, medicinali. Il morale dei soldati è bassissimo. Molti muoiono suicidi: corrono fuori dai ripari, dalle trincee, e si fanno sparare.

Anche la situazione a casa non è facile: cominciano a tornare i soldati mutilati, il cibo scarseggia e la gente soffre la fame. Comincia a mancare di tutto; e manca l'aiuto degli uomini nei campi e nelle fabbriche.

Il generale Luigi Cadorna – a capo delle forze armate italiane, privo di esperienza sul campo e mal sopportato dalle truppe – dà la colpa delle sconfitte ai suoi soldati. Ma dopo Caporetto viene sostituito dal generale Armando Diaz e l'esercito viene riorganizzato.

In più, arrivano truppe fresche e viveri dagli Stati Uniti e dal Giappone.

La situazione sembra migliorare.

Dopo Caporetto, il Monte Grappa diventa il perno della difesa italiana. Agli austriaci servirebbe come accesso alla pianura veneta, ma non riescono a passare.

Nell'ottobre 1918, si svolge la battaglia di Vittorio Veneto, oltre il Piave. Gli italiani sfondano le linee nemiche e sconfiggono gli austriaci.

Il 4 novembre, l'Austria-Ungheria, fiaccata da questa battaglia, firma l'armistizio che pone fine alla guerra sul fronte italiano.

"L'Austria ha capitolato! Firma l'armistizio! È finita la guerra!" si grida in ogni parte d'Italia

Di lì a poco, l'11 novembre, anche la Germania chiede la pace.

Ora sì, per tutti, è davvero la fine della guerra.

*****

Emma e Rosa hanno rispettivamente diciassette e quindici anni. Sono due signorine, come dice Cesira. È da poco finita la semina, ed entrambe si sono concesse un pomeriggio di libertà.

Sono andate in paese, da don Franco: Emma per le prove del coro, Rosa per riordinare i libri della biblioteca parrocchiale che, negli anni, è cresciuta con lei. Emma finisce prima le prove e così, mentre aspetta sua sorella, si siede in biblioteca a disegnare. Fa un ritratto a Rosa, senza dirglielo. Glielo mostra solo alla fine. "Ti piace?"

Rosa arrossisce. "Mi hai fatto troppo bella! Solo tu mi vedi così."

"Sei tanto intelligente, hai letto tanti libri che io neanche fra mille anni leggerei! Eppure su certe cose non hai cognizione" le dice Emma, mettendosi i pugni sui fianchi.

"Rosetta, tu sei mille volte più bella di come ti ho ritratta io. Sarebbe ora che te ne accorgessi! Questo disegno, intanto, lo appendiamo in casa."

Il viso di Rosa sembra prendere fuoco. "No, ma cosa dici! Ma che appendere!" si affretta a dire, togliendo, quasi a forza, il ritratto dalle mani della sorella. "Lo teniamo nel cassetto del comò, in camera. Me lo guardo io ogni tanto, per ricordarmi quanto sei brava. E quanta fantasia hai" sorride Rosa, scherzando.

Emma fa un sorriso con sbuffo. "C'hai una testa..."

*****

Di notte, quando tutti dormono e anche le luci delle candele sono spente, il buio della campagna è immenso. Sembra inghiottire ogni cosa. Specie in inverno.

Cesira, Emma e Rosa non riescono a dormire. A scaglioni stanno tornando i soldati dal fronte. Sono già tornati altri uomini del paese. Quando toccherà a Tino? Ogni giorno potrebbe essere quello buono. A meno che gli sia successo qualcosa...

"Mi sa che domani nevica" dice Emma guardando il cielo scuro.

Apre la finestra, solo un attimo, per vedere se sta già nevischiando, ed entra in casa una folata di vento.

"Sono gli angeli che sbattono le ali" sorride Cesira.

\*\*\*\*\*

È il primo di dicembre. Da un cielo stanco iniziano a scendere piccoli fiocchi di neve, destinati a crescere e imbiancare tutte le colline.

Emma è uscita per dar da mangiare ai conigli, ma si è accorta che la gabbia in cui sono si sta rompendo. Chiama alla svelta la madre e la sorella perché le diano una mano ad aggiustarla, altrimenti addio animali.

Sono chinate tutte e tre attorno alla gabbia a cercare di ingegnarsi su come sistemarla.

"C'è sempre da tribolare a stare al mondo" dice una voce maschile alle loro spalle. E, finita la frase, quella stessa voce dà un paio di involontari e inconfondibili colpi di tosse.

"Papà!" grida Rosa. E mentre grida, sta già piangendo.

Lei ed Emma corrono ad abbracciarlo. Lui, tossendo, appoggia una mano sulla testa di entrambe le figlie.

Cesira lo guarda incredula e la gamba malata le cede per un istante, tanto da farla traballare.

"Dròcam mia..." *Non cascarmi...*, le dice Tino.

Gli occhi scuri di lei, tremolanti di lacrime, incrociano gli occhi verdi di lui – lucidi, a dispetto del loro proprietario che continua a sbattere le palpebre, per evitare di piangere –.

La sera stessa, Cesira va alla cappelletta a ringraziare la Madonnina.

*****

"E così adesso abbiamo anche una bicicletta."
Tino la guarda e la riguarda – nella stalla, mentre fuori
nevica –. Ne ha aggiustate parecchie, ma non era mai riuscito a mettere da parte abbastanza soldi per comprarne
una, anche usata.

Cesira munge la mucca, mentre le figlie se ne stanno sorridenti attorno al padre.

"Come siamo messi coi debiti?" chiede Tino. "Dobbiamo
molto al padrone o ai vicini?"

Emma e Rosa si guardano soddisfatte. Risponde Emma.
"Non abbiamo debiti, papà."

Tino la guarda per capire se sta scherzando.

"Non abbiamo niente da parte" interviene Rosa. "Però
siamo riuscite a non fare debiti. Vero, mamma?"

Cesira raddrizza la schiena dal secchio del latte e sorride.
"Siamo poveri come al solito, ma non dobbiamo restituire
niente a nessuno."

Anche a Tino scappa un mezzo sorriso, mentre scrolla la
testa; non se lo sarebbe mai aspettato. "Questo sì è un bel
regalo di Natale" borbotta a modo suo.

Cesira ha preparato della polenta calda. Le ragazze portano in tavola quattro scodelle, e poi si siedono tutti a mangiare la polenta col latte appena munto.

"Renato, il tuo amico, è tornato dai campi di prigionia
tedesca" lo informa Emma. "E anche il Piero è tornato. È
tornato dal fronte a metà novembre. Aspettavamo solo te."

Emma allunga la mano a stringere quella di suo padre, in
un gesto del tutto istintivo e inusuale per loro.

Un gesto che dura un attimo, ma è comunque una sorpresa. Per entrambi.

"Don Franco dice che è stata terribile, atroce, insensata.
La peggiore di tutte le guerre" dice Rosa, alzandosi a portar
via la sua scodella.

"Ora, almeno, l'avranno capito. Speriamo non sia stata proprio inutile. Speriamo sia stata l'ultima guerra. Con tutti quei morti" sospira Cesira, facendosi il segno della croce.

Tino tossisce ripetutamente. Beve ancora un sorso di latte, poi si alza da tavola e va vicino al camino. "Io ho chiuso con la politica. Non voglio più saperne."

Le figlie si guardano.

"Ma non ci racconti niente dei posti in cui hai combattuto? Di quello che è successo davvero?" chiede Emma.

Nessuna risposta. Il padre resta voltato di schiena a fissare il fuoco nel camino.

Rosa non capisce, ma rimane silenziosa.

Emma vorrebbe insistere. "Ma papà..."

Cesira le fa segno di no con la testa.

Tino decide di non parlare della guerra. Dirà solo che ha visto morire troppa gente. E morire male.

"Se volete sapere qualcosa, provate a chiedermelo tra qualche anno."

E queste sono le sue ultime parole sull'argomento.

# XIII
## Il notaio monarchico e il *ciaparàt* socialista

Emma e Rosa continuano a sognare alla fiamma di una candela, come da bambine.

Ma da qualche anno, i loro sogni sono cambiati: pensano al principe azzurro, come lo raccontano i libri che Rosa ha portato a casa dalla biblioteca.

È il 1919.

Emma è una bella ragazza con lunghi capelli castano chiaro. Ha acquistato femminilità, con gli anni, e ora non si picchia più coi maschi; ma è rimasta testarda e risoluta come da bambina. E le piace ancora essere chiamata la Garibaldina.

Da diverso tempo, c'è un giovanotto più grande di lei che la corteggia. Si chiama Umberto Gandolfi e studia all'università: vuole diventare dottore.

Ha conosciuto Emma nel coro di don Franco e il giorno dopo era pronto a sposarla.

A Emma è simpatico, ci parla volentieri; ha capito benissimo che è entrato nel coro solo per starle vicino (la voce di Umberto lascia parecchio a desiderare) e le fa piacere. Però non sembra del tutto convinta.

Da qualche mese, un altro giovanotto si è timidamente fatto avanti con Emma.

L'ha aspettata fuori dalla chiesa, in una sera di neve, e, dopo una serie innumerevole di deglutizioni, le ha chiesto se poteva accompagnarla a casa.

Si chiama Aldo Cobianchi, ha quattro anni più di lei, e studia per diventare notaio. Vive in città, ma la sua famiglia possiede una villa sulle colline dove viene a trascorrere l'estate e altre vacanze. È così che ha visto Emma.

Entrambi i ragazzi chiederanno di sposarla. Ma è ad Aldo che lei dirà di sì.

Aldo è di ottima famiglia, va all'università, è monarchico ma per niente interessato alla politica, educato e rispettoso, pieno di attenzioni per Emma e la sua famiglia; un giovanotto tranquillo e pacato. E si rivolge a Emma dandole del "Voi".

Tino ne è entusiasta. – Per quanto Tino possa essere entusiasta di qualcuno o qualcosa. A modo suo, ecco. – È il meglio che poteva desiderare per sua figlia.

E quando Aldo si presenta a casa loro – col cappello in mano e un mazzo di fiori per Cesira – a chiedere formalmente la mano di Emma, Tino deve trattenersi per non abbracciarlo.

Quando lo vede infilare l'anello di fidanzamento a sua figlia, ha gli occhi lucidi.

Un giorno Emma, scherzando con suo padre (che ultimamente è di un incredibile ottimo umore), gli dice: "La famiglia di Aldo ha persino delle origini nobili. Hanno uno stemma, da qualche parte, e un motto di famiglia in latino! Papà, e noi non ce l'abbiamo un motto di famiglia?!"

Tino scrolla la testa e sorride. Fa una pausa e poi, guardandola, risponde: "Certo che sì. Ma il nostro non è in latino, è in dialetto."

"..."

"L'è sè guardàt."

Emma scoppia a ridere.

Molti sono i commenti della gente sul fatto che: "Quell'Aldo è proprio un buon partito..."

Tanti sottintendono che sia un fidanzamento d'interesse.

91

Rosa, mentre esce dalla biblioteca parrocchiale, sente proprio una conversazione su questo argomento, accompagnata da battute e risolini.

Torna a casa, abbracciata ai due libri che ha con sé, e per strada dà un calcio a ogni sasso che incontra. Poi, però, comincia a fare pensieri che non vorrebbe.

"Rosa, aspettami!" grida una voce alle sue spalle.

È Emma che la sta rincorrendo.

"Ho provato a chiamarti mentre uscivi dalla biblioteca, ma non mi hai sentita. Non so dove avevi la testa!" le dice Emma col fiatone. "Volevo dirti di aspettarmi che tornavamo a casa assieme. Ero ferma a parlare con Berto."

"Umberto? Come mai?"

"Volevo dirgli io del mio fidanzamento, prima che lo sapesse da altri."

"Come l'ha presa?"

Emma fa un lungo respiro. "Non tanto bene. Però ha capito. È una brava persona."

Le due ragazze s'incamminano verso casa.

Emma racconta delle ultime uscite con Aldo, della visita alla madre.

"Non credo di piacerle. Penso sia perché sono figlia di contadini e lei si aspettava una della loro classe sociale. Mi spiace che il padre di Aldo sia morto: Aldo dice che lui aveva tutto un altro modo di fare... Lo sai che in casa hanno la luce elettrica?! E il bagno, Rosa! E mica solo loro! In città son cose che hanno praticamente tutti. E i materassi sono di lana! Di lana, ci pensi? Così soffici... Non come i nostri che sembrano imbottiti di sassi."

Rosa rallenta i passi fino a fermarsi. Stringe al petto i libri per farsi coraggio, e poi, guardando per terra chiede: "Senti... tu... tu non sposi Aldo per i soldi, vero?"

Emma sorride. "Hai sentito qualcuno che ne parlava?"

Rosa arrossisce.

"Lo so che sono diventata il principale argomento dei pettegolezzi in paese. Ma non m'importa" dice Emma, con voce decisa. Poi, rivolta alla sorella: "Però m'importa di quel che pensi tu. E molto, anche. Vuoi sapere se sono contenta che Aldo ha i soldi?" dice schietta Emma. "Sì che sono contenta. Perché vuol dire non dovermi mai più preoccupare di non aver da mangiare o da vestire, o i soldi per il dottore. E poter aiutare anche te, la mamma e il papà. Ma non è per questo che ho detto di sì all'Aldo. Gli voglio bene, Rosa. Mi sono innamorata subito dei suoi silenzi – con tutto il rumore che faccio io! –. Della sua gentilezza, della sua goffaggine. E del fatto che è un bell'uomo eppure non gli dà nessun peso. Mi piace persino quando si sistema in continuazione gli occhiali perché è nervoso!"

Emma sorride e poi aggiunge: "Mi sono innamorata, Rosetta. Io lo so bene, ma non so spiegartelo meglio di così."

\*\*\*\*\*

Nel frattempo anche Rosa, che ha iniziato a fare da apprendista sarta in paese, ha conosciuto un giovanotto. Uno solo, lei; ma talmente travolgente da valere per mille.

Rosa è rimasta uguale a quand'era bambina; è solo diventata donna. Gli occhi e i capelli scuri fanno risaltare un viso facile ad arrossire e incapace di mentire. È bella di una bellezza mite, riservata.

Il giovanotto che s'è innamorato di lei si chiama Fausto e aspetta di vederla passare in paese; le parla dai tetti, dove lavora. Motivo per cui tutto il vicinato sa di questa storia.

"Quei due *si parlano*..." aveva sussurrato la Luigina a Cesira dopo una messa. E intanto annuiva con la testa, come a dare più credito alle proprie parole.

Fausto fa il muratore, è di famiglia povera, entrambi i suoi genitori sono morti, dà del "Tu" a Rosa dalla prima volta che la incontra, è imprevedibile ("matto" direbbe Tino), sempre allegro e dice tutto quello che pensa. Ce l'ha con la Chiesa e non va quasi mai a messa ("Oh, Maria Vergine!"

aveva esclamato Cesira scoprendolo dalla Luigina).

E, fatto di primaria importanza, è... appassionato di politica: è un socialista convinto con ambizioni da sindacalista.

Tino lo odia.

Tino, dopo la guerra, non voleva più avere a che fare con la politica, e ora si ritrova con un ragazzo che se potesse non parlerebbe d'altro; un sovversivo e anticlericale.

Il suo umore cambia radicalmente quando c'è in giro Fausto. L'ha soprannominato "ciaparàt" (uomo da niente).

Ogni volta che lo vede, alza un sopracciglio, scuote la testa e borbotta.

"Quello ci porterà solo guai."

*****

Fausto è nel cortile con Rosa; stanno armeggiando attorno a un secchio.

Fausto scioglie delle scagliette di sapone in un po' d'acqua; poi prende un pezzo di uno stelo di grano (il grano ha il gambo cavo) e lo usa come fosse una cannuccia. Lo intinge nel secchio e ci soffia dentro: ne escono delle bolle di sapone.

Rosa batte le mani e ride: ha gli occhi felici. Le bolle, controluce, hanno tutti i colori dell'arcobaleno e volano leggere per il cortile e l'orto.

Una va a schiantarsi sulla faccia di Tino. Cesira si mette una mano davanti alla bocca per non ridere.

"Finisce il turno da muratore... e vien qua a fare le bolle di sapone?! C'ha sette voglie, quello lì!"

"Tino!"

"E ti dico di più: per me non è mica sano di mente."

*****

Una sera tardi, finito di lavorare, Fausto – anche se stanco –

va fino a casa di Rosa e tira sassolini alla sua finestra: vuole mostrarle l'incredibile luna piena di quella notte.

Rosa si alza dal letto, si mette svelta uno scialle e va ad affacciarsi. E guarda la luna con Fausto.

"Hai sentito che musica ci fanno i grilli?" le sussurra lui.

"Sarà che soffrono d'insonnia!" sorride.

Anche Tino, nella sua camera, ha sentito il rumore dei sassolini sulla finestra. "Cosa succede?" chiede a Cesira, mezzo addormentato.

"È Fausto. Sta facendo vedere la luna a Rosa."

"Perché, Rosa non l'ha mai vista?"

"..."

"E lui ci spacca i vetri per fargliela vedere?!"

"È stato un pensiero gentile. Lo sai che è un originale."

Tino si siede sul letto. Fissa la parete e, con calma, urla:

"ROSA! SE NE VA DA SOLO O DEVO PRENDERE IL FUCILE?"

Per qualche minuto, silenzio.

"Se n'è andato, papà! Buonanotte e scusa tanto!"

Tino torna a coricarsi, borbottando: "Dag un pe 'd dre bel fort..." *Dargli un calcio nel sedere bello forte...*

\*\*\*\*\*

D'estate, la domenica in paese passa un carretto con fette d'anguria tenute in fresco col ghiaccio. Fausto ne compra una da dividere con Rosa.

"Fa così caldo che le api volano con la lingua di fuori" le dice, restando serio.

Rosa riflette un attimo: davvero? Le api hanno la lingua? E lui gliel'ha vista?!

Fausto ride e le accarezza il viso. "Stavo scherzando, Rosetta!"

"Fausto..." lo rimprovera Rosa, con un piccolo broncio.

Tino e Cesira sono fermi qualche passo più indietro.

"Quello lì più che loccate non dice" borbotta Tino.

"Gli piace scherzare" alza le spalle Cesira.

"Dovrebbe imparare a tenere giù le mani da Rosa, dico io."

\*\*\*\*\*

Fausto non va da Tino a chiedergli il permesso di sposare sua figlia; lo chiede direttamente a lei. E quando lei accetta, le dà un anellino che apparteneva a sua madre: d'oro rosso, con due roselline che s'intrecciano. Poi, assieme, vanno a comunicarlo a Tino e Cesira.
– Cesira giurerebbe di aver sentito Tino ringhiare, mentre guardava Fausto stringere Rosa per la vita. –
Ora, quando tutta la famiglia si siede a tavola per mangiare, a Tino cade l'occhio sull'anello di Rosa. E lo stomaco gli si chiude.

\*\*\*\*\*

Un giorno Tino, tornando dalla campagna con la zappa in spalla, vede Rosa seduta sui gradini di casa con Fausto.
Va direttamente nell'orto, dov'è posizionata Cesira per non perderli d'occhio.
Tino cammina piano e sente Rosa dire: "... e quando lei sta per morire, va da lui, nella soffitta, per passare gli ultimi istanti della sua vita nel posto dov'è stata più felice..."
"Cosa stanno facendo?" chiede a Cesira.
"Rosa gli racconta la storia de *La Bohème*."
"Ma quello lì non ce l'ha una casa? Perché sta sempre da noi? Gla do bëi mi *La Bohème!*" *Gliela do ben io La Bohème!*
"Tino, su. Non dire così, non sta bene."
"Non mi piace quello lì!" borbotta Tino, portando la zappa nella stalla. "Non mi va né su né giù."

\*\*\*\*\*

Già da un po', ormai, Tino è tornato ad aggiustare le biciclette, per soldi o per favore.

Ed è riuscito a prendersi un mulo. – "Uno testardo come lui" aveva commentato Cesira con le figlie. – Dice che i muli gli hanno salvato la vita e che, assieme alla divisa d'alpino, sono l'unico bel ricordo degli anni di guerra. Quando però le figlie provano a chiedergli qualcosa in più, lui smette di parlare. Oppure ripete loro: "Tra qualche anno, magari."

Tino ha in mano un secchio d'acqua; sta portando da bere al suo mulo. La porta di casa è spalancata – Cesira sta lavando il pavimento – e, buttando un occhio al tavolo, vede un mazzetto di tulipani in un'elegante confezione da fiorista di città.

"È passato l'Aldo?"

Cesira annuisce.

"Bene" sorride Tino.

Poi guarda meglio e vede anche un mazzetto di fiori di campo. Smette di sorridere.

"Quell'altro... è venuto anche lui?"

Cesira si aggiusta il nodo del fazzoletto che porta legato in testa.

"*Quell'altro* sta aiutando Rosa a dar da mangiare ai conigli."

Tino borbotta tra sé una buona varietà di imprecazioni. Poi se ne va col suo secchio.

Dopo poco, Cesira sente un urlo di Rosa. Corre fuori a vedere cos'è successo e trova Fausto tutto zuppo, tra il mulo e i conigli.

Tino gli ha tirato una secchiata d'acqua.

Cesira si porta le mani al viso. "Oh, Maria Vergine..." E subito dopo si punta i pugni sui fianchi e: "BATTISTINO!"

"Cosa c'è da urlare?" dice lui con aria tranquilla, quasi estranea ai fatti. "Non l'avevo visto. Io miravo al mulo" borbotta andandosene, con un mezzo sorriso.

*****

È da qualche mese che una civetta sconosciuta, mai sentita prima, ha traslocato su un albero vicino alla stanza di Tino e Cesira, e tutte le notti, puntualmente, si fa sentire.

Il verso della civetta ad alcuni fa pensare alla morte. Tino è tra questi alcuni.

Da quando è arrivata, lui non si dà pace; si gira e rigira nel letto. Ha anche pensato di prendere il fucile e spararle: ma non l'ha fatto perché ha paura che ucciderla gli porti sfortuna.

"Deve avermela mandata quello là."

"Chi?"

"Il ciaparàt socialista."

Cesira fa un lungo respiro. "Eh, già. Fausto ha fatto un patto con la civetta..."

Poi volta la schiena a Tino, cercando di dormire.

*****

È ora di presentare le coppie di fidanzati a don Franco.

Sono giorni in cui il parroco è in giro a benedire case e campi; va anche da Cesira e Tino, e i due ne approfittano per invitarlo a pranzo domenica, dopo la messa.

Emma e Rosa preparano i "pisarei e fasö". ("Sono dei piccoli gnocchetti conditi col sugo di fagioli" aveva spiegato Emma al parroco, anni addietro.)

Cesira, invece, lavora al suo croccante. Prende le mandorle, le sguscia, le scotta in acqua bollente per togliere la pelle, le trita a pezzi grossi e le cuoce in un tegame con burro e zucchero. Quando il tutto acquista il giusto colore, Cesira lo vuota su un asse e gli dà forma usando una mela per spianarlo. Quando vuol fare una costruzione più elaborata, mette l'impasto in una scodella e gli fa prendere quella forma: svuota la scodella e resta una specie di montagnetta. Mette altro impasto in una tazzina e ne ricava un cestino, da appoggiare sopra. Per completare il cestino, con la mani prende un po' d'impasto e fa un piccolo manico.

Il croccante va lavorato caldo: c'è da scottarsi. Per questo Cesira non lo lascia mai fare alle figlie e le dirotta su altre mansioni.

Alla fine, decora il tutto con una crema di zucchero, burro e un goccio di liquore (che serve a dare colore alla crema). Cesira si è costruita un attrezzo apposta per le decorazioni: ha preso un sacchetto di tela e ha fatto un buco su un angolo. Da lì esce la crema. Una siringa da pasticciere fatta in casa, alla buona.

"Tu sei *meglio* di un pasticciere! È un'opera d'arte, mamma!" commentano le figlie alla fine.

Aldo indossa un completo con la cravatta.

Fausto ha il vestito buono della domenica, con al collo il fazzoletto rosso socialista.

Tino gli guarda il fazzoletto e vorrebbe stringere il nodo tanto da soffocarlo.

Anche ad Aldo non piace Fausto; ha un modo di fare talmente diverso dal suo che proprio non ci si trova. E anche lui lo considera un sovversivo pericoloso.

Tino passa di fianco a Rosa e Fausto, mentre lui sta dicendo: "Le cose vanno risolte su questa terra. Se poi esiste un Aldilà, tanto meglio!"

"Voi socialisti ce l'avete anche con Dio" gli borbotta.

"Io non ce l'ho con Dio, signor Tino" risponde Fausto, calmo e con un sorriso. "Ce l'ho con la Chiesa, che è tutta un'altra cosa."

Cesira si fa il segno della croce.

"È un comportamento inqualificabile" bisbiglia Aldo, all'orecchio di Emma. "Non so come possa giustificarsi. Col reverendo qua, poi!"

Tino ha iniziato a tossire e persino don Franco ha imparato cosa vuol dire. Emozione o rabbia: e certo non è emozione stavolta.

Le figlie chiedono a Tino, per distrarlo, di suonare la fisarmonica. Alla fine accetta, ma solo perché è don Franco a insistere.

Mentre Tino suona, Emma si avvicina al parroco. "Non vi siete offeso per quello che ha detto Fausto, vero? Ha le sue idee, ma non è cattivo."

"Non l'ho mai pensato" le dice don Franco, con voce affettuosa. "Figliola, se il male peggiore del mondo fossero uomini come Fausto, il mondo sarebbe un gran bel posto." Emma è contenta e rassicurata dalla risposta. In fondo, un po' di preoccupazioni per sua sorella ce le ha.

"Reverendo... come fate a essere sempre così ben disposto verso il Prossimo, così ottimista?"

Don Franco le sorride bonario. "Sai qual è il mio motto? Un sorriso sul volto, il Signore nel cuore... e sei a posto." Poi si fruga in tasca. "La vuoi una caramella? Una bambina molto saggia, una volta, mi ha suggerito che poteva essere il modo giusto per rendermi simpatico."

"Quella bambina – che più che saggia era rompiscatole! – non sapeva che avreste conquistato tutti col vostro carattere, senza bisogno di caramelle. Tenetela da dare a qualche bambino nuovo, che ancora non vi conosce."

Don Franco annuisce e rimette in tasca la caramella. Guarda Tino impegnato a suonare e Cesira che mette in tavola il croccante.

"Andare a vivere in città sarà un bel cambiamento per te. Ti mancheranno i tuoi, immagino..."

Anche Emma li sta osservando, mentre risponde: "Mia sorella mi mancherà tanto; siamo quasi una persona sola. I miei genitori... Vedete, reverendo: non siamo mai riusciti a stare assieme molto tempo. A parlare, men che meno. Hanno sempre dovuto lavorare tanto..."

Emma ha preso in disparte Fausto. Facendo due passi, l'ha portato vicino al muretto in cortile.

"Che aria seria. Stai per mettermi in castigo?" scherza lui.

Emma si siede sul muretto. "Tu mi sei simpatico. E tutto quello che combini è divertente. Rosa è felice con te. Quindi lo sono anch'io. Solo... non vorrei che tu prendessi tutto troppo sul ridere. Non so se mi spiego. Lo capisci che ti stai impegnando per la vita? Perché a me, che tu sia socialista non importa un fico secco. Ma se fai soffrire Rosa..."

Fausto si fa serio; persino di più di quando s'era presentato a Tino e Cesira per dir loro che lui e Rosa si erano fidanzati. Gli occhi gli si inumidiscono.

"Tua sorella è la più grande fortuna della mia vita." Lo sussurra quasi, eppure c'è un'aria solenne nella sua voce. "Ne avrò cura più che di me stesso. E ti dico già da ora che, se non sarà così, se mai le farò del male, tu potrai venire e uccidermi."

Emma scende dal muretto. "Lo farò."

"Bene" chiosa Fausto. E i due si stringono la mano.

Mentre rientrano in casa, Emma gli sorride. "Nel bene o nel male, tu sei un tipo unico."

"Eh, ce n'era solo un altro come me. Ma l'han mangiato le mosche bianche!" le schiaccia l'occhio lui.

La giornata è finita. Aldo ha riaccompagnato don Franco in paese con la sua automobile. Fausto è tornato a casa in bicicletta.

Emma e Rosa li hanno accompagnati in cortile, li hanno salutati e guardati andar via.

Si sono fermate vicino alla pianta di serenella, ad aspettare le prime lucciole della sera.

Rosa, coi lucciconi agli occhi, giocherella con un rametto e sussurra: "In città, te ne dimenticherai."

Emma le prende la mano e la stringe.

"La serenella resterà sempre il mio fiore preferito."

*****

Emma e Aldo si sposano nel 1920. E Tino, tossendo, porta Emma all'altare; è felice e commosso.

Rosa e Fausto si sposano nel 1921. E Tino, portando Rosa all'altare, prega fino all'ultimo che lei cambi idea.

Don Franco mette una mano sulla spalla di Tino e di Cesira.

"Erano delle bambine, quando sono arrivato. Guardatele adesso..."

# XIV
## Le nozze d'argento

Da quando è tornato dalla guerra, Tino ha dei problemi al cuore. Orgoglioso com'è, ha cercato di non darlo a vedere, di nasconderlo anche a se stesso. Così c'è voluto un bel po' di tempo prima che gli altri se ne accorgessero.

Emma e Aldo, appena saputo da Cesira che non stava bene, gli avevano mandato a casa un dottore. "Non è una situazione grave. Affatto" aveva detto il dottore. "Però deve cercare di evitare le emozioni forti."

"Siùr Dutùr" *Signor Dottore*, l'aveva inseguito Cesira, mentre lui stava per andarsene con la sua valigetta. "Quanto le dobbiamo per..."

"Tutto a posto, signora. Mi ha già pagato suo genero."

Poco dopo il matrimonio, Aldo si era premurato di comprare per Tino e Cesira la casa in cui abitano, assieme a una parte del terreno che avevano lavorato da mezzadri per tanti anni. Avrebbe voluto pagare anche dei lavori di ristrutturazione per la casa e il suo ampliamento, ma Tino aveva detto che era già troppo così e di più proprio non sarebbe stato giusto accettare. Cesira era d'accordo.

Erano i proprietari della loro casa e del loro pezzo di terra; era più che sufficiente. Mai avrebbero immaginato di arrivarci.

Quando Tino, ora, va nei campi (portandosi dietro l'orologio da taschino che gli ha regalato Aldo), si sente il re del mondo.

E quando torna a casa la sera, trova ad aspettarlo un

modernissimo grammofono (altro regalo del genere, assieme a una raccolta di dischi d'opera) che gli permette di sentire la musica di Verdi tutte le volte che vuole. "Orca! Il Paradiso in terra!" aveva commentato Tino ascoltandolo la prima volta.

Tino e Cesira hanno la pelle scura, consumata dal sole, invecchiata prima del tempo.

I capelli di Cesira s'imbiancano, mentre quelli di Tino cominciano a diradarsi. In compenso, si sta facendo crescere la barba. La sua voce è forte come da ragazzo, ma più roca.

La gamba di Cesira le dà dei problemi; inizia a notarsi di più il suo zoppicare. Ma è ugualmente un buon periodo per lei; le figlie sposate e felici, nessun padrone a cui dover rendere conto. Tanti pensieri in meno rispetto al passato.

Così, oltre alla pianta di serenella, che prospera davanti a casa e ogni anno si fa più rigogliosa e profumata, Cesira si è messa a coltivare diversi altri fiori. Le sono sempre piaciuti tanto, ma non aveva mai avuto il tempo per accudirli.

Luigina le ha regalato una pianta di rosa rampicante e a maggio iniziano a vedersi le prime rose rosse. Poi c'è un gelsomino che a luglio sboccia con fiori bianchi e profumati. Dei gigli bianchi. E, in vaso, garofani e gerani rosa.

Così ora, quando va alla cappelletta dalla Madonnina, può portare i fiori del suo piccolo giardino, oltre a quelli di campo.

Anche il mulo di Tino sta bene; ha ben poco lavoro da fare, tanto che ormai è considerato un animale da compagnia.

La civetta che tanto infastidiva Tino è ancora là. Tutte le notti si fa sentire e tutte le notti Tino si affaccia alla finestra, guarda la luna appesa in cielo e brontola tra sé qualcosa su un ciaparàt che prima era socialista e ora è diventato comunista.

Emma e Aldo vivono in città, al secondo piano di un palazzo signorile del centro storico.

Rosa e Fausto, invece, sono rimasti a vivere in campagna, poco lontano da Tino e Cesira; hanno affittato una casa di tre stanze, con un piccolo pezzetto di terra per farci l'orto e il pozzo. Cesira ha regalato loro una piantina di serenella e Fausto l'ha subito messa davanti a casa.

Cesira è contenta per entrambe le figlie: è felice che Emma viva tra le comodità, ma anche che Rosa sia rimasta ad abitare vicino a lei. Vuol bene alle due figlie in maniera eguale, non c'è alcun dubbio. Ma si è sempre rivista in Rosa; sia per il carattere che per le scelte di vita. E pensare di averla vicina nella vecchiaia le dà conforto.

Diverse sono le idee di Tino che, pur amando entrambe le figlie in ugual misura, continua ad essere entusiasta della scelta di Emma e a non accettare quella di Rosa.

Fausto non gli va né su né giù.

"L'ha anche messa incinta prima di sposarla. Così era sicuro che gli avrei detto di sì."

\*\*\*\*\*

Con la neve del dicembre 1921 arriva la prima nipotina: Annamaria. È figlia di Rosa e Fausto.

È una bimba allegra e gioiosa fin dalla nascita, e quando Cesira la prende in braccio non riesce a smettere di sorriderle. Anche Tino sorride, tra un colpo di tosse e l'altro.

Sorride finché vede arrivare i compagni di partito di Fausto, tutti col fazzoletto rosso al collo, tutti venuti a salutare la primogenita del loro amico.

Tino suona ancora un po' la fisarmonica, come promesso; poi s'infila svelto il tabarro e torna a casa.

Quando Cesira rientra, qualche ora dopo, guarda sul tavolo e chiede: "Che fine hanno fatto i biscotti che ha portato Emma?"

"Una brutta fine."

"...?!"

"Nella mia bocca" conclude Tino, bevendoci sopra un bicchiere di Moscato. Si alza in piedi e dice: "Vado a farmi una briscola col Piero e il Renato."

Cesira, levandosi lo scialle di lana, annuisce; ha capito che ha bisogno di fare qualcosa per togliersi da davanti l'immagine di tutti quei fazzoletti rossi attorno a sua figlia e sua nipote.

*****

Nel gennaio del 1922, la neve porta un altro regalo: il primo nipote maschio, Andrea, figlio di Emma e Aldo.

Tino è davvero orgoglioso quando lo solleva in aria, sotto gli occhi timorosi di Aldo. Ed è ancora più orgoglioso quando Emma gli chiede di fargli da padrino.

"Gli scontri tra i rossi e i neri porteranno a una guerra civile, in questo Paese" dice Tino, seduto in salotto con Aldo che gli versa un liquore. "Io penso che se Mussolini andrà al potere, le cose si aggiusteranno. Ci vuole un uomo di polso per sistemare questi matti. Lui farebbe rigar dritto i rossi e anche i suoi."

Aldo si aggiusta gli occhiali, beve il suo liquore e commenta: "La vostra è un'eccellente analisi, signor Tino. Sono pienamente d'accordo."

Il 28 ottobre del 1922 Mussolini organizza la marcia su Roma.

Il Fascismo sta prendendo il potere. Come, in qualche modo, si augurava Tino.

*****

Nel 1923 Rosa accompagna Fausto a un comizio sindacale; è la prima volta che Fausto parla in pubblico. Finito il comizio, Rosa e Fausto tornano a casa, mentre altri compagni con le mogli restano a festeggiare con qualche ballo in balera. Poche ore più tardi, arrivano due camion con degli squadristi che scendono a prenderli a manganellate. Li picchiano e, quando hanno finito, risalgono sui camion cantando.

"Se le vanno a cercare" borbotta Tino, dopo averlo saputo. "Non mi piacciono quelli che criticano il Paese, il governo. Non mi piacciono i sovversivi che fanno politica contro. Dimmi te se, con tutti i giovanotti che ci sono, Rosa doveva proprio sposarsi con un sovversivo, un comunista, un ateo!"

"Ma non è ateo!" sbotta Cesira. "E comunque mi sembra una cosa da bestie girare a picchiare la gente che sta solo ballando. Sono cose dell'altro mondo, ecco."

"Se le vanno a cercare" riprende a borbottare tra sé Tino.

\*\*\*\*\*

Nel 1924 Mussolini nomina Luigi Cadorna Maresciallo d'Italia, a sorpresa e nonostante il parere negativo dei reduci della prima guerra.

"Cadorna era uno zero, te lo dico io!" salta su infuriato Tino. "Ha guidato l'esercito come l'ultimo dei fessi. Ha fatto fuori generali, colonnelli... lasciando i reparti allo sbando e poi sparandogli contro! Ogni volta che sbagliava lui, dava la colpa ai soldati! Ma lo sai che diceva che gli italiani sono vigliacchi e traditori?! Fucilava i nostri soldati anche solo per dare l'esempio, se le battaglie andavano male. C'ha fatto rischiare la pelle senza sapere quel che faceva, c'ha insultato tutti e adesso gli danno un premio. Ma come gli è venuto in mente?!"

"Ah, io non lo so" sospira angelica Cesira, senza interrompere il suo lavoro all'uncinetto. "Vallo a chiedere a Mussolini, visto che ti piace tanto."

\*\*\*\*\*

A giugno del 1924 Cesira e Tino festeggiano le nozze d'argento: venticinque anni di matrimonio. Festeggiano con un mese di ritardo per aspettare il ritorno di don Franco – che è andato a trovare i suoi genitori in Veneto –. Lo considerano uno di famiglia ormai; non sarebbe una vera festa senza di lui.

Cesira prepara le sue pesche dolci. Due semisfere di pastafrolla, bagnate in un liquore rosso, e al loro interno, al centro, una mandorla sgusciata – a fare da nocciolo della pesca – e della crema di cioccolata. Quando le due metà sono unite, la pesca così formatasi viene rotolata nello zucchero che le resta attaccato. Una delizia, secondo il parere generale.

Si riunisce tutta la famiglia a festeggiarli: Rosa e Fausto con la piccola Annamaria, Emma e Aldo con Andrea, e naturalmente don Franco – ancor più felice del solito, dopo aver rivisto la sua terra e tutti i suoi parenti –.

Emma porta i capelli corti, a caschetto, con una leggera permanente; Rosa li porta lunghi e raccolti, come sua madre.

Tino suona la fisarmonica seduto in cortile, vicino alla serenella. Aldo invita Emma a ballare; a lui piace molto, ma purtroppo non sa cosa sia il ritmo. Emma cerca di guidarlo, ma lui ondeggia insensatamente qua e là; sorridono tutti e due, e alla fine lei gli dà un bacio consolatorio e si arrendono.

Fausto fa ballare Annamaria; la tiene abbracciata e la fa girare e girare. La bambina ride e si stringe al papà.

Rosa, in maniera simile ma più contenuta, fa ballare Andrea.

Cesira, seduta vicino a Tino, batte le mani e sorride alla sua bella famiglia, mentre don Franco assaggia una squisita pesca dolce.

"L'orchestra si prende una pausa" dice Tino, mettendo giù la fisarmonica.

Tutti ne approfittano per unirsi a don Franco nell'assaggio

delle pesche, accompagnate con un bicchiere di Malvasia.
Tino si ritrova con Fausto da una lato e Aldo dall'altro.
Dopo il primo colpo di tosse, si ricorda le raccomandazioni di Cesira per la giornata. ("Cerca di essere gentile con Fausto. Non lo provocare, almeno oggi. Te lo chiedo come regalo.") Si schiarisce la voce e, rivolto a entrambi i generi, dice: "Avete seguito il Tour de France? Quell'Ottavio Bottecchia è un fenomeno, neh?"

"Ciùmbia, è uno in gamba sul serio" risponde Fausto con un po' di zucchero attorno alla bocca. "Prima di passare al professionismo, faceva il muratore e il carrettiere; uno abituato alla fatica. L'hanno soprannominato il boscaiolo del Friuli."

"Oh, sì. È un gran corridore" commenta Aldo, mentre riempie i bicchieri di Tino e Fausto. "Ho letto che ha partecipato alla guerra del '15-'18 come bersagliere ciclista ed è stato insignito della medaglia di bronzo al valor militare."

"Io me l'aspettavo che vincesse lui. Si vedeva che gli altri non erano capaci di stargli dietro" dice Tino, mentre prende il bicchiere da Aldo e fa segno a Fausto di servirsi con un'altra pesca. Poi aggiunge: "Il ciclismo è lo sport più bello da seguire. Non c'è confronto con nessun altro, è inutile star lì."

"Sono d'accordo" dice Fausto. "Ho sentito parlare di uno sport in cui c'è da star fermi su un campo e mandare una pallina in una buca. Poi, se non ci riesci, le vai dietro e ti rimetti in posizione e continui a colpirla finché hai finito il giro. Aldo, tu lo sai di sicuro come si chiama."

"Il golf" sorride Aldo. "È molto praticato in Inghilterra. È uno sport basato sulla pazienza e sulla concentrazione."

"Ma son cose da matti" scuote la testa Tino, incredulo. "Stanno lì tutto il giorno a fissare una pallina e a correrle dietro? Ah, c'han sette voglie."

Tino guarda in faccia Aldo e Fausto, e tutti e tre si mettono a ridere.

Cesira e le figlie osservano la scena, sedute vicine, mentre

Annina e Andrea giocano sull'erba; non sembra vero che la giornata proceda così bene, senza i soliti incidenti diplomatici.

Quando Fausto vede don Franco spostarsi in disparte, all'ombra, appoggia il bicchiere e gli si avvicina. "Reverendo, avete saputo più niente dai vostri contatti in Curia?"

Don Franco scuote la testa. "Non si riescono ad avere informazioni. La mia impressione è che chi sa tace. Hanno tutti paura."

Tino segue pezzi della conversazione; sembra roba seria. Si avvicina. "Cosa succede? Ci sono dei problemi?"

Don Franco e Fausto si scambiano un'occhiata.

"Ma no, nessun problema!" prova a sorridere don Franco. "Si chiacchierava così. Si chiacchierava di..."

"Parlavamo del rapimento Matteotti" taglia corto Fausto.

Tino cerca di non perdere la calma. "E cosa c'è da dire? È stato rapito da qualche delinquente. Speriamo lo liberino. Ma a far troppa politica ci si mette nei guai."

"È stato rapito dagli uomini di Mussolini, lo sanno anche i sassi" ribatte Fausto, rosso in viso. "È perché ha denunciato i brogli fascisti alla Camera dei deputati. È perché voleva far invalidare le elezioni di aprile e la vittoria di Mussolini. È perché è uno che fa politica, sì, ma da uomo onesto!"

Tino lo squadra alzando il sopracciglio e sospira così rumorosamente che sembra un bisonte che sta per partire alla carica.

"Tal diž bel sc'ièt – *Te lo dico bello schietto* –: non voglio sentir parlare di politica in casa mia. Che ci siano i fascisti al potere o degli altri non fa differenza; basta comportarsi bene e star lontani dai guai."

Aldo è d'accordo. Lui, poi, è fiducioso nel Duce, oltre che nel Re.

Fausto si toglie dalla tasca dei pantaloni un fazzoletto scozzese e se lo passa sulla fronte; lo rimette via, dice: "Arrivederci, signor Tino. Ancora auguri."

Saluta con un cenno della testa Aldo, stringe la mano a don Franco – che cerca inutilmente di trattenerlo – e va verso Rosa.

"Vado via. Non si può ragionare con tuo padre" le dice sottovoce. Poi si china a dare un bacio sulla guancia a Cesira che è seduta lì accanto. "Io devo andare, ma vi lascio qua Rosa e Annina. Vi auguro tante belle cose, signora Cesira."

Cesira guarda Fausto allontanarsi a passi veloci; guarda Rosa con gli occhi lucidi e sente un magone in gola. Emma stringe la mano di sua sorella.

Don Franco e Tino non sanno che dirsi.

Allora Aldo, pensando di rallegrare l'atmosfera, annuncia il regalo che lui ed Emma hanno preparato per l'anniversario di Tino e Cesira.

"Conoscendo bene l'amore e la passione che vi lega a Giuseppe Verdi, abbiamo pensato di prenotarvi un viaggio che vi porterà a visitare la sua casa natale e altri luoghi a lui legati, tra cui l'ormai famosa Busseto."

Aldo conclude il breve discorso e cerca segni di entusiasmo in Tino; prova a cercarli anche in Cesira. Ma trova solo sguardi persi qua e là.

"Caro, tu proprio non sai cos'è il tempismo" gli sussurra Emma, accarezzandogli una guancia.

\*\*\*\*\*

Nei primi mesi del 1925 nasce il secondo figlio di Fausto e Rosa: lo chiamano Giacomo, in onore di Giacomo Matteotti.

Tino borbotta e scuote la testa, specie quando al battesimo si ritrova nuovamente circondato dai fazzoletti rossi dei compagni di Fausto. Ma quando nessuno lo vede, sorride e schiaccia l'occhio al nipotino.

Cesira ha portato il suo buslâ – *la ciambella* –, per la gioia di Annamaria, e regala a Rosa un completino per il piccolo: l'ha fatto lei all'uncinetto – assieme a qualche centrino di

111

pizzo bianco per la casa, che regala sia a Rosa che a Emma –.

Quell'anno, Ottavio Bottecchia vince ancora il Tour de France (e diventa così un eroe in tutta la Francia).

\*\*\*\*\*

"Come vi trovate con don Emilio?" chiede Cesira, mettendosi a sedere. "Be'... Bene, sì, bene. Però ci manca don Franco" risponde Rosa, versandole del caffè in una tazzina. "Eh, don Franco era un'altra cosa! Non ci voleva proprio che lo trasferissero in città" dice Fausto, entrando in casa. "Don Emilio non è né bravo né cattivo. È una specie di ombra. Non prenderebbe posizione neanche se gli puntassero un fucile alla testa! E non gli piace nemmeno scherzare: un disastro!" sorride Fausto.

"C'eravamo affezionati anche io e Tino. Sembra tutto diverso ora in chiesa" dice Cesira, un po' malinconica, portandosi una mano alla guancia.

"Certo, però, che è una bella cosa che sia finito proprio nel quartiere di Emma. Almeno lei lo può vedere spesso. È come se il Signore, sapendo che ora non abitiamo più assieme, avesse mandato don Franco in città a vegliare su di lei e la sua famiglia al nostro posto" dice Rosa.

Fausto la guarda con gli occhi che gli brillano e poi le schiocca un bacio sulla guancia, mentre commenta: "Signora Cesira, avete una figlia che ha solo pensieri affettuosi. Che vede sempre il lato buono delle cose. Tutta la dolcezza del mondo in una sola donna. Ma quanto sono stato fortunato a trovarla?"

Cesira è felice: starebbe il giorno intero ad ascoltare queste belle cose sulla sua bambina. Rosa, invece, è tutta un rossore e vorrebbe solo distogliere l'attenzione da sé.

Per sua fortuna, arriva Annamaria che saltella attorno al tavolo e canticchia: "*Mamma mia dammi cento lire che in*

*America voglio andaaaaaar...*"

"Dov'è che vuoi andare?!" chiede Cesira.

"Da nessuna parte. È solo una canzone, nonna!" ride Annamaria. Poi chiede: "Perché vieni solo tu a trovarci e il nonno non viene mai?"

Rosa e Cesira si scambiano uno sguardo silenzioso; non sanno come spiegarglielo.

"Il nonno ha molte cose da fare" interviene Fausto, con aria allegra, prendendo in braccio Annina. "Ha la terra, gli animali, l'orto. Ha poco tempo per andare in giro. Ma quando tu hai voglia di vederlo, lo vai a trovare e lui è contentissimo! Capito?"

Annamaria fa segno di sì con la testa, ma si vede che non è convinta. Ha quattro anni e comincia a capire più di quello che gli adulti vorrebbero.

"Tu non sei tanto simpatico al nonno, eh papà?"

Fausto si gratta la testa e sospira. "No, non troppo."

Annamaria gli mette le braccia attorno al collo. "Ci parlo io, col nonno. Lo convinco io!"

"E cosa gli dici?" sorride Fausto.

"..."

"..."

"Che ti voglio bene!" esclama Annina, riempiendogli la faccia di baci.

Cesira, sulla porta, mentre abbraccia Rosa prima di tornare a casa, le sussurra: "Tuo padre è un testone, peggio del suo mulo. Cerca di fare del suo meglio, credimi, ma... il carattere è quello."

\*\*\*\*\*

Nel giugno del 1927, Ottavio Bottecchia viene trovato agonizzante lungo una strada dalle sue parti, in Friuli. Muore dopo pochi giorni in ospedale.

Ufficialmente, si parla di morte accidentale.

"Sì, ha avuto l'accidente di incontrare degli squadristi!" sbotta Fausto, dando un pugno sul tavolo. "È stato ucciso perché era un antifascista e dava fastidio! A tuo padre piaceva tanto, magari capirà qualcosa adesso" conclude Fausto, mentre Rosa mette in tavola dell'insalata con le uova.

Nel frattempo, Tino, nel suo orto con Cesira, borbotta: "I rossi diranno che è stato per motivi politici. Ogni scusa è buona per prendersela col governo e con Mussolini. Ma secondo me è stato per una questione di donne. Lo dicono anche sul giornale."

Emma e Aldo stanno tornando a casa, dopo il ristorante e il cinematografo. Hanno visto un film muto di Chaplin.

"Il vagabondo e quel povero bambino. Quanto piangere sul finale!" esclama Emma, soffiandosi il naso.

"Il prossimo film che andremo a vedere dovrà essere una commedia allegra" commenta Aldo, sistemandosi gli occhiali.

Emma ripone il fazzoletto e scruta il viso di suo marito. "Hai pianto anche tu!"

Aldo si schiarisce un po' la voce. "Ci mancherebbe! Sono pur sempre un uomo. Pianto no... Mi sono leggermente commosso" sorride.

# XV
## Caruso e Luisa

È la primavera del 1929.
Annamaria ha otto anni, Andrea ne ha sette, Giacomo quattro.
Sono andati a trovare i nonni, con le rispettive mamme.
Annina è in casa con Cesira; l'aiuta a sistemare e, sul lettone, gioca a "Angelo bell'angelo, vieni qui da me!" come sua madre e sua zia da piccole.

Andrea e Giacomo sono inseparabili, più che se fossero fratelli; e stanno sempre attaccati al nonno.
Tino, con loro, è affettuoso; li prende per mano – uno da una parte e uno dall'altra – e se li porta a spasso.
Emma e Rosa li stanno a guardare, appoggiate al muretto vicino alla serenella.
"Quante volte ci avrà preso per mano, noi due?" sorride Emma.
"Non so. Forse due o tre" sospira Rosa.
"Così tante?! Aaaah, ma tu conti anche il giorno del matrimonio, quando c'ha accompagnate all'altare" le schiaccia l'occhio Emma.

Tino ha portato i bambini nella stalla. Dopo poco escono e Giacomo corre facendo scivolare avanti a sé il rüdé di Emma.
"Garibaldina!" la chiama Tino. "Va bene se glielo regalo?"
Emma sorride. "Certo! Regalagli pure tutte le mie scoperte matte."
Tino si volta verso Andrea. "Tua mamma se ne inventava una ogni secondo."

"Dove l'ha trovata questa rotella?" chiede Andrea, mentre con la coda dell'occhio controlla che Giacomo, correndo, non si faccia male.

"Aveva fatto amicizia con un fabbro, gliel'aveva fatta lui. Era un'ape matta, tua mamma; non stava mai ferma, non sapevi mai dov'era e cosa combinava."

"E la zia Rosa, invece?"

"Eh, Rosa era un altro mondo. Era ubbidiente, tranquilla... Ma lo sai che tua mamma ogni due per tre si azzuffava con qualcuno? Li ha picchiati tutti i bambini qua attorno; e ha sempre vinto lei" conclude Tino, senza nemmeno provare a nascondere il suo orgoglio.

Poi si alza, dice ad Andrea di aspettarlo lì e di tener d'occhio Giacomo.

Torna tenendo qualcosa dietro la schiena.

"Ho un regalo anche per te" dice ad Andrea. E gli mostra cosa tiene in mano.

Un cucciolo. Un meticcio di taglia medio-piccola, buffo e giocherellone.

Andrea se lo prende in braccio e lo accarezza; dopo pochi istanti anche Giacomo è lì a giocarci.

"Quando sarai più grande e sarai capace di prendertene cura, se lo vorrai, ne avrai uno anche tu" gli dice il nonno.

Giacomo sbatte la testa su e giù con forza, già pronto a crescere per avere il suo cane.

"Come lo chiamiamo, nonno?" chiede Andrea.

"Io avrei pensato a Caruso, in omaggio al grande cantante. Che voce, che voce! Quando canta il melodramma poi... Eh, quello sì è uno bravo!"

"Mi piace Caruso!" esclama Andrea. "Bello, proprio bello. Lo chiamiamo così!"

"Così!" ribadisce Giacomo, tornando a fare su e giù con la testa.

Il piccolo Caruso si gratta un orecchio e tenta di abbaiare.

"Orca, nonno! Questo qui ci diventa un cane da guardia!" ride Andrea.

In quel momento, Tino vede passare sulla strada il Piero, che se ne torna a casa. Si china verso il cucciolo e lo esorta: "Dài, Caruso, attacca! Attacca, dài! Vai e mordilo!"

Caruso guarda Tino e poi l'uomo che dovrebbe attaccare. Annusa per terra, osserva l'area circostante... e fa pipì. Starnutisce e poi sbadiglia. E un attimo dopo, si rotola nell'erba e gioca per conto suo.

Tino si rimette in piedi e ride. "È un cane da pastasciutta, altro che da guardia!"

\*\*\*\*\*\*

Nel 1930 Rosa partorisce per la terza volta: arriva una bambina, Luisa.

Don Franco viene apposta dalla città per il battesimo; lo accompagnano Emma e Aldo.

A fine giornata, si ritrovano tra di loro a casa di Rosa e Fausto.

Tino, come sempre infastidito dalla presenza degli amici di Fausto, ha preso Giacomo e Andrea per mano e li ha portati a fare un giro.

Cesira, invece, si è seduta in cortile, all'ombra, in compagnia di don Franco e Annamaria.

Parlano del battesimo, di com'è piccola Luisa e di che brava mamma sia Rosa.

Tutt'a un tratto, Annina – che si è messa a dondolare sull'altalena costruita da Fausto –, salta su a chiedere: "A te chi t'ha cresciuta, nonna?"

Cesira si appoggia le mani in grembo. "Dei miei zii. Marito e moglie."

"E la tua mamma e il tuo papà dov'erano?"

"Sono morti quand'ero più piccola di te" risponde Cesira, e gli occhi le si fanno subito lucidi. "Di parenti avevo solo questi zii e così mi hanno presa in casa con loro. Ma non mi volevano bene. Mi hanno tenuta solo perché il prete del paese li ha quasi costretti."

Annamaria ferma l'altalena e va ad abbracciare sua nonna. "Adesso ci siamo noi! E noi ti vogliamo bene. Tanto da ricompensare anche quello che non t'hanno voluto quei mammalucchi dei tuoi zii!"

Don Franco, che ha ascoltato in silenzio, ride.

"Non dire così, che non sta bene" le sussurra Cesira. "Adesso, poi, non ci sono più. Bisogna aver rispetto dei morti."

Don Franco smette subito di ridere e si fa il segno della croce. "Oh, buon Dio. Scusami, Cesira, non ho neanche pensato che..."

Cesira scuote la testa come a dire a don Franco di non preoccuparsi, e poi spiega alla bambina: "Sono morti di Spagnola nel '19."

Annina si siede sull'erba, ai piedi della nonna. "Cos'è la Spagnola?"

"Era una febbre che arrivava con la tosse e altri dolori" ricorda Cesira. "I polmoni si riempivano di sangue e in poco tempo si moriva..."

"È stata terribile, Annina" interviene don Franco, perdendosi nei ricordi. "Tra il '18 e il '19 ha ucciso cinquanta milioni di persone nel mondo. – O forse anche molte di più. Non lo sapremo mai con certezza. – Pensa che la guerra ne aveva uccise quindici-sedici milioni! Per questo la ricordiamo tutti come la Grande Influenza. L'Europa era in ginocchio."

"Ha ucciso più gente quest'influenza della guerra?!" esclama Annamaria sbigottita. "Cinquanta milioni di persone sono... sono tantissima gente. Tantissima!"

La bambina resta in silenzio per qualche minuto a rifletterci; sta cercando di immaginarsi tutte assieme cinquanta milioni di persone, ma non ci riesce. È stata un paio di volte in città da sua zia Emma e le era sembrato di aver visto una gran folla nelle vie del centro, ma certo erano molto meno di quel numero lì.

Poi le viene un altro pensiero. "Perché si chiamava Spagnola? Veniva dalla Spagna?"

Cesira non lo sa – lei l'ha sempre sentita chiamare così e basta.

"È solo perché i giornali spagnoli erano gli unici a parlarne" risponde don Franco. "La Spagna non era in guerra e la sua stampa aveva maggiore libertà. Negli altri Paesi c'era la censura; non si voleva spaventare la popolazione, e così si è cercato di far credere che era un'epidemia che riguardava solo la Spagna. In realtà, pare che sia arrivata in Europa coi soldati americani, nel '17. Nelle trincee i soldati vivevano in condizioni igieniche spaventose e così il virus si è diffuso facilmente. Quando poi la guerra è finita, i soldati, tornando a casa, hanno trasmesso il virus alle loro famiglie, agli amici. Senza volerlo, dal fronte molti hanno portato a casa la morte."

"Anche in paese da noi ci sono stati tanti morti" racconta Cesira. "Grazie a don Franco, il salone parrocchiale è diventato un ospedale per la quarantena. Lì ho visto morire i miei zii. E anche la figlia più piccola della Teresa e dell'Angelo. I due maschi l'hanno superata, ma la piccola era debole e non ce l'ha fatta. Avevo tanta paura che potesse succedere qualcosa anche a Rosa o Emma. Sapessi, Annina, quante notti a guardarle e a toccar loro la fronte, sperando di sentirle sempre fresche. Era un'ossessione in quei giorni..."

Cesira si passa il fazzoletto sugli occhi; parlandone, ha ricordato quella paura e l'ha sentita di nuovo scorrerle nel sangue.

*****

Nel 1935 la Regina Elena dona la sua fede nuziale alla Patria e chiede alle donne italiane di fare altrettanto. In cambio, viene dato loro un cerchietto di rame.

È la Giornata della fede, la Giornata dell'oro.

Donne e uomini della prima guerra si mettono in fila per fare il loro dovere. Ma anche tanti delle nuove generazioni. Tutti quelli che vogliono sostenere l'Italia che sta diventando un Impero.

Tino e Cesira (Cesira a malincuore) sono tra i primi del loro paese a consegnarla.

# XVI
# I tre alpini

Tino sta scrutando un albero vicino a casa, quando vede arriva Andrea e Giacomo, con l'aria mogia, e un cestino vuoto in mano.

"Siamo venuti a costituirci" dichiara Andrea, allungando il cestino al nonno.

"Dovevamo raccogliere le prugne per la nonna e invece... le abbiamo mangiate tutte" confessa Giacomo a occhi bassi.

"Vi verrà un bel mal di pancia" scuote la testa Tino.

"Ce l'abbiamo già" sospira Andrea.

"Non succederà mai più!" giura Giacomo, con una mano sulla pancia. "Da domani, mangiamo solo quello che ci dice la nonna!"

"Che razza di due pëssgatt!" ride Tino. Poi si accarezza la barba. "Mi ricordate quel barbiere che c'era una volta in paese e che aveva un cartello appeso fuori dal negozio che diceva: 'Domani faccio la barba gratis'. Ed era sempre domani!"

Andrea alza un sopracciglio. "È una balla che ti sei inventato adesso. Non esiste quel barbiere lì, eh?"

"E chi lo sa..."

"Nonno... Perché ci chiami sempre pëssgatt, *pesce gatti*?" sorride Giacomo.

"Perché abboccate a tutto quello che vi dico!" gli schiaccia l'occhio Tino. "No. È perché mi fa ridere dirlo, come mi fate ridere voi! Voi due mi fate venire il sangue buono" conclude. E passa una mano sulla testa ad entrambi.

"Venite a vedere." Tino chiama i suoi nipoti vicino all'albero che stava scrutando.

"C'è il nido di un merlo. L'avevo visto svolazzare qua attorno e allora l'ho seguito per vedere dove si era fatto la casa."

Il nido è piccolo. C'è la femmina che sta covando i suoi nati: sono solo due, con piume scure, soffici.

"Avete visto come stanno accoccolati a pisolare?" sorride Tino. Poi indica ai nipoti un ramo più in alto. "Il maschio, se non è in giro a cercar cibo, è sempre lassù a far la guardia."

"Controlla che la sua famiglia sia al sicuro, come fanno tutti i papà" commenta Giacomo. E gli occhi scuri gli brillano.

"È come Rosa. Si commuove come lei" pensa Tino tra sé, guardandolo.

"Venite via" dice poi ai bambini. "Li abbiamo spiati abbastanza. Ora non disturbiamoli più."

\*\*\*\*\*

Tino è nella stalla, sta spazzolando il suo mulo; ogni tanto gli parla e gli dà qualche pacca.

"Vi raccontate dei segreti?" ride Andrea, entrando nella stalla con Giacomo al seguito. "Ti risponde?"

"A modo suo, sì. Nasa pügnàtt!" *Ficcanaso!*, sorride Tino.

"Un cane come animale da compagnia lo capisco. Ma un mulo... cosa ci fai, nonno?"

Tino versa dell'acqua al suo amico, gli dà un'ultima pacca e si mette a sedere di fronte ai nipoti, su una balla di fieno.

"Quand'ero in guerra, i muli come questo erano gli unici mezzi di trasporto per mitragliatrici, armamenti e altro materiale. Erano in guerra con noi e con noi hanno sofferto la fame e il freddo. Son degli animali che... Valgono più loro di tanta gente che ho conosciuto. Il mulo è il miglior amico di un alpino! Voi lo sapete, no, che io ero un alpino?"

I nipoti sorridono. "Sì, lo sappiamo, nonno."

"Arrancavamo su per i monti con i nostri muli, tra la neve. Eh, la fatica che hanno sempre fatto gli alpini... Car i me fiö... – *Cari i miei ragazzi...–*"

Andrea si schiarisce la voce, si alza in piedi e intona: *"Era una nooootte cheee pioveeevaaa e che tiraaavaaaa uuun forte veentooo... immaginaaatevi cheee gran tormeentooo per un alpino che stava a vegliaaar!"*

Giacomo applaude.

Tino sorride. "Bravo che ti ricordi le nostre canzoni. Le canzoni delle Fiamme Verdi."

"Ma non siete le Fiamme Nere?" chiede Andrea.

"No, siamo le Penne Nere" precisa Tino. "Le Fiamme Nere sono gli Arditi."

"E le Fiamme Rosse chi sono?" chiede Giacomo.

"T'interessa subito il rosso, a te, eh?" scrolla la testa Tino, bonario. "I Bersaglieri! Ma sai cosa dice la canzone? Bersagliere ha cento penne, ma l'alpin ne ha una sola, un po' più lunga un po' più mora, sol l'alpin la può portare!"

Giacomo sorride e scatta in piedi. Sull'attenti e con aria solenne, va a spiegare quanto appreso negli anni: "Per un alpino il cappello è sacro. La penna è portata sul lato sinistro del cappello, leggermente inclinata all'indietro. È di colore diverso a seconda del grado: nera per la truppa, marrone per i sottufficiali e gli ufficiali inferiori, bianca per gli ufficiali superiori e generali."

Tino si appoggia i pugni sui fianchi. "E il motto degli alpini è... ?"

Andrea mette il braccio attorno alle spalle di Giacomo e assieme urlano: "Di qui non si passa!"

Tino si dà una manata su una gamba e, orgoglioso, esclama: "Bravi i miei due pëssgatt!"

"Adesso ci vuole l'inno, ci vuole l'inno!" saltella Giacomo.

Allora anche Tino si alza in piedi e tutt'e tre intonano: *"Sul cappello, sul cappello che noi portiamooo... c'è una lunga, c'è una lunga penna neraaaa... che a noi serve, che a noi serve da bandieraaa... su pei monti, su pei monti a guerreggiaaar... Evviva evviva il reggimento... Evviva evviva il Corpo degli Alpin!"*

123

"Oh, Maria Vergine! C'è un raduno di reduci della Grande Guerra nella mia stalla!" esclama sorridente Cesira, entrando col secchio e dirigendosi a mungere la mucca.

"Ricordavamo i tempi andati, nonna!" le schiaccia l'occhio Andrea, rimettendosi a sedere assieme agli altri due reduci.

"Nel mio reggimento c'erano un po' di uomini del Veneto" riprende a raccontare Tino. "Con uno sono diventato amico; lui era orgoglioso della nostra divisa, anche più di me, perché al suo paese c'è una vecchia tradizione di alpini. Be', ad ogni modo. Mi ha raccontato che al suo paese dicono che, quando nasce un bambino, un'aquila lascia cadere nella sua culla una penna nera. E da grande lui la riporterà in montagna, vicino al cielo, sul cappello da alpino."

Tino ha gli occhi lucidi e dà un paio di colpi di tosse. Si mette a cantare: "Sputava il latte, beveva il vino, era figlio di un vecchio alpino!... Anche questa me l'ha insegnata lui."

"Vi siete scambiati gli indirizzi? Gli hai mai scritto, dopo la guerra?" chiede Giacomo.

Tino prende del fieno e va a metterlo nella mangiatoia del suo mulo. "È morto a Caporetto. Non ce l'ha fatta a tornare al suo paese."

Andrea cerca di cambiare discorso in fretta e butta lì: "Erano tutti veneti nel tuo reggimento?"

"No, no, macché" tossisce Tino. "Ah, per quello c'era da farsi una cultura! C'erano soldati da tutte le regioni. Del nord e del sud. Cittadini e campagnoli come me. Don Franco m'ha spiegato che è stata la prima volta che l'Italia si è trovata unita e *mescolata*."

Giacomo gli si va a sedere di fianco. "Nonno, ma la guerra... com'è stata?"

Tino si toglie il berretto e si sistema i pochi capelli rimasti. "La guerra è una brutta bestia" dice a mezza voce. "I miei ricordi da alpino sono l'unica cosa buona. Eravamo pidocchiosi, mal guidati e mal nutriti."

Cesira sta finendo di mungere la mucca; ha rallentato il

lavoro e con la coda dell'occhio controlla suo marito che si agita troppo quando parla della guerra.

"Ho combattuto sul Carso. Ho perso tanti amici lì" continua Tino. "E il Monte Grappa, il Monte Canino – quasi 2.600 metri di altezza! –. E l'avanzata degli austriaci che siamo riusciti a fermare sul Piave..."

"Il Piave mormorò: non passa lo straniero!" canta Andrea.

"Bravo! Proprio così! Come dice *La Canzone del Piave*" tossisce Tino, con gli occhi lucidi. Poi riprende fiato. "Sapete qual è il ricordo più brutto? La trincea. Vivevamo come animali, sotto acqua, neve, vento, bombe. A poter fare il pilota d'aereo... eh, quella sarebbe stata tutta un'altra faccenda. Dalle trincee li vedevamo passare sopra le nostre teste e ci pensavamo. Rischiavano la vita, come noi, chiaro; ma era tutta un'altra cosa. Era una guerra quasi pulita, quella."

Tino si passa il fazzoletto sulla fronte.

"Quando sono tornato, ho chiuso questi ricordi in un angolo della mia testa e ho messo via la chiave. Allora era troppo fresca la cosa. I dispiaceri, il nervoso... non volevo parlarne. Ma adesso, con voi, mi sento di riprendere la chiave" sorride, mettendo una mano sulla testa di Giacomo, che gli è rimasto seduto vicino. "E sì che anche allora la gente ascoltava con ammirazione i reduci. Ma a me non andava."

Tino fa un lungo respiro. "Io sono tornato dalla guerra con le scarpe di un altro. Un commilitone del mio reggimento morto in trincea" tossisce. "Son cose che non ti dimentichi più, che ti tornano in testa tutte le notti..."

Tino è rosso in viso e tossisce sempre più forte.

"Nonna!" chiama Andrea saltando in piedi.

Cesira prende il secchio di latte e costringe Tino a berne un sorso; intanto lei bagna il fazzoletto e glielo passa sul viso, cercando di farlo calmare.

Pian piano il rossore e la tosse si affievoliscono.

Andrea e Giacomo si rimettono a sedere, nell'attesa di vedere il nonno tornare alla normalità.

"È passata, sto meglio, sto meglio" rassicura la moglie Tino, allontanando il secchio di latte e rimettendosi il berretto. "Dov'ero rimasto?"

"Battistino!" lo sgrida benevola Cesira. "Guarda che per oggi hai finito di parlare."

Tino si alza. "E va bene. Allora andrò un po' a trafficare nell'orto." Poi si volta verso i nipoti. "Ah. Quando morirò, nella cassa voglio il cappello da alpino. Ricordatevelo voi due, perché di vostra nonna non mi fido" dice schiacciando l'occhio.

*****

Cesira è seduta vicino al camino; lavora a maglia.

Caruso si è accucciato ai suoi piedi, a pisolare al calduccio.

Andrea e Giacomo hanno in mano ciascuno una fetta di pane col miele.

– "D'inverno, il miele vi fa bene per la gola" ha detto loro Cesira, mentre gliele preparava. –

Sono alla finestra a guardare la neve che scende.

Entra in casa Tino, scrollandosi il bianco dal suo tabarro nero. "Siete già arrivati voi due?" sorride ai nipoti.

"Noi tre! C'è anche Caruso" precisa Andrea, indicandolo.

Tino dà un'occhiata al cane; si sta stiracchiando le zampe anteriori e poi ci riappoggia su il muso, socchiudendo gli occhi placido.

Tino scuote la testa. "È venuto da noi a dormire. È proprio un cane da pastasciutta!"

Andrea s'infila in bocca l'ultimo pezzetto di pane e corre in fretta a prendere un pacco per il nonno. "Te lo manda la mamma" gli dice porgendoglielo.

Tino si toglie il tabarro e si mette a sedere. E, con calma, cerca di slegare i nodi del nastro con cui è avvolto il pacco.

"Nonno, non star lì a slegarlo. Dài, taglialo!" gli dice Giacomo, interpretando anche l'impazienza di Andrea.

"Chi ha fretta, vada adagio" risponde Tino, continuando

tranquillo come prima.

"Nonnoooo" brontola Andrea.

"Eeeh. Nonno, niente. La fretta è per i giovani. Alla mia età, io ho tutto il tempo per star qua a sciogliere un nodo come si deve. Voi andate fuori a giocare, se avete il fuoco sotto il sedere. Non avete qualche nuvola da rincorrere?"

"Vogliamo vedere cosa c'è nel pacco!" dice Giacomo. "Allora, ce la fai? Eh? Allora?"

"Allora, allora! All'ora sessanta minuti!" sorride Tino. E finalmente il pacco si apre.

È un nuovo disco per il grammofono. L'ultima incisione del *Rigoletto*.

"Orca, che meraviglia!" esclama Tino. Poi guarda i nipoti. "Dunque, ripassiamo. Chi è il più grande musicista fra tutti?"

Andrea e Giacomo si scambiano un'occhiata e all'unisono rispondono: "Wagner!"

"Razza di due pëssgatt... Fuori da casa mia!" ride Tino, assieme ai nipoti.

"Ma ci pensate mai che la nostra è la terra di Verdi? Non vi sentite fieri?"

"Come facciamo a non pensarci? È da quando siamo piccoli che ce lo ripeti!" lo prende in giro Andrea. E continua: "Qua siamo in una zona di confine. È giusto per un pelo che non sei in Lombardia! E allora addio terra di Verdi."

"Vöt ciapà sü?" *Vuoi prenderle?*, gli sorride Tino. "E comunque, è a Milano che Verdi ha avuto successo, e c'ha anche abitato. Quindi pure la Lombardia c'ha i suoi meriti, lascia stare."

Tino si alza e va a mettere il disco sul grammofono.

Quando si arriva alla prima aria del Duca di Mantova, i tre alpini iniziano a cantare (non sempre intonatissimi): "Questa o quellaaaa... per me pari sono a quant'altre, a quant'altreee, d'intorno mi veeedooo. Del mio cooreee... l'impero non ceedooo... meglio ad uunaaa che ad altra beltà! S'oggi questaaaa mi torna gradiitaaaa, forse un'aaltraaa doman lo sarà!"

127

Cesira si aggiusta lo scialle di lana sulle spalle e dà un'occhiataccia a suo marito. "Una donna vale l'altra, oggi questa domani quella. Belle cose gli fai sentire e gli insegni!" "Ma sono arie d'opera, mica vita vera!" si giustifica Tino. "E poi il Duca è un mascalzone, nonna!" spiega Giacomo. "Non vogliamo imitare uno così, stai tranquilla!"

*Il Rigoletto*, intanto, continua la sua storia e la sua musica. E Tino torna a bearsene.

"È il più grande. Il più grande autore di melodramma! E vi dico che si sente che era figlio di contadini. Nella sua musica si sentono la terra e le radici."

"Il papà mi ha detto che Verdi era uno impegnato politicamente" interviene Giacomo. "Mi ha detto che sosteneva la lotta contro gli austriaci e scriveva le opere per la libertà del nostro popolo. Tipo il *Nabucco*, no?"

Tino s'irrigidisce. "Adesso s'intende anche di opere, tuo papà? Ma c'è qualcosa su cui non mette bocca o..."

"Battistino!" lo ammonisce Cesira, seduta con in mano i ferri per la lana.

Persino Caruso alza la testa e lo fissa, come a chiedergli conto del suo comportamento.

"Sa vöt ti? Cucia lì!" *Cosa vuoi tu? Cuccia lì!*, tossisce Tino, rivolgendosi a Caruso.

Andrea, come sempre, cerca di cambiare atmosfera. "Raccontateci di quando siete andati in pellegrinaggio alla casa natale di Verdi!"

"Il pellegrinaggio è per i luoghi sacri, Andrea. Noi siamo andati a vedere la casa dove è nato un musicista. Bravo, per carità. Però un musicista" precisa Cesira, mettendo via il lavoro a maglia.

Tino borbotta tra sé; avrebbe da ridire su quello che ha appena sentito. Cesira non ci fa caso e prosegue: "La casa è quella di gente povera. È come le nostre. Pensare a com'è diventato importante, ammirato da tutti. Ed è partito figlio di contadini. Mi ha fatto riflettere che, allora, a questo mondo tutto è possibile."

Bussano alla porta. Entra un uomo avvolto in un tabarro nero, molto simile a Tino.

È il Piero.

"Tal chi – *Eccolo qui* –. Vieni dall'osteria? O eri in giro a metter del sale sulla coda delle lepri?" scherza Tino, schiacciando l'occhio ai nipoti.

"Eh, proprio. Mi hanno attraversato la strada in due, se vuoi saperlo. È che non avevo dietro il fucile, maladìssa – *maledizione* –."

"Ha visto due lepri, signor Piero?" chiede Giacomo incuriosito.

"Ma non gli darai mica retta? Quello lì non vedrebbe nemmeno un prete nella neve!" ride Tino.

"Per fortuna sei bravo tu a trovar le lepri. Se ti corrono dietro loro!" ribatte Piero.

Andrea e Giacomo ridono: vanno matti per questi siparietti che si creano sempre tra il nonno e il suo amico.

"Vuoi un bicchier d'acqua, Piero?" gli chiede Cesira con un sorriso.

"Ti ringrazio del pensiero. Ma lo sai: io bevo solo vino." Poi si volta verso i due ragazzini e conclude: "Non bevo l'acqua, perché se no mi si formano le rane nello stomaco!"

I due ragazzini ridono. E anche Tino, mentre commenta: "T'è propi un ciucatè." *Sei proprio un ubriacone.*

# XVII
## Storie d'amore

Nel 1936 Gino Bartali, con la Legnano, vince il Giro d'Italia. Grande entusiasmo di Tino, Fausto, Aldo. E persino di Cesira, perché Bartali dedica la vittoria alla Madonnina.

Sempre nel '36, uno degli argomenti di conversazione tra le ragazze è la storia d'amore tra Wallis Simpson e Edoardo VIII d'Inghilterra. Quell'anno, lui abdica al trono; per sposare la pluri-divorziata americana rinuncia a regnare. La si racconta come la più grande storia d'amore del secolo.

Annamaria, che ora ha quindici anni e spesso parla come nelle riviste femminili che legge, si esalta e sogna a sentir parlare di prìncipi e donne piene di fascino.

Cesira, invece, scuote la testa con aria dispiaciuta. "E a te sembra tanto una bella cosa una donna che ha preso il matrimonio come un gioco e continua a cambiar marito? A me sembra una roba da locchi. Lei e chi se la sposa."

"Ma nonna... Magari le prime volte che si è sposata, si è sbagliata. Pensava fosse vero amore e non lo era!"

"Be', sarà il caso che stia più attenta, allora, perché si sbaglia un po' troppo spesso!"

"Ma pensa a lui: ha rinunciato alla corona, tanto grande è il suo amore!"

"Forse non diventerà re, ma di soldi ne avrà sempre molti lo stesso; e questo ti sembra un grande sacrificio d'amore? Vivranno senza problemi e con tutte le comodità, perché son ricchi tutti e due. E se si stuferanno, a un bel momento si separeranno e ricominceranno da capo con degli altri, perché tanto cosa gli costa? Cara la me bagàia... Se vuoi vedere dei veri sacrifici d'amore – le storie d'amore del secolo –, guarda le coppie sposate del nostro paese, guarda tua mamma e tuo papà. E anche me e tuo nonno, già" sorride Cesira. Prende le mani di Annamaria tra le sue, e con voce lenta e ferma aggiunge: "Io e tuo nonno non avevamo niente. Messi assieme, quel niente è diventato qualcosa. Qualcosa che dura!"

*****

Giacomo ha portato delle pesche ai nonni; le manda Fausto. Tino sente già che gli andranno di traverso.

Cesira va in casa a prendere un paio di vasetti della sua marmellata di uva e mele da mandare a Rosa, mentre Giacomo segue il nonno e lo aiuta a dar da mangiare a conigli e galline.

Racconta a Tino che è stato, di nuovo, per qualche giorno a casa di Andrea, in città. E che Rosa gli fa sempre portare in regalo un po' di frutta, delle uova, del burro... quello che hanno, insomma.

Tino sente che c'è qualcosa che non va nella voce di Giacomo; lascia perdere i conigli e lo guarda.

"Ti trattano bene a casa di Andrea, vero?"

"Sì, eccome, nonno. La zia Emma, lo zio Aldo. Tutti."

"Però?"

"C'è solo la loro vicina, la signora Dora..."

"Be', che fa questa signora Dora?"

"Niente."

"..."

"Quando mi vede arrivare con i pacchi che mi fa la mamma, sorride. Ma non in maniera gentile, sorride strana. E poi, quando sono in cortile a giocare con Andrea, mi osserva. Dal balcone mi guarda dall'alto in basso e..."

"Ho capito."

"..."

"Giacomo, quella è gente che ti guarda sempre dall'alto in basso, ma il balcone non c'entra."

131

" "
...

"Lasciali perdere, quelli così, e pensa solo a giocare con Andrea."

"Sì, nonno" risponde Giacomo, con l'aria abbacchiata.

Tino gli passa una mano sui capelli. "Di', pëssgatt: ricordati che io, te e Andrea siamo degli alpini. E gli alpini non si tirano indietro; tengono bella dritta la testa, così la penna sta alta!"

Giacomo si raddrizza, sorride e scatta sull'attenti. "Sì, nonno!"

*****

Nel 1937 Bartali vince di nuovo il Giro d'Italia.

"Bravo Ginettaccio" commenta Tino soddisfatto. "*Gli è tutto sbagliato, gli è tutto da rifare*, dice. E intanto continua a vincere!"

Luisa e Annamaria hanno preso la bicicletta per andare a trovare i nonni.

Luisa è contenta: le piace pregare con la nonna e ricevere in dono un santino; e le piace che il nonno le racconti le storie dei melodrammi.

Annamaria è meno contenta: spera ci sia qualche lavoro da fare in cucina, magari del pane da impastare o da cuocere o della polenta da mescolare. Tutto pur di non passare il tempo col rosario della nonna in mano. E in quanto al nonno...

"Con il nonno, o si ascoltano arie d'opera o le canzoni degli alpini. Uno spasso!" sbuffa, mentre pedala. "È ancora in lutto per la morte di Verdi. E Verdi è morto quasi quarant'anni fa! Manco fosse stato un parente."

Non c'è pane da cuocere. Non c'è polenta da mescolare.

C'è invece il grammofono già pronto con *Il Rigoletto* – nell'ultima incisione, regalo di Emma, che le nipoti non hanno ancora avuto modo di ascoltare –.

Luisa corre felice ad abbracciare la nonna, che ha già in mano i due santini per loro.

Annamaria cammina lenta verso la sedia che l'attende. E, mentre sorride al nonno, pensa tra sé: "Andiamo a sentir morire di nuovo quella fessa di Gilda."

\*\*\*\*\*

"At mè masà! At mè masà!" *Mi hai ucciso! Mi hai ucciso!*, grida Renato, buttandosi a terra.

Tino, pur sapendo che dovrebbe trattenersi, non ci riesce e si mette a ridere. "Ma che ammazzato! T'ho preso di striscio sul sedere. T'avrò sgualcito i pantaloni, tutto lì. Dài, tirati in piedi, fa mia al bagài – *non fare il bambino* –."

E ridendo, Tino abbassa la canna del fucile e aiuta Renato a rialzarsi.

L'uomo si tocca il dietro dei pantaloni e: "Va', va' che lavoro m'hai fatto!"

"Io puntavo al fagiano, ma se tu corri a metterti in mezzo..."

"Lo stavo mirando anch'io! M'ero messo lì per vederlo meglio!"

"Ah, lo vedevi meglio sì: ti ci sei messo davanti! Non lamentarti, poi, se un cacciatore *normale*, che sta a una distanza *normale*, ti spara addosso!"

"Ma tu di normale non c'hai neanche... Non c'hai niente, ecco!"

Ora che è certo di essere ancora vivo e intatto, anche Renato comincia a ridere di quel che è successo.

Tino gli dà una gomitata. "Pic ad tésta!" *Rompiscatole!*

\*\*\*\*\*

Il cane da caccia di Tino s'è fatto male a una zampa. C'è un veterinario in paese che si occupa di tutti gli animali della zona, e Tino, quando ha bisogno, va da lui.

"Ho fatto quel che si poteva. Speriamo che non resti zoppo" scrolla le spalle il veterinario.

Tino lo squadra alzando un sopracciglio. "Spera che non zoppichi, perché se no ci vieni tu a correre dietro alle lepri al suo posto!"

Il veterinario ride. "Vengo, ma prendo su un bastone!"

"Sì. E io te lo do sulla schiena, così corri più forte!"

Tino sorride, lo saluta, carica il suo cane sulla bicicletta e torna a casa.

*****

Andrea si lamenta con suo nonno – che è seduto in cortile – dei cani che continuano ad abbaiare. Si è portato dei libri da casa per studiare, mentre sta dai nonni qualche giorno, ma coi cani proprio sotto le finestre non riesce a concentrarsi.

"A te danno fastidio. E pensare che a me mi rilassa sentire abbaiare un cane ogni tanto."

Andrea scoppia a ridere. "Nonno, non dir balle! Sono anni che vorresti sparare ai cani dei vicini perché ululano! Ti 'rilassano' solo i tuoi cani... perché non sai cosa farci!"

Tino si tira il berretto sugli occhi e borbotta. L'unica parola che si capisce chiaramente è: "Pëssgatt."

*****

Tino, seduto in cortile, guarda Cesira stendere i panni. Riflette, facendo ballare il berretto tra le mani. "Dovremmo affittare una barca e andare per mare. Siamo sempre stati qua..."

Cesira si mette la cesta dei panni vuota sotto il braccio, e zoppicando passa a fianco del marito. Sospira. "Te l'ho detto, io, che quando stai tanto al sole devi tener su il cappello. Se no, poi, questo qua è il risultato!"

\*\*\*\*\*

Nel 1938 Bartali vince il Tour de France: ora è il numero uno del ciclismo mondiale.

Tino, Fausto e Aldo ascoltano assieme le ultime notizie alla radio – radio che Aldo ha appena regalato ai suoceri –. Ancora una volta, grazie al ciclismo, hanno qualcosa da festeggiare. Qualcosa da condividere e per cui essere contenti.

Uno dei pochi bei ricordi di loro tre assieme, con anche Andrea e Giacomo presenti, mentre le donne se ne stanno in cortile a chiacchierare.

"In salita nessuno è capace di stargli dietro!" esclama Tino.

Sono tutti d'accordo.

"E da ragazzo faceva il meccanico" commenta Fausto. "Ora è proprio arrivato!"

"Ho letto che gli piace parecchio mangiare e bere, anche prima delle gare" racconta Aldo. "Altri sportivi stanno attenti alla dieta, pensano che influisca sui risultati, ma lui..."

"Lui ha capito che la dieta influisce eccome: e infatti mangia di gusto e vince!" ride Fausto.

E Tino ride alla sua battuta.

Senza pensarci, forse per la prima volta. Ride ed è contento.

Sono tutti contenti.

È una giornata serena che scorre liscia come l'acqua del Po.

Ma il '38 è anche l'anno delle leggi razziali.

Non ci sono ebrei sulle colline dove vivono Tino e Cesira; non ne conoscono. Tino legge la notizia sul giornale, ma non le dà nessuna importanza.

"Sono una porcata!" sbotta Fausto appena scopre di cosa si tratta. E subito inizia a preparare boicottaggi coi suoi compagni.

\*\*\*\*\*

"L'acqua fa male, il vino fa cantare!" brinda Piero, alzando il bicchiere.

Si è fermato a casa di Tino, tornando dai campi. Stanno assaggiando il vino nuovo, seduti nella stalla.

"Te ti berresti anche il vino da messa" scuote la testa Tino.

"E perché no? Se è buono..."

"I tuoi nipoti? Quando tornano a trovarti?"

"Giacomo è appena venuto ieri. Andrea magari questa domenica. E i tuoi? Come stanno?"

"Bene, bene. Crescono in fretta."

Piero si china verso il bicchiere e a mezza voce dice: "È bello essere nonno. Il brutto è che ti ritrovi sposato con la nonna."

"Ma va' a ciapà di rat, va'! Bâmbul..." *Ma va' al diavolo, va'! Rimbambito...*

Piero, d'un tratto, si alza e si avvicina a Tino. Lo scruta per bene in faccia. Poi si allontana un po'.

"Eh, stiam proprio diventando vecchi."

"Be'? Non vorrai mica fare testamento? Bevi un bicchiere di vino, che ti fai forza" ride Tino. "Comunque, giovani non li torniamo di sicuro. Ogni minuto che passa, continuiamo a diventare vecchi. Se stai qua fino a sera, lo saremo ancora di più."

Poi si versano un paio di bicchieri di vino.

E nessuno si ricorda più l'età dell'altro.

\*\*\*\*\*

È il marzo del 1939.

Cesira sta tornando da casa di Teresa; le condizioni della donna sono le stesse di tanti anni prima, e Angelo e i figli non sanno più cosa fare.

Cesira passa alla cappelletta dalla Madonnina e poi anche

in paese, ad accendere una candela in chiesa. Ci mette il suo tempo, perché con la gamba fa sempre più fatica; ma pian piano arriva dappertutto.

I pettegolezzi sul matrimonio di Emma sono continuati in paese.

Più volte a Cesira è capitato di sentire mezze frasi del tipo: "Rosa fa la sarta. Emma fa la Signora!"

Quando arriva a casa, trova Luisa ad aspettarla.

"Come va tua mamma col lavoro? Ne ha?"

"Sì, ne ha tanto!" dice Luisa, mentre mangia una fetta di pane con burro e zucchero. "Gliene ha trovato anche la zia Emma. Fa il nome della mamma a tutte le signore di città che cercano una sarta e le ha regalato una macchina da cucire a pedale. La zia s'inventa mille trucchi per farci avere delle cose senza che si noti troppo. Ci aiuterebbe anche di più... ma il papà è orgoglioso e non vuole. E la mamma è d'accordo: dice che ce la sappiamo cavare."

"Non mi sembri convinta."

Luisa alza le spalle. "Tra cavarsela e star bene c'è differenza. Io accetterei più aiuto. Ma quando lo dico con Annamaria, mi dà un pizzicotto."

Si sente la frenata di una bicicletta: è proprio Annamaria. Ha in mano un mazzetto di violette selvatiche, le annusa sorridente ed entra in casa.

"Si ama e si muore una volta sola nella vita" sospira, appoggiando le violette sul tavolo.

Cesira guarda Luisa. "Cosa sta dicendo?"

"Ma niente. Fa così tutte le volte che va al cinematografo con la sua amica Linda. Fa la svenevole e la sospirosa! E continua a parlare d'amore..."

"Spia e pettegola!" la rimprovera Annamaria.

"Sei tu che vai in giro a dire 'ste loccate! Non c'è bisogno di spiarti, basta ascoltarti!" ribatte Luisa, facendole una boccaccia.

"Sei una peste!" sbotta Annamaria. Ma si calma subito e

torna a sorridere. "Non riuscirai a rovinarmi il meraviglioso stato d'animo in cui mi trovo grazie al bel film che ho visto."

Luisa alza gli occhi al cielo.

"Oh, nonna, sapessi!" riprende Annamaria, abbracciando Cesira alle spalle. "Lui l'amava, l'amava disperatamente. Hanno tentato di dividerli con un subdolo inganno, un infame tranello. Ma alla fine lui ha capito ed è corso a riprenderla e a portarla in salvo! Aaaah..."

"Oh, Maria Vergine. Un infame tranello" sorride Cesira. "Cosa ti frulla mai in testa..."

"L'amore, nonna! L'amore!" risponde Luisa, allargando le braccia in un enfatico e parodistico gesto.

Annamaria stavolta la ignora; si siede e si rivolge, curiosa, a Cesira.

"Il nonno non è mai stato romantico, come nei film? Non t'ha mai detto frasi così?"

La nonna si porta una mano alla guancia. "Cara la me bagàia. Non avevamo neanche gli occhi per piangere tanto eravamo poveri! Pensa te se erano momenti per essere romantici."

"Cosa c'entra l'essere poveri? Lo siamo anche noi. Altroché! Eppure il papà fa tante cose da innamorato per la mamma. Anche solo come le parla, come la guarda, come scherza con lei..."

"Eh, ma lì è questione di carattere, Annina. Fausto ha un cuore gioioso e aperto. Il nonno... è il nonno!" sorride. "Ti racconterò una cosa: una volta, quand'eravamo fidanzati, siamo andati a ballare alla festa del mio paese. È finita una canzone ed eravamo fermi, in piedi sulla balera, ad aspettare che ne iniziasse un'altra. Ero una ragazzina, così giovane... Un po' di sogni ce li avevo anch'io, allora. Ho guardato il cielo, ho sorriso a tuo nonno e gli ho detto: 'Hai visto quante stelle stasera?' Lui ha guardato in su e m'ha risposto: 'Eh, già. Meno male, perché se piove in questi giorni, con tutto il lavoro che c'è da fare in campagna, siamo fregati.'"

"Che disastro che è il nonno!" ride Annamaria.

"Il nostro romanticismo è iniziato e finito lì. Poi non ci ho più provato e nemmeno pensato" scrolla la testa Cesira. "Adesso che ricordo... Solo una volta, da ragazzi, mi ha borbottato: 'Ët vöi bëi – *Ti voglio bene* –'. E un attimo dopo, a voce più alta, m'ha detto: 'Be', vado a portare il letame nel campo, che se no poi viene buio.'"

\*\*\*\*\*

"A studiare troppo si diventa matti!" scherza Cesira.

Andrea sorride. "Mi mancano solo un paio di pagine, nonna. Le finisco intanto che aspetto che arrivi Giacomo!"

"Gli piace proprio leggere, neh?" commenta Cesira, uscendo in cortile.

"Non ha certo preso da me!" ride Emma. "Avrà preso da Aldo. E magari da Rosa!"

Gli occhi scuri di Cesira s'intristiscono; in un istante ha ricordato quanto avrebbe voluto avere i soldi per far studiare Rosetta. E invece niente.

"Andrea sta iniziando a *parlare* con una ragazzina" cerca di distrarla Emma. "Si chiama Lucia; sono anni che vanno a catechismo assieme da don Franco. Credo gli sia piaciuta da subito. E ora che stanno crescendo..."

"È una brava ragazza?"

"Sì, sì. Davvero carina. Suo padre fa il panettiere; lei vuol diventare maestra. Anche a lei piace leggere, come ad Andrea! Leggono tante di quelle poesie... Io mi ci addormenterei sopra!" ride Emma.

Caruso si mette a girarle attorno, scodinzolando. Emma lo accarezza e lui, soddisfatto, se ne va a inseguire una farfalla.

# XVIII
## La civetta sul solito ramo

Primavera 1939.
Cesira sta controllando i suoi fiori; la rosa rampicante inizia a fiorire.

Tino, invece, controlla la zampa del suo cane: è guarita bene – il veterinario dev'essersi impegnato molto, vista la minaccia di dover prendere il posto del cane –.

In quel momento, passa Fausto in bicicletta, con un palloncino in mano. Li saluta sorridente, ma senza fermarsi: tra poco sarà buio e Rosa lo aspetta alla finestra, come sempre.

"Lo sanno già in pochi che è un comunista, doveva anche pitturare la bicicletta di rosso. Quello lì... è proprio un continuo infilarsi in nidi di vespe" borbotta Tino.

"È sposato con nostra figlia da diciotto anni, hanno tre figli e tu continui a chiamarlo 'quello lì'. Ti costa tanta fatica chiamarlo col suo nome? Sei peggio del tuo mulo."

"Ciaparàt comunista. Ecco qual è il suo nome! Ma l'hai visto tutto sorridente col palloncino? Coi pochi soldi che hanno guarda te come li butta via."

"Quanto costerà mai un palloncino?" sbuffa Cesira. "Fra pochi giorni c'è la cresima di Luisa. In questi giorni Fausto lavora in città, avrà visto i palloncini e avrà pensato di regalarne uno alla bambina. Lo vuoi mettere in croce anche per questo? Non può permettersi niente di costoso, per fortuna ha fantasia e se ne inventa di ogni per rallegrare la sua famiglia. Dovresti essere contento anche tu che abbia un carattere così, per il bene di Rosetta. Invece..."

Cesira si è liberata di un peso che aveva sullo stomaco da anni. Si sente più leggera, come il palloncino di Fausto.

"Parola torna indietro" dice Tino, sistemandosi il berretto. "Se te la devi prendere così... Si faceva tanto per parlare" borbotta andandosene nell'orto.

*****

La serenella è tutta un fiore.

Tino le passa accanto e respira il profumo a grosse boccate. Poi si aggiusta il berretto, prende la bicicletta e grida a Cesira: "Vado a fare un giro lungo il Po!"

Il fiume trasmette a Tino una serenità di cui lui ha un gran bisogno, specie da dopo la guerra.

E così, ogni tanto, prende su e va a trovarlo. E quando torna si sente sempre meglio.

Cesira è in piedi sulla porta, mentre Tino scende dalla bicicletta.

Ci sono già le prime lucciole della sera che fanno riluccicare l'aria.

Cesira sta piangendo. "Fausto è morto..."

La bicicletta scivola dalle mani di Tino e fa un tonfo a terra. "Cosa?!"

"L'hanno portato via degli uomini, davanti a Luisa. E poi l'hanno ucciso e... gli hanno dato fuoco. È andata la nostra Rosetta a riconoscerlo. Signore, cosa c'è capitato!"

Cesira ha raccontato tra i singhiozzi, e alla fine ha preso il fazzoletto dalla tasca e se l'è premuto sul viso, con entrambe le mani.

"A Luisa hanno fatto niente?" chiede preoccupato Tino.

Cesira fa segno di no con la testa; tutta la voce che le restava l'ha usata per raccontare quelle poche cose. Ora non ce la fa più a parlare.

Tino le si avvicina. L'abbraccia. "Adesso ti sciacqui la faccia con dell'acqua fresca. Poi prendiamo la bicicletta e andiamo da Rosa. E stiamo là con loro. Qualcosa faremo."

"Si volevano così bene. Non è... non è giusto. Non è

proprio giusto!" singhiozza Cesira, aggrappata alla camicia di Tino.

"Lo so" tossisce lui. "Lo so..."

\*\*\*\*\*

Tino sapeva da un pezzo che Fausto era un brav'uomo e che era stato una fortuna per Rosa.

Ma quando l'hai pensata in un modo per tanto tempo, non è facile ammettere di esserti sbagliato. Neanche con te stesso.

Però ora, al funerale, guardando in faccia il dolore di tutti quelli che l'hanno amato (guardando le lacrime incessanti di Rosa, dei nipoti, degli amici e di don Franco, che è costretto a interrompere di continuo la cerimonia per riprendere fiato) e sentendo il vuoto della sua presenza (perché la presenza di Fausto riempiva di parole e di calore)... ecco, ora, Tino non riesce più a far finta che fosse solo un ciaparàt comunista.

Si passa una mano sugli occhi e si allontana un poco; non vuole disturbare con la sua tosse.

La sera, prima di coricarsi, Tino si affaccia alla finestra della sua camera; la civetta è sul solito ramo.

Tino ha gli occhi lucidi. "Stai lì, te. Devi star sempre lì, hai capito? Così mi ricorderai. Mi ricorderai Fausto."

E Tino, per la prima volta, lo chiama per nome.

# XIX
## Robe da donne e da preti

"Andrea si è trasferito da Rosa" dice Cesira, mentre si siede a tavola con Tino.

"Da Rosa? E come mai?"

"Pare che abbia litigato con Aldo. Non si parlano più..."

Tino allontana il piatto di minestra che aveva davanti.

Fissa il vino nel suo bicchiere; lo fa ondeggiare.

"Quante cose ancora dovranno succedere alla nostra famiglia?"

\*\*\*\*\*

Nel 1940 ci si prepara per un nuovo Giro d'Italia.

Tutti puntano sulla vittoria di Bartali – sarebbe la sua terza –.

Tino segue le tappe del giro alla radio. Ma stavolta da solo; con Cesira che, ogni tanto, gli passa attorno mentre rassetta la casa.

Bartali, alla seconda tappa, cade e si fa male a causa di un cane che gli taglia la strada.

"Cane della malora!" urla Tino, togliendosi il berretto e sbattendolo a terra.

Bartali non può recuperare e allora, per il bene della squadra, la Legnano, decide di aiutare a vincere il gregario meglio piazzato in classifica: Fausto Coppi, un ragazzo alessandrino voluto in squadra da Bartali stesso. Si mette al suo servizio e su una salita delle Alpi, quando Coppi, stremato, sta per arrendersi e lasciare il giro, Ginettaccio torna indietro (gli era avanti di poche decine di metri), lo convince a risalire in bicicletta e a ripartire, urlandogli poi:

"Coppi sei un acquaiolo! Ricordatelo! Solo un acquaiolo!"

"Cosa vuol dire?" chiede Cesira, ferma con la scopa in mano.

"L'acquaiolo è il portatore d'acqua. Gliel'ha detto perché Coppi tirasse fuori l'orgoglio e gli dimostrasse di non essere solo un gregario, ma un campione" spiega Tino. Poi, con gli occhi lucidi, conclude: "Bartali ha un gran cuore."

Alla fine, è proprio Coppi a vincere il Giro d'Italia del 1940.

Il giorno dopo, il 10 giugno, Mussolini annuncia che l'Italia entra in guerra al fianco della Germania.

Una nuova guerra mondiale sta per ripiombare sul Paese.

\*\*\*\*\*

Alla fine di giugno, Teresa, l'amica di Cesira, peggiora improvvisamente.

Forse la notizia di una seconda guerra mondiale è troppo per lei.

Angelo va a chiamare Cesira di corsa.

"Dice che vuole vederti. Deve parlarti prima di..."

Angelo abbassa la testa.

Teresa, prima di morire, ci teneva a ringraziare per l'ultima volta Cesira; voleva chiederle di occuparsi ancora, per quel che poteva, di quel che restava della sua famiglia. E, infine, voleva lasciarle l'oggetto a cui più era legata: l'anellino di rame con l'effigie della Madonnina che aveva portato al dito per l'intera sua vita.

Una volta fatto tutto questo, Teresa muore in pace.

Pochi giorni dopo, Cesira è sulla sua tomba a pregare; ha portato anche fiori a Fausto e al suo Augusto.

Uscendo dal cimitero (piano, per via della gamba), continua a ripetere tra sé l'Ave Maria.

D'improvviso, se La trova davanti.

La Madonna.

Col velo bianco in testa e tutto quanto.

È come sospesa a mezz'aria e le sorride, tra i cipressi del cimitero.

Cesira non si scompone e La saluta con reverenza e affetto. Si fa subito il segno della croce e poi inizia a parlarLe, come fosse la cosa più naturale del mondo, facendo varie domande; come se, in fondo, se lo fosse aspettato da sempre quel momento.

Evidentemente la Madonnina le risponde, perché Cesira ogni tanto annuisce sorridendo, ogni tanto annuisce triste e ogni tanto sospira.

Tino liquida in fretta la faccenda. "Con la vecchiaia stai diventando matta."

E poi esce di casa dicendo: "Vado a fare un giro lungo il Po."

Diversa e molto più partecipe era stata la reazione degli altri membri della famiglia.

Rosa l'aveva saputo per prima. Gliel'aveva detto proprio Cesira, mentre le versava del caffè di cicoria.

"Parlo con la Madonnina."

"Bene."

"E La vedo anche."

"La vedi? Dove La vedi, mamma?"

"Oh, dipende. La prima volta al cimitero. Poi nel nostro orto, in cucina, vicino all'albero di serenella. Ho un po' perso il conto. Viene a trovarmi spesso, sai?"

Rosa si era fatta il segno della croce e aveva smesso di respirare per qualche istante. Poi era corsa alla trattoria del paese a telefonare a Emma.

"Sarà una malattia mentale? O la vecchiaia?"

"Magari è uno scherzo" aveva provato a ipotizzare Emma.

"Ma quando mai la mamma ha scherzato su queste cose?!"

"È vero anche questo."

Luisa, che stava attraversando una fase mistica e già pensava a farsi suora, era corsa, estasiata, a prendere tutti i santini che la nonna le aveva regalato negli anni e si era inginocchiata a pregare.

Annamaria era scoppiata a ridere.
"Vede anche un coro di angeli o la Madonna viaggia sola?"

Aldo aveva scosso la testa, come a sottintendere: "In questa storia io non ci voglio entrare." E con la raccolta di francobolli sottobraccio, era sparito nel suo studio.

\*\*\*\*\*

C'è una piccola e ristretta riunione di famiglia, a casa di Rosa. Riunione indetta apposta per discutere di Cesira e del suo caso.
Ormai ne parla tutto il paese; e le donne anziane vanno in pellegrinaggio da lei.
"Di', si metterà mica a fare anche la guaritrice?! Pensa se ci scappa un miracolo!"
"Annamaria!" la rimprovera Rosa. Poi, tornando alle sue preoccupazioni, s'interroga: "Bisognerà chiamare il dottore?"
"Prima, magari, facciamole parlare da don Emilio" suggerisce Emma. "O sentiamo don Franco!"
"La Madonnina le compare da quando mette l'anellino che le ha lasciato la signora Teresa! Forse dipende proprio dall'anello" osserva Luisa, con gli occhi sgranati.
"Bisognerebbe avvisare il Papa!" ride Annamaria. "Vostra Santità, lo sapete che la Madonnina s'è affezionata all'orto di mia nonna?"
"A me sembra che la nonna stia bene. Anzi, mi sembra più serena che mai" fa notare Giacomo.

"Magari La vede davvero" dice Andrea serio. E poi spinge Giacomo in camera a studiare.

Luisa va in giardino a pregare, vicino alla serenella.

Emma, Rosa e Annamaria restano sole a riflettere. Magari La vede davvero...

*****

Don Franco scende dalla corriera in paese e s'incammina verso la casa di Tino e Cesira.

Tino sta zappando nell'orto; si ferma quando vede arrivare il reverendo. Capisce subito perché è venuto e scuote la testa.

"Tino, ma cos'è..."

"Son robe da donne e da preti" lo interrompe subito. "Vedetevela voi, don Franco." E, zappa in spalla, se ne va borbottando: "Un uomo non si sognerebbe mai di vedere San Giuseppe."

Don Franco entra in casa.

Resta a lungo a parlare con Cesira.

Dopo più di un'ora, esce sospirando; ha l'aria stanca di uno che ha appena perso una battaglia.

"Tornate a trovarci!" lo saluta gioviale Cesira sulla porta. E poi rientra in casa.

Tino è appoggiato al muretto, con le braccia incrociate. "Allora?" chiede.

Don Franco allarga le sue di braccia. "Dice che La vede proprio."

"Bella scoperta!" sbuffa Tino, alzando un sopracciglio. "Lo sapevo, io. Siete stato là dentro tutto 'sto tempo per niente. Donne!"

# XX
## Partenze

Tino si è avvolto nel suo tabarro ed è uscito per andare a vedere se a casa di Rosa stanno tutti bene.

È da qualche giorno che non vede nessuno, probabilmente per via della grossa nevicata che c'è stata (ipotesi suggerita da Cesira); ma Tino, senza sentir ragioni, vuole verificare di persona.

Rosa e le ragazze lo accolgono felici. Appena le vede in salute, si tranquillizza. Però mancano i due nipoti maschi all'appello.

"Sono nella stalla ad accudire gli animali" lo rassicura Rosa.

"Vado a dargli una mano" dice, avvolgendosi di nuovo nel tabarro e uscendo di casa.

Quando entra nella stalla, vede solo Giacomo seduto a mungere la mucca.

Lo saluta e gli batte sulla spalla; ora non lo può più prendere per mano come quando era bambino, e così una pacca gli sembra un buon compromesso.

Si siede su una balla di fieno.

"Dov'è Andrea?"

"È andato a fare una camminata per conto suo."

"Avete litigato?"

"Noi due?" sorride Giacomo. "Non è mai successo, neanche mezza volta! È che a lui, ogni tanto, piace star solo; gli piace ascoltare il silenzio. Se poi c'è anche la neve..."

"Avrà i suoi pensieri."

Giacomo annuisce.

"Ma ne hai anche tu, neh?"

" "
...

"Come va al liceo? Problemi per pagare la retta?"

"No, per quella me la cavo. Un po' di soldi ce li dà la zia Emma e un po' li guadagno io lavorando in campagna, con Andrea."

"E allora cosa c'è?"

"La solita storia, nonno. Vengo dalla campagna e son figlio di gente povera; ho i pantaloni rattoppati e il cappotto rivoltato. Lì son tutti figli di gente ricca e ti fanno pesare la differenza tra chi può e chi non può."

"E tu lasciali parlare. Vai per la tua strada e dimostragli coi fatti chi sei. Fai come facevi da piccolo con la signora Dora! Pëssgatt... Sei ancora un alpino, no?"

Giacomo sorride e scatta sull'attenti. "Sì, nonno!"

\*\*\*\*\*

Nel 1941 muore in guerra il figlio ventenne di Mussolini, Bruno.

"Aldo parte volontario" dice Cesira, avvicinandosi a Tino che sta strigliando il suo mulo.

Tino la guarda e resta immobile. "Sei sicura?"

"Sì. Me l'ha detto Rosa."

Tino riprende a spazzolare, lento e pensieroso. "È strano. Non è mai stato uno interessato alla politica" dice, cercando di capirci qualcosa. "Se lo fa, avrà i suoi buoni motivi."

Più tardi, seduto a tavola, mentre si mette nel piatto un po' di polenta, riprende il ragionamento – evidentemente ha riflettuto –: "I fascisti, i neri non mi piacciono; come non mi piacciono i rossi. Ma l'esercito è un'altra cosa! È fatto da gente che vuole solo il bene del Paese, non c'entra la politica. Forse Aldo ha pensato che doveva andare a fare il suo dovere."

Cesira si versa del latte in una tazza e ci fa scivolare dentro dei pezzi di polenta. "Forse" ripete, mentre con lo sguardo segue la polenta che galleggia nel latte.

\*\*\*\*\*

C'è posta; una lettera da un parente di Tino emigrato in Argentina da anni.

Cesira fa accomodare il postino in casa, gli chiede se vuole un caffè e l'uomo accetta.

È venuto apposta fin lì per quella lettera; a Cesira sembra giusto offrirgli qualcosa.

Mentre il postino si toglie la tracolla per appoggiarla su una sedia, gli cade una busta che va ad attaccarsi sotto alla ciabatta di Cesira. Il postino sa dei problemi alla gamba della donna e così, per non farle far fatica, s'inginocchia, con una mano le solleva leggermente la gamba, e con l'altra stacca la busta dalla suola della ciabatta.

In quel momento, Tino entra in casa a prendersi il cappello e vede questa specie di fermo immagine col postino che, inginocchiato davanti a sua moglie, le tiene una gamba.

Tino li guarda in silenzio.

Poi prende il cappello, se lo mette in testa e, rivolto a sua moglie: "Cesira... Proprio col postino. Alla tua età!"

E scuotendo la testa esce di casa.

\*\*\*\*\*

Luisa e Annamaria sono sedute con la nonna; la aiutano con un lavoro a maglia.

C'è anche la Luigina; è amica di Cesira da quando lei, dopo aver sposato Tino, si è trasferita sulle colline. Luigina ha qualche anno meno di Cesira, ma si sono sempre trovate bene assieme.

È una donna a cui piace parlare e raccontare storie della propria vita. Quando c'è lei, in realtà, nessun altro riesce ad aprir bocca. Cesira e Luisa ascoltano pazienti. Annamaria non riesce a trattenere qualche sbuffo. E quando Luigina inizia a dire: "Vi ho mai raccontato di quando..." senza aspettare la fine della frase, Annamaria alza gli occhi al cielo e dentro di sé urla: "Sì, ce l'hai già raccontato di sicuro! C'hai già raccontato tutto un centinaio di volte! Aaaaaah!"

Ma un giorno, mentre Annamaria è distratta, salta fuori un argomento nuovo; la ragazza torna in sé giusto per sentire la fine del discorso.

"Ecco perché, dopo il fidanzamento, il mio Salvino è partito per la guerra. Il corredo è sempre pronto, vedrete che torna!" E così dicendo, Luigina si alza ed esce a prendere dell'acqua; parlare tanto mette sete.

Annamaria è a bocca aperta. Si china verso la nonna e, sbalordita, a mezza voce chiede: "Alla sua età... è fidanzata con uno che deve tornare dalla guerra?!"

Cesira annuisce, proseguendo nel suo lavoro a maglia. "Sì, sì. Ma non da questa. Da quella del '15-'18" sussurra alla nipote.

"..."

"Non mi svenire sul pavimento, Annina" aggiunge Cesira con un sorriso.

*****

"La nonna è in pensiero" annuncia Luisa.

Rientrando a casa, ha trovato sua madre e sua sorella nell'orto e si è fermata a dar loro la notizia.

"Cos'è successo?" chiede Rosa, già in ansia.

"Allora. Sono passata a trovare i nonni. Avevano acceso la radio – è proprio bello avere la radio in casa! –. Prima la nonna ha ascoltato Beniamino Gigli che cantava *Mamma*, e si è commossa. Poi abbiamo ascoltato quel comico, Aldo Fabrizi. È divertentissimo! E poi è arrivato il nonno che aspettava l'opera: c'era Tito Schipa che cantava *Una furtiva lacrima*. Ciùmbi, com'è bravoooo!"

"Io ti ammazzo. VUOI VENIRE AL DUNQUE?!" le urla Annamaria, spazientita. "La nonna non sarà mica in pensiero perché ha sentito cantare Beniamino Gigli!"

"Sono un po' di giorni che la Madonnina non si fa vedere"

151

spiega allora Luisa – ma solo dopo aver fatto una boccaccia alla sorella –. "Io le ho detto che, secondo me, è impegnata per via della guerra. Ma la nonna mi sembrava dispiaciuta lo stesso."

Rosa tira un sospiro di sollievo; aveva pensato al peggio (che suo padre avesse nuovi problemi al cuore, per esempio) e questa notizia, in fondo, non le pare così grave.

Annamaria, più schietta, dice alla sorella: "Se t'azzardi ancora ad arrivare qua a spaventarci per una loccata del genere, ti spello viva!" Poi, riflettendoci un attimo, le scappa un sorriso e aggiunge: "Le hai detto sul serio che la Madonna non va da lei perché è impegnata con la guerra? Siete proprio una più matta dell'altra!"

Qualche giorno dopo, Luisa apre la porta di casa tutta allegra. "Emergenza rientrata! La Madonnina è tornata dalla nonna!"

Rosa sorride e sospira. "Bene, bene."

Annamaria, scherzando, si punta i pugni sui fianchi, scuote la testa e sbotta: "Si è scusata almeno per l'assenza?!"

"Annamaria!" la rimproverano in coro Rosa e Luisa.

*****

Fine autunno 1941.

"Ho così pochi capelli che non vado neanche più dal barbiere. Siamo amici e, scherzando, mi dice: 'Faccio più fatica a trovarli che a tagliarli!'"

Tino sorride passandosi una mano sulla testa.

È seduto nella stalla, su una balla di paglia.

Tossisce.

Andrea gli è seduto di fronte, come da bambino.

"Ma vai volontario?" chiede Tino dopo un po' di silenzio.

"Un VU?" sorride Andrea. "Volontario Universitario... No, no. Mi hanno chiamato loro."

Poi prende la fisarmonica di suo nonno, appoggiata lì

vicino, e si mette a strimpellarla, quel poco che ha imparato.

"Che soddisfazione sentirtela suonare" dà un colpo di tosse Tino.

"Ti accontenti di niente, nonno!" scherza Andrea.

Caruso, accovacciato lì vicino, si alza per sgranchirsi le zampe. Scodinzola un po' attorno a Tino (che gli borbotta il solito: "Cane da pastasciutta!") e poi gironzola per la stalla.

"Prima di venir qui, stamattina, ho fatto un giro in città" racconta Andrea, rimettendo a terra la fisarmonica. "Sono rimasto appoggiato a un muretto, sotto a una finestra, un bel po'. Ci fermavamo lì, da ragazzini, io e Giacomo."

"Aspettavate che si affacciasse una ragazza?" sorride Tino.

"No... Aspettavamo di sentir suonare un violinista. Uno bravo, ti sarebbe piaciuto. E anche gentile; lo sapeva che stavamo lì ad ascoltarlo e a volte ci lasciava la finestra aperta apposta. Era da tempo che non passavo in quella zona e oggi... oggi ho trovato la finestra chiusa. Nessun suono, neanche attutito dai vetri. Magari avranno traslocato, per via della guerra. Cambiano tante cose, con la guerra."

Andrea si alza e cammina, lento, fino alla porta della stalla; si appoggia su un lato, e suo nonno sull'altro. Sta nevischiando.

"Mi è sempre piaciuta la neve. E ora vado in un posto dove ne troverò un bel po'!" prova a scherzare Andrea.

"Certo che la Russia è lontana molto" sospira Tino. "Ma tu te la caverai! Ne ho vista tanta anch'io, di neve, in trincea. E sono ancora qua! Io sono andato in guerra e ora ci vai anche tu... È una brutta bestia, la guerra; te l'ho sempre detto. L'unica cosa che mi fa contento è che vai con gli alpini. Di', ti ricordi ancora tutto su come si porta il cappello, il motto, le canzoni e via? Non mi far fare brutta figura, neh, pëssgatt!"

Andrea sorride. "Di qua non si passa..."

"La prima guerra è stata brutta, ma l'abbiamo vinta. Fate del vostro meglio anche voi."

Andrea fissa i fiocchi di neve e annuisce malinconico.

"Stai pensando a quella ragazza che ti piace? Lucia?"

"Anche."

"Se ti vuol bene, ti aspetterà. Sarà sempre la stessa anche fra un anno."

"Ma chissà come sarò io, quando tornerò..." sussurra Andrea tra sé.

Tino non è riuscito a sentire quello che ha detto; vorrebbe che glielo ripetesse, ma Andrea scuote la testa, come a dire che non era importante e poi, come ha sempre fatto per cambiare discorso, gli chiede un'altra cosa.

"Com'è che non fumi, nonno? Il Piero, il Renato... tutti i tuoi amici fumano e tu no. Stavo pensando che non so il perché, non te l'ho mai chiesto..."

Tino s'infila le mani in tasca. "Le sigarette costano. Quand'ero ragazzo, quelli che fumavano, come il Piero e il Renato, raccoglievano da terra le cicche che altri, con più soldi, buttavano via. A me non andava e così non ho mai preso il vizio. Tutta lì la storia."

"È una bella storia, come sempre" gli sorride Andrea.

Tino alza una mano, vicino al viso, e la scuote a significare: "Oh, sai mica!"

Andrea la osserva e si accorge che ha dei tremori; anche l'altra, appoggiata alla cinta dei pantaloni, ne ha di simili.

"È una malattia dell'età. Il Signore vuole ricordarmi che son vecchio" dice Tino, anticipando la domanda di suo nipote e provando a nascondere le mani in tasca.

"Ti sei fatto vedere dal dottore?" chiede Andrea preoccupato.

"Ma che dottore e dottore. Se ti visitano, ti trovano anche quello che non hai e ti senti più malato di prima!"

"Sei il solito testone, eh, nonno? Se non dovessi partire, ti ci porterei subito io. Ma così... Stasera lo dico alla mamma e lei ti manderà il dottor Gandolfi; lasciati visitare e comportati bene, intesi?"

"Orca, ti sei messo a dare gli ordini come se fossi già nell'esercito! Tornerai con le mostrine da generale. Sissignore, obbedisco!" esclama Tino, mettendosi sull'attenti.

La neve inizia a scendere più fitta.

Andrea e Tino sono fermi in cortile a salutarsi.

"Prima di tornare a casa, faccio un giro alla cappelletta della Madonna."

"Tua nonna sarà contenta" tossisce Tino, avvolto nel suo tabarro. "Senti... Fatti onore, ma stai attento, neh? Va bene anche se non diventi un eroe, basta che torni tutto intero."

Andrea sorride. "Ricevuto. Niente eroismi, salvare la pelle!"

Si apre la porta di casa e Cesira, con lo scialle di lana in testa, va incontro ad Andrea.

"Non ho neanche fatto in tempo a preparati una sciarpa o un maglione. Ma te li manderò. Intanto, tieni questo" dice, infilandogli in tasca un santino. Poi gli appoggia una mano sulla guancia. Ha gli occhi gonfi di lacrime e le labbra le tremano quando sussurra: "Ël me bagài..." *Il mio bambino...*

Andrea muove lievemente il viso, tanto da arrivare a baciarle il palmo. Poi l'abbraccia stretta, e allunga una mano a stringere anche la spalla di Tino, che è lì al loro fianco.

Quando si stacca, cerca di sorridere e quasi scappa via, tra i fiocchi che scendono.

Cesira resta a guardarlo, mentre si allontana con Caruso, e accarezza l'anellino con l'effigie della Madonna.

Tino fa qualche passo avanti nel cortile e sussurra: "Viva gli alpini..." Poi lo grida: "VIVA GLI ALPINI!"

"Sputava il latte, beveva il vino, era figlio di un vecchio alpino!" gli risponde Andrea, voltandosi verso di lui e continuando a camminare, ma all'indietro. "Vado a riportare la penna vicino al cielo, nonno!"

Tino sorride, tossisce e piange.

*****

"Don Emilio, cosa state facendo?"

Tino si avvicina al reverendo che, aiutato dal sagrestano, sta trafficando in uno scantinato della chiesa.

"Sto provando a fare un po' d'ordine" sospira il parroco, riprendendo fiato. "Bisogna decidersi a buttare qualcosa, ma... sai, quando si tratta di oggetti che per anni sono stati in chiesa, disfarsene sembra quasi un sacrilegio."

Tra varie cianfrusaglie ammassate nei decenni e messe lì solo a prendere polvere, spunta un crocifisso in legno, mezzo rotto e tarlato, con la parte inferiore del corpo di Cristo che penzola, attaccata solo per un angolo al resto della croce.

Don Emilio indica proprio quel crocifisso e sospira: "Come si fa?"

Tino si accarezza la barba per qualche istante e poi chiede: "Posso prenderlo io?"

Il parroco lo guarda sorpreso. Ma subito, felice, risponde: "Certo! Che bella soluzione! La vostra è una famiglia così per bene. Chissà come sarà contenta Cesira di averlo in casa."

"Mia moglie non c'entra" risponde Tino, mentre toglie il crocifisso dalla pila di cianfrusaglie. "Questa è una faccenda mia" borbotta.

Saluta il reverendo, si mette il Cristo sulle spalle e, in mezzo alla neve, cammina verso casa.


Per qualche giorno, rinchiuso nella stalla, Tino non fa che occuparsi del crocifisso – e mentre lo aggiusta, ci parla –; lo ripulisce, sistema la croce e rimette assieme il corpo di Gesù. Non è un falegname, ma, da povero, ha imparato a fare un po' di tutto.

Alla fine, con uno straccio, lucida per bene la scultura, la rimira soddisfatto e la posiziona nell'angolo più riparato della stalla.

"Non è un granché. La chiesa era certo più solenne di qua, ma in fondo Tu ci sei nato in un posto come questo. Io spero Ti ci troverai bene."

Tino si rimette il tabarro, pronto per andare in casa; ma mentre sta uscendo, richiude la porta alle sue spalle e torna indietro.

Si prende il berretto tra le mani, che tremano un po', e guarda il crocifisso.

"Tu... Tu hai capito, vero, che dovresti proteggere Andrea? Oh, intendiamoci: non è che dico che me lo devi perché T'ho aggiustato. L'avrei fatto comunque. Però, adesso che abbiamo passato del tempo assieme... Be', tra amici ci si dà una mano, quando si può. E allora se Tu puoi... Cerca di potere, ecco."

Tino dà un colpo di tosse, si fa un piccolo segno della croce e, rimettendosi il berretto, se ne va svelto verso casa.

\*\*\*\*\*

"Andrea è intelligente, istruito e anche bello. Riesce bene in tutto quello che fa. Quando tornerà da questa guerra maledetta, avrà il mondo in mano. Farà cose importanti. Mica come me... ca so un povar lucc – *che sono un povero locco* –" sorride Tino, seduto sul letto prima di coricarsi.

È appena rientrato dalla stalla. Da un po' di tempo, tutte le sere prima di andare a dormire, ci va a fare un giro, senza dire niente.

Cesira dà un bacio al rosario e lo appoggia sul suo comodino, vicino alla statuetta della Madonna che tiene lì.

"Sì, abbiamo dei bravi nipoti. Possiamo proprio essere contenti" risponde Cesira, mettendosi a letto. "Battistino, mi dici cosa vai a fare nella stalla, la sera?"

"Devo fare il mio dovere prima di dormire."

"Eh?"

"Niente. È una faccenda mia" borbotta Tino. "Dormi che è tardi."

\*\*\*\*\*

Cesira sta raccogliendo della legna da portare in casa.

Non vede la Madonnina da un po' di tempo e ha delle brutte sensazioni addosso.

Si volta e, all'improvviso, le appare un'ombra nella neve.

Lascia cadere la legna a terra.

"Sei tu... l'Angelo della Morte?"

"Uhmm. No, signora. Io sono Nino" le risponde un ragazzo, poco più che bambino.

"..."

"Il figlio del fornaio."

"..."

"Il fratello di Lucia."

"..."

"Lucia, la morosa di Andrea. Andrea suo nipote!"

"Aaaah..." sospira sollevata Cesira.

"Ero venuto a cercare suo marito, perché mi hanno detto che aggiusta le biciclette a un prezzo buono. Però se vuole possiamo giocare all'Angelo della Morte! Devo fingere di alzarmi in volo? Chi vuole che uccida?"

"Oddio!" Cesira si porta una mano alla guancia.

"Uccidere per scherzo, chiaro! Signora è lei che ha proposto il gioco."

"Ma io..."

"Va be', se ha cambiato idea, io vado a cercare suo marito. Però non dovrebbe proporre un gioco se poi non le va di farlo."

Il ragazzino alza le spalle e se ne va.

*****

"Il fronte russo, il fronte africano. Le cose non si mettono bene per noi" dice Tino, tornato dal paese. "Come stanno le ragazze?" chiede poi, accendendo il fuoco nel camino.

Cesira è appena rientrata a casa, dopo essere stata a trovare Rosa e le nipoti.

Si toglie lo scialle dalla testa e si aggiusta i capelli bianchi raccolti in un ciuffo.

"Stanno... stanno bene" risponde Cesira, cercando di nascondere la sua agitazione. "Luisa sta studiando. Annamaria, invece, aiuta Rosa nel suo lavoro; sta diventando una brava sarta anche lei. Guarda come ha rifinito bene la camicetta che le avevo dato." E Cesira apre un fagotto in cui aveva avvolto la camicetta.

"Orca! È brava sì. Di', lei e Luisa hanno battibeccato?" sorride Tino.

"Come al solito" sorride Cesira, piegando la camicetta.

"Quelle due sono delle sagome! E Giacomo cosa sta facendo? Come sta il mio pëssgatt?"

Cesira va a mettere la camicetta in un cassetto, nel comò della camera.

"Ohi, non m'hai sentito?" la richiama Tino, mettendosi a sedere al tavolo con una bottiglia di vino e un bicchiere.

Cesira ritorna in cucina, zoppicando lenta.

"Ti ho chiesto di Giacomo."

"..."

"Allora?"

"Non c'era."

"È successo qualcosa? Sta male? Dimmelo se sta male!"

Ad ogni frase, Tino alza un po' di più la voce.

"Non agitarti che è pericoloso per il cuore! Non gli è successo niente, sta bene. Solo che... è dovuto andar via di casa."

Cesira si mette a sedere al tavolo, di fronte a Tino.

"Rosa mi ha spiegato che l'hanno messo in una lista. Lo stanno cercando. Ha dovuto andar via e nascondersi. È a Milano. Ma non dobbiamo dirlo a nessuno!"

Tino respira rumorosamente. Stringe il bicchiere e poi, tutto d'un fiato, butta giù il vino in gola.

"Stai tranquilla che io non dirò più niente su di lui. Né su di lui, né a lui."

"Battistino... Non dire così. Forse non mi sono spiegata bene io."

"Andrea parte per la guerra e Giacomo va a nascondersi. Invece di servire la Patria si nasconde. Cosa c'è da spiegare? Se fosse pronto a fare il suo dovere, non lo metterebbero in nessuna lista e non dovrebbe rintanarsi come un coniglio. Io gli ho sempre insegnato che non ci si tira indietro. Ma è chiaro che lui non ha capito. È colpa di Fausto: gli ha messo lui in testa queste idee contro il Paese, contro la sua gente."

Tino si alza di scatto a prendere una cornice: dentro c'è una fotografia sua coi nipoti bambini. Giacomo alla sua destra, Andrea alla sua sinistra. Sorridono e sorreggono tutti e tre il cappello da alpino del nonno.

Tino, rabbioso e con le mani che gli tremano, toglie la fotografia dalla cornice e strappa il pezzo in cui compare Giacomo; lo getta a terra.

"È un vigliacco, altro che alpino! Che se ne stia pure nascosto. Ma che non gli venga mai in mente di tornarmi davanti! E tu non nominarmelo più! Capito?! NON NOMINARMELO! Io, da adesso, ho un solo nipote maschio: Andrea."

Tino afferra il suo tabarro ed esce di casa, sbattendo la porta e tossendo.

Cesira non è più riuscita a dire una parola. Poche volte ha visto suo marito così arrabbiato. Forse mai.

Si passa il fazzoletto sugli occhi e si alza dalla sedia; fatica ad alzarsi come se il peso del mondo le fosse piombato addosso all'improvviso.

Guarda a terra il pezzo di foto stropicciato, col viso di Giacomo che le sorride dolce.

Si china a raccoglierlo; lo accarezza e lo spiana, per quel che può. Lo va a riporre nel cassetto del comò, in camera, sotto la camicetta cucita da Annamaria.

"Gli passerà. Vedrai che gli passerà" sussurra alla foto di Giacomo, prima di chiudere il cassetto.

Ma non ne è così convinta.

\*\*\*\*\*

Sono i primi mesi del 1943.

Tino è nella stalla; accudisce la mucca, due vitellini e il suo mulo. Ogni tanto gira la testa verso il crocifisso, borbotta qualche frase e muove la testa come a dire: "Mi raccomando, neh."

È perso nei suoi lavori e nei suoi pensieri; e così non si accorge dell'arrivo di don Franco.

Don Franco, che è venuto apposta dalla città.

Don Franco, che entra in casa, accolto con tanta contentezza da Cesira che spera di potergli parlare del problema di Giacomo, e che lui l'aiuti a far ragionare Tino, e...

Don Franco, che sta già piangendo prima ancora di aver iniziato a parlare.

E quando parla, Cesira grida. Grida e si lascia scivolare a terra.

Tino non si era accorto dell'arrivo del parroco. Ma si accorge delle urla di sua moglie e corre in casa. Spalanca la porta e la trova a terra, che piange con la testa tra le mani.

E don Franco si gira di spalle per nascondere le sue lacrime; ma non serve a nulla, perché i sussulti della sua schiena lo tradiscono.

"Andrea è morto!" piange Cesira. "È morto in Russia. Non lo rivedremo più... Non lo rivedremo più... Ël me bagài..."

Tino arretra di qualche passo; scuote la testa a far segno di no, che non è vero, non è possibile.

Prende la porta ed esce di corsa in cortile. Si ferma sotto la neve, a cercare un po' di fiato. A tossire. A pensare che se morisse in quel momento non gli importerebbe.

Corre nella stalla. Prende una zappa e ansimando si mette davanti al crocifisso. Solleva la zappa in aria e urla con tutta la rabbia che ha in corpo.

Cade in ginocchio e la zappa cade di fianco a lui.

Fissa il Cristo in croce e senza forze, senza vita, inizia a ripetere: "Perché? Perché?"

\*\*\*\*\*

Della polenta sul tavolo e una fetta di pane. Poca roba. Ma non importa, tanto nessuno dei due ha voglia di mangiare.

"Emma non esce più di casa" sussurra Cesira con gli occhi lucidi, stringendo il rosario in mano. "Non vuole vedere nessuno. Se ne sta là da sola, con Caruso. Non mangia più, non... Maria Vergine, la mia Emma..."

Tino tossisce. Tossisce in continuazione, ormai. Ma non accetta di farsi visitare dal dottore; non gli importa.

Si versa mezzo bicchiere di vino e lo butta giù.

"È colpa mia. Gli ho fatto tutti quei discorsi sul servire il Paese, su come io ero stato in guerra e ora toccava a lui. Magari lui non voleva partire, ma si è sentito in obbligo verso di me, per tutte quelle storie sugli alpini e l'onore. Non ha voluto deludermi ed è morto. È come se l'avessi ucciso io."

"Cosa dici? Ma cosa c'entri tu. Tu gli volevi tanto bene che di più non si può. Cosa c'entri tu..." scuote la testa Cesira, stanca eppure ancora piena di lacrime.

"Emma lo sa che è colpa mia. Per quello non viene da noi; non vuole vedermi. E ha ragione. Non ne ho fatta una giusta."

"Emma non vede più nessuno, lo capisci?! Non c'entri tu. Si è chiusa in casa, con tutto quel dolore addosso..."

Le mani di Tino tremano. Le stringe a pugno e sbatte la destra sul tavolo; forte, tanto che la bottiglia di vino traballa. "Giacomo è vivo. Lui si è salvato scappando. Sarà contento."

Cesira lascia cadere il rosario sul tavolo, si alza di scatto e dà uno schiaffo a Tino.

Lui, dopo un attimo di sorpresa, salta in piedi, come fosse pronto a renderglielo.

I suoi occhi verdi vanno a cercare quelli scuri di lei. E li trovano: addolorati, ma fermi e senza esitazioni. È come se dicessero: "Vergognati."

Non le aveva mai visto quello sguardo. Ed è peggio dello schiaffo.

Tino afferra il tabarro imprecando, e va a dormire nella stalla.

Aprile 1943.

*"Non dimenticar le mie parole..."*

Rosa sussurra la canzone sulla tomba di Fausto. Come tutti i giorni, è andata a trovarlo.

È fiorita la serenella e così Rosa gliene ha portato qualche rametto.

Sente una mano prenderle, dolcemente, il braccio. Si volta.

"Ciao mamma. Sei stata da Augusto?"

Cesira annuisce.

"Passano gli anni, ma il dolore no. Vero?" dice Rosa, guardando la tomba di Fausto.

"Vi siete voluti tanto bene" sussurra Cesira.

"Mi si piegavano le ginocchia quando lo vedevo" sorride Rosa con gli occhi umidi. Si china a togliere dell'erba dalla tomba e prosegue: "Gli anni che ho passato con Fausto sono stati così belli e preziosi che bastano per tutta una vita. Certo, avrei voluto invecchiare con lui. Ma il Signore mi ha fatto un regalo talmente grande a farmelo incontrare che, se ora mi lamentassi, sarei proprio un'ingrata. Sono stata fortunata ad averlo vicino."

Rosa accarezza la foto di Fausto e si rialza.

"Per lui non è stato semplice. Qualche volta l'ho visto piangere, di nascosto. Mandare avanti una famiglia, avendo un cuore grande e degli ideali come i suoi... non era facile."

"Sei riuscita a tornare da tua sorella? L'hai più vista?" chiede Cesira preoccupata, mentre escono dal cimitero.

Rosa scuote la testa. "Te l'ho detto, mamma: non posso tornare. Lo vorrei tanto, mi sdraierei anche sullo zerbino se servisse! Ma non si può obbligarla. Lei lo sa che io ci sono; che *noi* ci siamo. E che se solo accennasse a volerci, noi correremmo! Dobbiamo pregare che accada."

Rosa accompagna Cesira fino a casa. Sia perché le fa

piacere e sia perché la vede così malferma sulla gamba destra. Sua madre ha risentito anche fisicamente dei lutti e dei dolori che hanno colpito la loro famiglia.

"Vieni dentro un minuto. Ti do un paio di vasetti di marmellata" le sorride Cesira tirandola per la mano, come da bambina.

Rosa si appoggia a una sedia, mentre aspetta che sua madre prenda la marmellata. Si guarda attorno; le sembra di rivedere le scene di quand'era piccola, con Emma. Lo sguardo le cade sulle fotografie appese e le scivola giù fino a una cornice che un tempo conteneva un bel ritratto di suo padre con Giacomo e Andrea. Vede lo strappo; Giacomo non c'è più.

Quando Cesira rientra in cucina, Rosa sta piangendo in silenzio e fissa ancora la foto.

Cesira appoggia i vasetti sul tavolo e accarezza i capelli di sua figlia. "Rosetta, devi perdonarci per tutti i dispiaceri che ti abbiamo dato. Prima con Fausto e ora... Ti chiedo scusa io per tuo padre. Lui vuole ancora bene a Giacomo, credimi. Deve solo capirlo. E lo capirà."

Cesira accompagna Rosa in cortile. "Come vanno le tue mani?"

Rosa gliele mostra. "I soliti reumatismi. Sono già consumate a quest'età. A volte sembra che le ossa mi si sbriciolino."

Cesira sorride triste e mostra le sue. "Hai preso da me, bambina."

## XXI
## Siamo tutti italiani?

Maggio 1943.

Sono anni che Tino non va in città.

Non gli è mai piaciuta, troppo caotica per uno che ama il silenzio del Po.

L'ultima volta che c'era stato era il 1927; era andato a trovare don Franco, un anno dopo il suo trasferimento dal paese.

Ora, con un mazzetto di serenella in mano, ha deciso di tornarci per andare a casa di Emma. Vuole vedere se riesce in qualche modo a esserle utile; a starle vicino, anche se lei magari lo caccerà via.

Appena scende dalla corriera e arriva nelle vie del centro, si accorge di quante cose sono cambiate.

Sente aria di povertà in giro; forse più di quanta ne senta in campagna.

E sulle vetrine dei negozi, dei locali vede cartelli con scritto: "Negozio ariano", "Vietato l'ingresso agli ebrei", "In questo locale gli ebrei non sono graditi".

"Non è possibile. Qua hanno preso davvero sul serio quella loccata delle leggi razziali?" pensa tra sé, guardando il cartello di una pasticceria.

Ci sta ancora pensando, quando esce un uomo a pulire la vetrina con un panno.

"Senta, mi scusi" gli si avvicina Tino. "Cos'hanno di diverso gli ebrei? Perché danno fastidio?"

L'uomo lo squadra e si appoggia la mano col panno su un fianco.

"Cerchi guai? Non ti ho mai visto da queste parti. Sei un ebreo?"

"No, ma..."

"E allora perché fissi tanto il nostro cartello? Cosa te ne frega? Entra e non dar fastidio."

Tino alza il sopracciglio e si scosta. "Non ho bisogno di entrare per sapere che questo posto non mi piace. L'è sè guardàt." *Basta guardarti.* E se ne va col suo mazzetto di serenella.

Cammina sotto i portici della città, quando vede una fontanella; si ferma a bere e a rinfrescarsi il viso. Mentre si passa il fazzoletto bagnato anche sul collo, sente del trambusto. Volta lo sguardo e vede dei soldati tedeschi che trascinano una famiglia intera, terrorizzata, su un camioncino: un uomo e una donna sui trent'anni, una ragazzina sui dieci, un bambino piccolo che non fa che piangere e che non avrà neanche tre anni, e una donna anziana, più vecchia di Tino. I soldati tedeschi li sbattono qua e là, come bambole di pezza.

Un paio di bambini sono attorno al camion a seguire la scena. Gridano: "Sporchi ebrei!" E fanno delle boccacce alla famiglia portata via.

Un tedesco mette loro in mano dei soldi e gli accarezza la testa; poi sale sul camion e dà l'ordine di partire.

Tino osserva tutta la scena quasi paralizzato. Quando riesce a muoversi, va verso i bambini, li afferra di sorpresa per un braccio e urla: "Come avete guadagnato quei soldi?! Cos'avete fatto? Cos'avete fatto, eh?!"

Uno dei due bambini gli tira un calcio in una gamba. Tino molla la presa e i due scappano, gridandogli: "Vecchio rimbambito!"

Tino, nel cercare di afferrarli, cade a terra.

Potrebbe rialzarsi subito, non si è fatto male. Ma per un istante pensa: "Cosa mi rialzo a fare..."

Una signorina gli si china accanto. "Vi sentite bene?"

Tino scuote la testa, ma si tira su da terra.

"Ho visto quei ragazzini" dice la giovane donna. "Non c'è più rispetto."

"Ma quella gente che hanno messo sul camion... dove li portano?"

"La famiglia ebrea? La portano nel ghetto."

"E s'él? *Cos'è?*"

"Cos'è un ghetto? Ma da dove venite?" sorride la donna.

"Dalla campagna, signorina."

"Scusate, non volevo essere irrispettosa" dice la donna. E poi, a bassa voce, spiega: "Il ghetto è una specie di grande quartiere in cui vengono rinchiusi gli ebrei; i tedeschi, con l'aiuto delle camicie nere, li controllano e li tengono lì dentro, a meno di permessi speciali."

"È una prigione allora" dice schietto Tino.

"Sì" risponde altrettanto schietta la donna. "Ma non vi conviene parlarne così in giro."

Tino, sovrappensiero, ripone in tasca il suo fazzoletto bagnato. "Perché lo stanno facendo?" chiede smarrito. "Siamo tutti italiani."

La donna accenna un sorriso. "Anche questo non vi conviene dirlo in giro. Ci sono vari tipi di italiani. È così già da parecchi anni, ormai."

"Io ero a Caporetto, sul Carso... Non ho combattuto per veder trattare la gente così!"

"E allora tornate in campagna. Dimenticate questa giornata e non venite più in città."

La donna non pronuncia queste frasi con astio. Sembrano un consiglio sincero; dispiaciuto e sincero.

Camminando lentamente, Tino arriva nel quartiere di Emma; guarda in alto, verso le finestre dell'appartamento di sua figlia.

Non ha più il coraggio di salire, se l'è perso per strada.

Ha visto troppe cose che non si sa spiegare, e ora non sa più cosa potrebbe dire.

Guarda il cielo, guarda il sole andarsene e decide di fare la stessa cosa.

Butta la serenella in un cestino.

Risale sulla corriera e torna al paese.

*****

25 luglio 1943.

Il re fa arrestare Mussolini, Badoglio è il nuovo capo del governo.

La gente non ne può più del fascismo; lo si vede come il responsabile della guerra, della fame.

Per molto tempo si è andati avanti a pensare 'Il Duce non lo sa!'. Della povertà in cui si era finiti, dei bisogni della popolazione, delle violenze.

Ora sono rimasti in pochi a pensarlo.

Il fascismo sta crollando.

Ed Emma continua a restare chiusa in casa.

*****

8 settembre 1943.

Il re firma l'armistizio e scappa. Assieme a Badoglio e ai generali dello Stato maggiore. Il comando supremo non esiste più. Il Paese è abbandonato a se stesso, così come l'esercito.

La gente è confusa; non si sa cosa succederà.

"Il re ci ha tradito!"

"Dicono che il principe Umberto non voleva partire."

"Ma in casa Savoia si comanda uno per volta!"

I nazisti, ora, sono nemici. Nemici furiosi. Inizia la deportazione degli ebrei italiani.

Tanti cattolici si attivano per aiutarli; bisogna far avere loro documenti falsi, aiutarli a nascondersi, a scappare.

A fine settembre, quando si pensava che il fascismo fosse ormai morto, risorge nella RSI, la Repubblica Sociale Italiana (o Repubblica di Salò).

"È tutto un ragò – *una confusione* –" commenta Cesira, con in mano stretto il rosario.

# XXII
# La Resistenza

Fine ottobre 1943.

Giacomo si unisce ai partigiani.

È nato il CLN (Comitato di Liberazione Nazionale); la Resistenza ora è ufficiale.

Tino è dagli animali, nella stalla. Cesira è seduta in casa a lavorare all'uncinetto; ha messo delle castagne ad abbrustolire sul fuoco e ascolta il loro crepitio, mentre lavora. Quando non è l'uncinetto, è il lavoro a maglia: l'importante è tenere le mani e la testa occupate.

Sembra una giornata delle solite, una delle tante.

Ma quando la porta si apre, tutto cambia. Perché dalla porta, dopo più di un anno, entra Emma.

"Grazie, Madonnina, grazie" ripete Cesira, mentre abbraccia sua figlia e piange.

Emma le sorride e Cesira sente il cuore che le riprende a battere; la sua bambina non è più chiusa in casa da sola, è tornata in mezzo alla gente.

"Ho preso con me una ragazzina" le dice. "Si chiama Sara. È scappata dal ghetto prima che i tedeschi lo svuotassero."

"Maria Vergine! Allora la staranno cercando. È pericoloso!"

"Ho raccontato che è la figlia di una cugina di Aldo, e che l'ho presa con me perché è rimasta senza casa. Ad ogni modo, cerco di farla uscire il meno possibile, finché non sarà passato un po' di tempo. Ora è nel mio appartamento con Caruso."

"Ma cara la me bagàia... sei sicura di quello che fai?"

"No" le sorride Emma. "Dalla morte di Andrea non sono più sicura di niente. Quella bambina è rimasta sola; ha perso tutto all'improvviso. Ho trovato in lei un dolore così simile al mio... Per quello l'ho tenuta con me. È stata una scelta istintiva. Anzi, non è nemmeno stata una scelta: è successo e basta."

"La Madonna passa ancora di qua?" chiede Emma, bevendo una tazzina di caffè di cicoria.

A Cesira sembra un po' irriverente il modo in cui glielo chiede; ma non le fa nessun rimprovero, perché sente il dolore che ha addosso. Glielo sente anche nella voce.

"Sì, La vedo come al solito."

Emma appoggia la tazzina e sospira. "La morte di Andrea, come te l'ha spiegata?"

Cesira si porta le mani in grembo e accarezza l'anellino di rame. "Non saprei ridirtelo. Anche perché, vedi... non sono le parole, ma il modo in cui Lei parla che ti fa capire. Io non ho neanche studiato, lo sai. Non sono capace di..."

"Non fa niente, mamma" la rassicura Emma, appoggiando una mano sulle sue.

Anche per Tino è un colpo vedere Emma di nuovo a casa loro.

È felice e tossisce. Ma riaffiora il suo senso di colpa per Andrea; e riaffiora il rancore per Giacomo che, secondo lui, se ne sta nascosto.

Emma cerca di parlargli; ma è impossibile farsi ascoltare da Tino quando ha già deciso di pensarla in un certo modo. Ed Emma non è lucida e forte come un tempo, quando riusciva a tenergli testa, quando era la Garibaldina.

Per ora deve arrendersi.

Si fa tardi e lei vuole passare anche da Rosa.

*****

Novembre 1943.

Si comincia a parlare molto dei partigiani. Di nascosto, ma se ne parla.

Tante famiglie contadine si danno da fare per aiutarli: preparano maglioni, calze, pagnotte... A volte, le madri mettono nel cibo dei biglietti da far arrivare ai figli che combattono sulle montagne.

Tino ha sentito che qualcuno li chiama banditi. Altri li chiamano eroi. Lui non si è ancora fatto una vera opinione su di loro, se agiscano per far bene o no; però si è fatto l'idea che sono dei ribelli, dei rivoluzionari comunisti.

E per questo non lo convincono.

Tino è fermo in cortile a parlare con Piero. Vedono passare il mugnaio.

"Guarda quello: non sta da nessuna parte e se la cava sempre" dice Piero, sputando per terra.

"Fa la borsa nera, ël malnàtt – *il farabutto* –. Fa i soldi sulle disgrazie degli altri" borbotta Tino.

"Che gli vadano tutti di traverso!" si augura Piero, chiudendo il discorso.

Cesira, nella stalla, sta parlando da sola. O con la Madonnina – dipende dai punti di vista.

*****

Gennaio 1944.

Tino e Cesira sono seduti a tavola; stanno mangiando un pezzo di formaggio con qualche fetta di polenta abbrustolita.

Cesira alza lo sguardo e vede la neve che scende, oltre la finestra. "È il compleanno di Andrea. Chissà come lo starà passando Emma..."

Tino lascia il suo sguardo nel piatto; mastica piano il formaggio, non parla.

"Starà rileggendo ancora la sua ultima lettera" conclude Cesira. E torna anche lei a lasciar affondare il suo sguardo nel giallo della polenta.

*****

"È una sigaretta quella che hai in tasca? Da quando in qua fumi? E cosa ci fai con un fischietto al collo?"

Emma è appena scesa dalla bicicletta e suo padre, ancora prima di salutarla, l'ha già ispezionata con lo sguardo.

"Allora, andiamo per ordine" sorride Emma, appoggiando la bicicletta al muretto del cortile. "Fumo pochissimo, solo qualche sigaretta ogni tanto. Ho imparato da... da un amico. E il fischietto me l'hanno regalato altri amici. È per le emergenze: se sono in pericolo, ci fischio dentro e loro corrono."

Tino si allenta il tabarro. "Come sarebbe a dire che hai un *amico*? E chi sono tutti questi altri che corrono se sei in pericolo? E perché mai dovresti essere in pericolo?!"

"Per l'amor del cielo, papà!" esclama Emma infilandosi le mani nella tasca del cappotto e camminando avanti e indietro, vicino al muretto e alla serenella imbiancata. "Non è certo un amico del genere che hai pensato tu! E gli altri sono dei ragazzini, potrebbero essermi figli."

"Chi è tutta questa gente nuova che conosci? Cosa succede?" chiede Cesira avvicinandosi, avvolta nel suo scialle.

Emma toglie un po' di neve dal muretto e ci si siede sopra, come da ragazzina. "Hanno ucciso tutta una banda partigiana. Li hanno impiccati lungo la strada che porta in città."

Tino fissa Emma negli occhi senza dire una parola; solo le mani non riescono a nascondere i tremori. Emma aspetta che suo padre chieda qualcosa, che dica quello che avrebbe dovuto già dire da mesi.

Invece è Cesira, con le mani al petto e l'anello della Madonnina, che col magone nella voce chiede: "Non Giacomo... Non Giacomo, vero?!"

Emma fissa suo padre mentre risponde: "No, stai tranquilla, mamma. Giacomo sta bene."

Tino si mette una mano davanti alla bocca, ma non riesce

a nascondere la tosse. Si schiarisce la voce e poi torna a rivolgersi a Emma. "Tu come fai a sapere queste cose? Non starai mica..."

"Do una mano come posso, sì."

"Da quando?!"

"Da qualche mese."

Cesira si fa il segno della croce. "Vai coi partigiani? Maria Vergine... E come hai fatto a trovarli?"

"Mi sono rivolta a una persona di fiducia che mi ha spiegato. E poi mi ha messo in contatto con una brigata."

"Smettila con questi misteri" sbotta Tino. "Ti fiderai a dirci chi è questa persona di fiducia, no?"

Emma scende dal muretto. "Don Franco."

"Don... Oh, Maria Vergine! Un prete partigiano!" esclama Cesira, portandosi una mano alla guancia.

"Perché non ce l'hai detto?" le chiede serio Tino.

"Perché meno gente lo sa e meglio è. Anche adesso... è stato stupido dirvelo. Sapere certe cose non vi serve, vi mette solo in pericolo."

"Non trattarci come dei bambini" dice Tino, avvicinando il suo viso a quello della figlia. "Siamo ancora i tuoi genitori, ricordatelo bene."

Cesira prende Emma sottobraccio e la porta in casa, per parlare un po'; Tino resta in cortile con Caruso.

Quando è ancora sull'uscio, suo padre le chiede: "Sono dei banditi, allora?"

Emma ride. È stanca, ma a sentir dire così, le è uscita una risata liberatoria.

"Papà, son più le volte che si fanno male da soli che quelle che ne fanno agli altri. Nella mia brigata sono dei ragazzini..."

"Ti sei messa a usare la bicicletta di Andrea?" le chiede Cesira, mentre le mette nel piatto una fetta di pane con la marmellata di uva e mele.

"Già" le sorride Emma. "Visto che sono tornata a uscire di casa io, ho pensato di portarmi dietro anche lei! E poi ne ho bisogno per salire in montagna."

"Sono delle brave persone? È gente per bene quella con cui lavori?" chiede Cesira preoccupata.

"Quello che facciamo è un po' diverso da un lavoro, mamma. Però, sì. Ho incontrato persone molto per bene. Anche l'amico di cui mi chiedeva il papà. È il mio comandante, Nuvolari. Ne ha passate tante anche lui. Poi c'è il suo vice, Carnera. E lui è... be', a modo suo è di sicuro una brava persona. Tutti gli altri sono così giovani, li vedessi, mamma... Ormai è un po' come se fossero miei figli. Cerco di aiutarli e proteggerli. Cerco di fare quello che non ho saputo fare per Andrea."

Cesira accarezza il viso di sua figlia; e poi la medaglietta della Madonnina che Emma porta al collo. Uguale a quella di Aldo e Andrea.

Emma le prende la mano e se la tiene stretta sulla guancia. Chiude gli occhi; scendono delle lacrime.

"Ogni volta che sento un ragazzo chiamare 'mamma', mi manca l'aria. Mi volto e cerco se per caso...

Molti ora mi dicono che sto meglio, si vede. Esco di casa e quindi, per loro, sto meglio. Ma il dolore non passa. E non è che ti ci abitui, impari solo a conviverci e a nasconderlo."

Emma riapre gli occhi e li asciuga con una mano.

"Una, un figlio, cerca di proteggerlo. Da quando nasce e per tutta la vita. Stai attenta a quello che mangia, a che sia ben coperto, che non si ammali, che possa studiare, avere degli amici, una fidanzata, che sia contento. E poi il Paese lo chiama e te lo manda in guerra. Tra armi, sangue, freddo, fame, malattie. E odio. Tu l'hai sempre circondato d'amore e loro te lo sbattono in mezzo all'odio. Quello che di più prezioso hai al mondo... mandato in mezzo alla morte. Non sembra neanche possibile..."

Emma si accarezza una tasca della giacca.

"Hai sempre con te la sua lettera" sussurra Cesira con gli occhi umidi.

"È tutto quello che posso fare" prova a sorridere Emma. "Anche se se ne va prima di te, un figlio te lo porti dentro per tutta la vita."

Cesira guarda la foto del suo Augusto, in cornice su un mobiletto. "Lo so" dice ad Emma, con uno sguardo dolce.

"Scusa, mamma. Sono tanto presa da me che finisco per dimenticare tutti quelli che ho attorno. Scusa..."

"Ti ricordi cosa ti diceva il papà quand'eri bambina e qualcosa andava male? 'Ci metteremo la pazienza che non abbiamo'" prova a sorriderle Cesira.

"Già" sospira Emma. "Ma diceva anche: 'Pazienza con rabbia!'"

È ora che Emma torni in città.

Cesira la riaccompagna in cortile e le bisbiglia: "Senti, ma allora hai anche un nome di battaglia?"

Emma sorride e risponde a bassa voce: "Sì. Mi chiamano Mascia."

"Mascia? Signùr, un nome comunista. Quando lo dirò a tuo padre..."

"Mascia, in russo, vuol dire Maria" aggiunge Emma. "Digli anche questo."

Tino è seduto ad accarezzare Caruso.

Gli prende il muso tra le mani e, fissandolo, gli dice: "Lo sai da dove si vede che un cane sta invecchiando? Dagli occhi. Ha gli occhi stanchi."

"Non sta parlando del cane, sta parlando di se stesso" sussurra Cesira a Emma.

"Ti ho sentita" borbotta Tino.

"Meglio!" esclama Cesira, mettendosi le mani sui fianchi e cercando di alleggerire l'atmosfera. "Così magari la smetti di pensare certe stupidaggini!"

Mentre sale in bicicletta, Emma osserva Caruso. "Aspetta chi non torna" dice tra sé, a mezza voce.

*****

"Come sta?" chiede Tino, entrando in casa con Cesira.

È rimasto fuori apposta, perché madre e figlia potessero parlare liberamente.

Cesira guarda il piatto con la fetta di pane e marmellata intatta. "Non è qua. Ha l'anima altrove."

# XXIII
## Una banda di repubblichini

Febbraio 1944.

Annamaria ha da poco iniziato un lavoro come operaia, in città. Le serve per guadagnare di più, per tutta la famiglia. Ma ha promesso a sua madre che appena la loro situazione migliorerà, tornerà a fare solo la sarta, che è quello che le piace.

Così, ora, riesce a passare meno a casa dei nonni; ma appena può ci va.

Le chiacchierate con sua nonna sono talmente lontane da tutto quello che di orribile sta succedendo che a volte le sono indispensabili per ritrovare un po' di serenità.

"Anche le pastorelle a cui è apparsa, nei secoli, la Madonna... all'inizio, non venivano credute" dice Cesira mettendosi a sedere, dopo aver dato alla nipote del pane col miele.

Annamaria sorride. "Nonna, tu saresti la nuova pastorella?"

"Non scherzare su queste cose! Sai quanto ha sofferto la povera Bernadette?"

"Eh, già..." risponde Annamaria, masticando il pane.

"..."

"Cioè, no, non lo so! Ma immagino."

"..."

Annamaria inghiotte in fretta il pane. "Tanto?"

"Tantissimo!"

"Vedi? Immaginavo giusto."

"La Madonna le ha detto: 'Non ti prometto la felicità in questo mondo, ma solo nell'altro.'"

"Ah, che fortunata."

"Annamaria!"

"Ma sono seria! È una gran fortuna avere assicurata la felicità *dopo morta*. Chissà se lei l'ha apprezzato bene, questo regalo..."

"Annamaria!"

"Annamaria, Annamaria. Mi consumerai il nome, nonna! Se vuoi sentire risposte più 'pie' devi parlare con Luisa, non con me."

"Ma bambina. Devi capire che le prescelte hanno attraversato grandi dolori. Pensa che Bernadette aveva la tubercolosi ossea e anche un tumore!"

"Be', ma allora tu sei troppo in salute per vedere la Madonna!"

"ANNAMARIA!"

Arriva Luisa; Rosa ha tirato fuori dal forno un po' di mele e ne ha data qualcuna alla figlia da portare ai nonni.

Luisa si siede vicino a Cesira, dopo aver ricevuto la sua fetta di pane col miele.

"Nonna, tu hai mai visto un roveto ardente?" le chiede con la bocca piena.

"Che sciocchina che sei" scuote la testa Cesira. "Quello è Dio. A me non compare Dio, ma la Madonnina."

"Ah, è vero" riflette Luisa, facendo su e giù con la testa.

Annamaria guarda la nonna e la sorella così pensose, e cerca di trattenere la risata che le sta esplodendo dentro.

Si alza; si sta facendo tardi e lei ha una commissione da fare prima di tornare a casa.

Dà un bacio a Cesira e, nel salutarla, le dice: "Nonna, se vedessi mai un roveto che arde... vuol dire che c'è un incendio! Chiamami subito che ci butto su un po' d'acqua! E chiama me, non Luisa; se no restate tutte e due a pregare davanti alle fiamme!"

"A..."

"Annamaria, Annamaria! Sì, lo so, nonna. Ti voglio bene, ora devo andare. Ci vediamo settimana prossima!" Le dà un altro bacio e se ne va sorridendo.

178

*****

Tino e Piero sono nella stalla a giocare a briscola.

Poco più lontano da loro, Cesira e Luigina ricamano; ogni tanto pregano e sospirano.

Piero si china verso Tino. "Ma come si fa a giocare così?! Mi sembra di essere in chiesa! Va be' che tira aria di Quaresima, ma... almeno una partita a carte fatta bene, cân da la bisa! – *porca miseria!*"

Tino alza un sopracciglio. "Secondo te le ho chiamate io a dirci il rosario?! Me le son trovate qua, mica potevo sbatterle fuori al freddo."

Intanto, Luigina: "Ho sentito che l'Ernestina s'è ammalata. Ma molto, sai?"

"Oh, ma cosa mi dici..." si dispiace Cesira. "Le è appena morto il marito, poverina."

"Eh, sì" scuote la testa Luigina. "E anche un fratello! E la moglie del fratello! Pare abbiano qualcosa di contagioso e infatti tutti gli stanno alla larga adesso."

"Povera donna, quanti dispiaceri."

"Cosa vuoi mai, Cesira. Prima o poi tocca a tutti. Non puoi mai sapere quando sarà il tuo momento. C'è sempre da essere preparati. Ogni giorno Dio ci può chiamare a sé."

E le due donne sospirano all'unisono, pensierose.

"Dammi il tuo fucile che le sparo, così almeno ci sarà un morto vero per cui pregare!" dice Piero, sbattendo giù le carte. "Ës pö mia – *Non si può* –... La prossima volta andiamo a giocare direttamente al cimitero! Tanto l'allegria è quella."

Tino si alza e dice alla moglie: "Noi facciamo un giro in paese, all'osteria."

Cesira fa cenno di sì con la testa e continua a bisbigliare le sue preghiere.

Mentre i due uomini stanno per uscire, si sente la Luigina che commenta: "Anche il marito dell'Ernestina andava sempre all'osteria. Eh, oggi ci sei e domani... chi lo sa."

Piero si appoggia alla porta della stalla e guarda Tino.
"Uno sparo piccolo, solo uno. Con dei pallini minuscoli che
non l'ammazzano mica, tanto per togliermi la soddisfazione. Posso?"
Tino si mette a ridere e lo spintona fuori.

*****

Una banda di repubblichini è stata a casa di Rosa; sembra
abbiano fatto del male a Luisa.
Tino e Cesira vengono a saperlo il giorno dopo.
Cesira scoppia a piangere e cerca il suo scialle di lana per
correre dalla figlia e dalle nipoti. Tino la ferma. Sono giorni
che ha la gamba gonfia e dolorante; fa fatica anche a muoversi in casa, non può mettersi per strada. Andrà lui.
"Allora vai subito. Vai subito!" lo supplica Cesira, stringendogli un braccio con entrambe le mani.
Tino s'infila il tabarro ed è già per strada.

Quando arriva davanti a casa di Rosa, dà uno sguardo in
giro: il pollaio è tutto rotto, la conigliera è vuota e la porta
della stalla è stata sgangherata.
Tossisce e la mano gli trema quando l'appoggia sulla ma-
niglia per entrare in casa.
Rosa e Annamaria stanno raddrizzando un mobiletto.
Luisa mescola della polenta sul fuoco, ma appena vede il
nonno entrare gli si butta addosso.
Tino l'abbraccia; poi la bambina alza il viso per sorrider-
gli e allora Tino lo vede. Vede il lungo sfregio – quasi un
taglio – che Luisa ha sulla guancia destra.
"Mi brucia solo un po'" lo anticipa la bambina. "Ma la
mamma dice che passerà e mi guarirà!"
"A te hanno fatto niente?" chiede Tino alla figlia, continuando a tenere stretta Luisa. E rivolto ad Annamaria: "E
tu? Tu stai bene?"
"Io ero in città, in fabbrica. Quando sono arrivata, se

n'erano già andati" risponde Annamaria, abbassando lo sguardo. Si sente in colpa per non esserci stata; non ha potuto difendere la sorella, non ha potuto sostenere la madre.

"Io sto bene, papà" risponde Rosa. "Ci siamo spaventate tanto, ma è passata. Hanno solo portato via della roba, ma per quello c'è rimedio. La vedova del Mario è riuscita a nascondere la nostra mucca e così ce la siamo salvata. È già qualcosa."

"Domani torno; vi aggiusto il pollaio e la porta della stalla. E vi porto qualcuno dei nostri conigli e delle galline. Vi rimetterete subito in piedi" conclude Tino, dando un bacio sulla fronte a Luisa e facendo un cenno a Rosa e Annamaria.

È Annamaria che l'accompagna fuori dalla porta.

E così è lei che lo sente borbottare: "Se ci fosse stato in casa un uomo... Se ci fosse stato Giacomo, avrebbe potuto..."

"Se l'avessero trovato, l'avrebbero ammazzato!" sbotta severa Annamaria. "È questo che avresti voluto?! Dillo chiaramente, nonno: vuoi vederlo morto?!"

Tino guarda gli occhi di sua nipote pieni di lacrime e di rabbia.

Dà un paio di colpi di tosse e si chiude nel tabarro.

Si allontana nella neve, dicendo: "Appena potete, venite a farvi vedere dalla nonna. Se no diventa matta."

\*\*\*\*\*

Anche don Franco ha saputo della visita dei repubblichini.

Viene apposta dalla città, in corriera, per vedere come stanno Rosa e le ragazze.

Una volta appurato che stanno bene, e dopo aver lasciato loro un paio di caramelle, passa a salutare anche Cesira e Tino.

Tino è nella stalla a spazzolare il suo mulo.

Quando don Franco entra, restano per un po' in silenzio.

"La guerra del '15-'18 doveva essere l'ultima. È con questa promessa che siamo andati tutti a combattere. Mai credere alle promesse degli uomini, reverendo. Anche allora, come stavolta, i tedeschi parlavano di guerra lampo, e invece..."

"Almeno, nella Grande Guerra, sono morti solo i soldati. In questa, quando si conteranno i morti tra i civili, sarà una strage" commenta don Franco, con una voce stanca e sconfitta.

Pochi minuti dopo gli scendono delle lacrime.

"Cosa c'è, reverendo?" chiede Tino, appoggiandosi al mulo.

Don Franco si siede su una balla di paglia.

"Ho visto dei soldati tedeschi che giocavano a tiro a segno con dei bambini ebrei" racconta, tenendosi una mano sugli occhi. "Ho raccolto un bambino di due anni con un proiettile in testa. Non ho potuto far niente per impedirlo, ma non riesco a togliermi l'immagine da davanti. Un bambino mi è morto tra le braccia..."

# XXIV
## Benito

È la primavera del 1944.

La serenella, puntuale come tutti gli anni, è tornata a fiorire.

Intanto è stato promulgato l'editto di Kesselring: per ogni tedesco ucciso, verranno uccisi dieci italiani.

Rosa, come tanti altri nelle campagne, ha iniziato ad aiutare partigiani e prigionieri in fuga a nascondersi.

Quando l'ha saputo, Cesira si è fatta il segno della croce.

"Madonnina, proteggimela!"

Tino ha scosso la testa e borbottato qualcosa su Fausto. Poi, sempre borbottando, ha concluso che gli sono toccate due figlie partigiane.

Ma nelle campagne sono iniziati anche i bombardamenti.

Pippo (così è stato chiamato l'aereo – che sia uno o più di uno –) passa tutte le sere, e da una parte o dall'altra lascia sempre cadere le sue bombe.

Se la gamba le regge, Cesira, di mattina presto, va a controllare che la cappelletta della Madonna sia intatta.

Un giorno rientra a casa con l'aria scossa.

"Le bombe non l'hanno toccata. Ma qualcuno, nella notte, le ha tagliato le mani. Chi può fare una cosa simile? Perché? Ma che Paese è diventato?"

Cesira si fa scivolare lentamente il foulard dalla testa e zoppicando va in camera, a sedersi sul letto, accanto alla statuetta della Madonna che tiene sul comodino.

*****

"Ho passato tutta la vita a guardare il cielo" dice Tino, seduto sugli scalini di casa mentre osserva scendere il sole. "Per coltivare la terra, c'è da sperare sempre che piova quando serve bagnare il raccolto e che ci sia il sole quando c'è da lavorare. Se piove troppo, marcisce tutto. Se non piove, si secca tutto. Sempre lì a guardare il cielo per vedere che ne sarà di te e della tua famiglia; se riuscirai a dar da mangiare a tutti o no. E ora... ora sono qua a guardare il cielo per vedere se arrivano aerei a bombardarci."

Tino strappa una manciata d'erba da terra e se la fa passare tra le mani, filo per filo.

Cesira dà un'occhiata speranzosa al cielo e al sole che se ne va; poi scende piano gli scalini e cerca di chinarsi a prendere un secchio. Si ferma prima di arrivare al manico e si raddrizza piano.

"Ti fa male la gamba?" le chiede Tino, buttando via l'erba e alzandosi a prenderle il secchio.

"No, no. Era solo per..."

"Cesira. Son quarantacinque anni che siamo sposati. Lo so quando ti fa male la gamba. Lo so dalle prime volte che tornavi dalla risaia. Dài, vai a sederti in casa, che il secchio lo porto io."

E borbottando un po' e tirandosi il berretto più giù sulla fronte, Tino le dà il braccio e l'aiuta a fare gli scalini e a rientrare.

*****

Giugno 1944.

Con il proseguire a oltranza della guerra, il cibo scarseggia sempre più. C'è poca farina, poco zucchero. E pochissima carne.

Cesira riesce ad averne un pezzetto ogni tanto; la taglia in parti piccole piccole e la mette in un tegame pieno di patate. Mischiata al tutto, dà l'idea di mangiar meglio e di più.

Allo stomaco di Tino sembra di esser tornato giovane,

quando era sempre vuoto e aveva sempre fame. Ma Tino non ha più la forza della gioventù, e la fame ora gli pesa in maniera diversa.

Così se ne va in giro a cercare un po' di frutta su qualche albero sperduto.

Trova un albero di prugne e se ne accorge perché gliene arriva una dritta in testa.

"Ohi! Cos'è stato?"

Guarda verso l'alto e vede un bambino sui dieci anni seduto su un ramo con le gambe ciondoloni; sta mangiando una prugna.

"Di', bagaiòtt! Vöt ciapà sü?" *Di', ragazzino! Le vuoi prendere?*

"Non ce l'avevo con te! Ti ho scambiato per un altro, scusa."

"E a chi tiri la frutta in testa?"

"A un fascista che dà fastidio a mia sorella."

"..."

"Con la scusa di venire a cercare mio fratello che è in montagna, cerca sempre di metterle le mani addosso, quello schifoso!"

Il bambino finisce la prugna e lancia il nocciolo lontano, con rabbia.

"Hai ragione da vendere a essere arrabbiato" gli dice Tino, arrampicandosi su un paio di rami e mettendosi a sedere anche lui. "Ma devi andarci piano a prendertela con quelli che girano armati. È stato quasi meglio che l'hai tirata a me."

"Me lo dice sempre anche mio nonno. Ma tanto a cosa serve stare attenti? Quelli c'hanno preso di mira ormai. Non cambia niente se gli tiro una prugna in più o in meno. Almeno mi tolgo qualche soddisfazione!"

"Sei un bell'arnese, va'!" sorride Tino, masticando una prugna. "Di' un po', come ti chiami?"

Il bambino sbuffa e non risponde.

"Be'? Non sai il tuo nome?"

"Mi chiamo Benito. Ma se mi prendi in giro, ti riempio di prugne in testa!" dice il bambino, tenendo già un paio d'armi in mano.

"Orca! T'hanno dato proprio il nome giusto."

"Guarda che te le tiro, eh?" minaccia il bambino. Ma poi se le mette in bocca e, masticando, dice: "Mio nonno ci credeva, nel Duce, e ha voluto che mi dessero il suo nome. Non s'immaginava che le cose sarebbero finite così. E comunque, ancora adesso, lui continua a ripetere che non può essere stata colpa di Mussolini, che devono averlo imbrogliato, che avranno combinato guai gli altri e poi hanno dato la responsabilità a lui, e altre balle simili. C'è rimasto giusto mio nonno e qualche altro vecchio come lui a credere a queste storie."

Mentre finisce di parlare, al bambino arriva un colpo di prugna sulla gamba. Benito guarda verso il basso.

"Deve pur difenderli qualcuno i vecchi come me. Son qua io, lo faccio io!"

Il bambino si mette a ridere. "Vorrai mica salire a picchiarmi?"

"Mai alzato le mani su nessuno. Io do solo dei gran calci" gli schiaccia l'occhio Tino.

Il bambino ride ancora più di gusto.

"Che razza di un pëssgatt" sorride Tino.

Ma un attimo dopo, pensando ai suoi due pëssgatt, sente che non ha più niente da sorridere. Inizia a tossire.

"Ti è andata di traverso la frutta?" gli chiede il bambino allegro.

"Devo tornare a casa" gli dice Tino, scendendo dall'albero.

"Perché, se fai tardi ti mettono in castigo?" scherza il bambino. "Quando ti va di ripassare, sai dove trovarmi, vecchietto!"

Tino s'infila le mani in tasca, gli fa un mezzo sorriso e poi si volta.

"Ciao Benito" lo saluta incamminandosi.

Dopo pochi passi, gli arriva una prugna-missile nella

schiena. Tino la raccoglie, se la mette in tasca e fa un altro mezzo sorriso.

*****

"Dev'essere vero che, diventando vecchi, si diventa più locchi" scuote la testa Tino. "Vieni, vieni a vedere se ti sembra possibile" dice, chiamando Cesira vicino alla finestra aperta.

Sulla strada ci sono la Luigina e il Renato. Lui, coi capelli ancora folti e bianchissimi, d'un bianco quasi accecante, ha in mano dei fiori e sta provando a inginocchiarsi. Lei gli ripete di non far lo stupido e di alzarsi da lì.

"Signora..."

"Signorina, prego!"

"Signorina Luigina, perché non volete ascoltarmi? È già la terza volta, in questi ultimi anni, che provo a farvi la mia proposta. Se solo voi..."

"Ma quante volte ve lo devo ripetere che sono già fidanzata?! Quando il mio Salvino tornerà dalla guerra, se scoprirà che avete tentato di importunarmi, vi verrà a cercare!"

"Signorina, il vostro fidanzato è via da tanto tempo. Quasi trent'anni. Non voglio darvi un dispiacere, ma... penso proprio che sia morto ormai."

Renato è felice quando Luigina prende il mazzetto di fiori dalle sue mani; è meno felice quando lei glielo sbatte ripetutamente in testa, gridandogli insulti di ogni genere.

A Cesira scappa una piccola risata; non vorrebbe, in fondo le spiace per la sua amica che ancora aspetta Salvino. Però la scena è simile a quelle delle comiche del cinematografo.

Anche Tino sorride, mentre si passa una mano sui suoi radi capelli.

"Dimmi te se è questa l'età per andare, con dei fiori in mano, a cercare una morosa! Gram bicòcla. – *Povero tonto.* –"

I capelli bianchissimi di Renato, d'un bianco quasi

accecante, sono la preoccupazione dei suoi vicini. Di sera, riflettono la luce della luna e luccicano nel buio, contro ogni regola di oscuramento. Sono un pericolo per gli aerei che passano. "Tirati via da lì, che ti vedono!" gli grida sempre qualcuno, di sera.

Ma quella sera, dopo il terzo e definitivo rifiuto di Luigina, Renato si siede in mezzo a un campo e sta fermo lì, a riluccicare al buio.

Nessuno lo rivedrà mai più.

\*\*\*\*\*

"La nonna è tanto brava, ma non ha senso dell'umorismo" commenta Annamaria, mentre aiuta sua madre a stendere i panni al sole. "In questi ultimi anni, poi, è pure più svanita di prima. Si fa ripetere le cose, non capisce quello che le dici. Sarà la vecchiaia?"

"Oh, Signùr! Non le pensare neanche certe cose. Dobbiamo sperare che la nonna stia in salute fino a cent'anni!" conclude Rosa. E porta in casa la cesta di panni vuota.

Annamaria resta a lisciare le lenzuola e a sentire il profumo dell'estate ormai in arrivo.

"Io non sono svanita" dichiara una voce alle sue spalle.

Annamaria si volta e si trova davanti Cesira, con in mano un vasetto di marmellata.

"Nonna! Da quanto tempo sei lì?"

"Abbastanza da sentire i tuoi commenti sulla mia vecchiaia."

"Io dicevo per scherzare. Non penso davvero che..."

"Te lo ripeto: io non sono svanita. È solo che, alla mia età, comincio a stancarmi di ascoltare la gente che parla a vanvera. C'hai fatto caso a quanto sono noiose certe persone? La Madonnina mi perdoni, ma... mi verrebbe da dargli in testa il battipanni."

"Nonna!" esclama Annamaria, con gli occhi sbarrati.

"Be', è la verità. Allora io faccio finta di non capire o di essere distratta. Loro si stancano, pensano che sia rimbambita e la smettono. È anche divertente, sai? E tutti pensano che non ho il senso dell'umorismo..."

"Nonna!"

"Oh, nonna, nonna. Annamaria, se continui così, mi consumerai il nome!" sorride.

"Nonn... Ma guarda te. Mi hai fregato" conclude Annamaria, puntandosi i pugni sui fianchi.

"Non so proprio di cosa stai parlando" dice Cesira. Le volta le spalle e, col vasetto di marmellata, entra in casa a trovare sua figlia.

\*\*\*\*\*

È domenica pomeriggio.

Tino è sdraiato sotto un albero a fare un pisolo. Ha il berretto sulla faccia, per ripararsi dalla luce.

Piero, passando sulla strada, lo vede; scende dalla bicicletta e, ridacchiando, gli si avvicina piano.

Gli solleva leggermente il berretto e gli muove un filo d'erba su per il naso.

Tino starnutisce, si sveglia e si trova davanti il suo amico che ride.

"Lucatô d'un lucatô!" *Stupido d'uno stupido!*, gli grida. E fa per alzarsi a picchiarlo.

Ma Piero sta già scappando verso la sua bicicletta. "Sei ben vecchio visto da vicino! Di', chi è il tuo migliore amico, Garibaldi? Ah, no. È morto!" ride pedalando via.

"E tu lo sai perché eri al suo funerale!" gli grida dietro Tino. "L'a parlà al giuvnòt" *Ha parlato il giovanotto*, borbotta tra sé.

Poi, sorridendo, si tira di nuovo il berretto sulla faccia e torna a dormire.

\*\*\*\*\*

Mentre Roma viene liberata dagli Alleati, il paese di Tino e Cesira viene bombardato. Dagli stessi Alleati.

Una parte della chiesa crolla. Don Emilio e il sagrestano corrono fuori in tempo; una nuvola di polvere si alza tutto attorno. Non si vede più niente. Le donne accorrono vicino al parroco.

"Cesira!" esclama all'improvviso don Emilio. "Dov'è Cesira?! Oh, Cielo. Era dentro la chiesa. Stava pregando nella parte che... che è crollata."

Tutte le donne guardano verso le macerie e la polvere. Si fanno il segno della croce e sussurrano frasi del tipo: "Era tanto una brava donna."

Nel frattempo arrivano anche degli uomini e, assieme al sagrestano, provano a scavare tra le macerie; ma con poca speranza.

Finché arriva Angelo, che si tira su le maniche e grida agli altri: "Cosa fate, dormite in piedi?! Forza, muoversi! C'è da tirar fuori la Cesira!" Poi, rivolto alle donne in lacrime lì attorno: "O ci date una mano o ve ne andate a piangere da un'altra parte, perché sentirvi così mi fa venire il nervoso!"

Riprendono a scavare e cercare con ben altra energia; più per paura di Angelo che per la fiducia di ritrovare la donna viva.

Per questo a tutti, tranne che ad Angelo, pare un vero miracolo ritrovare Cesira, accovacciata in un angolo – tra un paio di impalcature rimaste in piedi quasi per darle respiro –, tutto sommato tranquilla, col suo rosario in mano.

"Oh, Maria Vergine!" sospira sollevata. "Vi stavo aspettando."

Don Emilio la guarda a bocca aperta, mentre Angelo e un altro uomo la tirano fuori e la mettono a sedere su una panchina. È un po' impolverata, ma non s'è fatta nemmeno un graffio.

Il parroco incrocia le mani e sussurra: "Per tutti i Santi del Paradiso. Comincio a credere che la Madonna la protegga davvero."

*****

Pochi giorni dopo, un altro bombardamento nelle campagne attorno al paese.

Vengono colpite un paio di case isolate.

Angelo – che in tutti questi anni, anche dopo la morte della moglie Teresa, ha continuato a lasciare uva, vino e farina, di nascosto e in silenzio, dietro alla porta di Cesira e Tino – resta ucciso.

Rimane grato a Cesira fino all'ultimo.

*****

Estate 1944.

Tino è all'osteria del paese; è seduto col Piero e altri due uomini della stessa età, Nando e Adelmo.

"Ho sentito che sono nate delle Repubbliche Partigiane" bisbiglia Nando.

"E che roba sono?" chiede Piero, buttando giù un bicchiere di Barbera.

"Sono zone che i partigiani hanno liberato dall'occupazione nazifascista. Cercano di creare dei governi locali, amministrazioni pubbliche che siano esempi di democrazia. Vogliono che siano rappresentate le varie forze politiche e coinvolgere la popolazione."

"Oh, come ti spieghi bene" commenta Piero sorridendo. "Si vede che ci sei *dentro*."

"Ah, ma ne ho sentito parlare anch'io" interviene Adelmo. "Ce n'è una su a Bobbio. E a Varzi. Ma le più importanti sono quelle di Montefiorino, d'Ossola e Alba."

"La bandiera della repubblica d'Ossola è rossa, verde e azzurra, in onore delle formazioni partigiane che hanno contribuito a liberarla. Verde come le brigate 'Giustizia e Libertà', rossa come le Garibaldi e azzurra come i monarchici" racconta Nando, con un certo orgoglio.

"E il nostro tricolore, la bandiera d'Italia, che fine fa?" chiede Tino, dopo essere sempre rimasto in silenzio.

"Tornerà buono anche lui." Adelmo gli mette una mano

sulla spalla. "Quando avremo liberato tutto il Paese, le varie repubbliche si uniranno e ne formeranno una sola!"

"Ohi, abbassate un po' la voce, che qua al paese non abbiamo ancora una repubblica partigiana" dice Piero. E indica col bicchiere una macchina che passa sulla strada con a bordo tre soldati tedeschi.

"I tedeschi si stanno ritirando" commenta Nando. "Ci sono notizie di stragi dappertutto dove sono passati. Interi paesi mitragliati, bruciati. Torturano, stuprano... e i repubblichini gli danno una mano."

"W l'Italia!" alza il bicchiere Piero, un po' alticcio.

Tino glielo toglie di mano. "Per oggi te sei a posto così."

Poi mette sul tavolo i soldi per pagare la sua parte e si alza. "Io vado. Ci vediamo."

"Vai via così?" gli chiede Piero allargando le braccia.

"Perché, cosa vuoi? Che ti dia un bacio d'addio?"

"Duv vet?" *Dove vai?*, insiste Piero, guardandolo uscire dall'osteria.

"A trovare un amico."


Tino sale sulla sua bicicletta e inizia a pedalare fuori dal paese. Per oggi ne ha sentite anche troppe di storie di politica e di tedeschi che ammazzano. Vuol parlare con qualcuno che lo faccia sentire più allegro e che lo faccia tornare indietro di un po' di anni.

"Ohi, Benito! Ci sei?"

Tino si ferma sotto all'albero di prugne e scruta tutti i rami fino all'ultimo; il bambino non c'è.

Si guarda attorno e vede un'unica cascina: dev'essere lì che abita.

"Se lo trovo a casa, bene. Se no, vuol dire che non era il giorno giusto" pensa tra sé, mentre pedala.

E lo trova a casa. E con lui trova tutta la sua famiglia.

Quando arriva nella corte della cascina, Tino frena e se lo vede davanti, che penzola attaccato a una corda. Non gli è difficile riconoscere gli altri membri della famiglia, tutti impiccati attorno al bambino. Il padre e la madre. Il nonno, che credeva in Mussolini tanto da dare il suo nome al nipote. La sorella, con la gonna sporca di sangue. E il fratello partigiano, probabilmente tornato a casa per una visita veloce, perché gli mancava la famiglia.

A Tino tornano in mente le parole che gli ha gridato Annamaria: "Se ci fosse stato Giacomo, l'avrebbero ammazzato! Vuoi vederlo morto?!"

Per un attimo, guardando il viso del ragazzo impiccato, gli sembra di vedere quello di Giacomo.

Chiude gli occhi e scuote la testa. E quando li riapre – appannati, gonfi di lacrime – si ritrova con un'intera famiglia sterminata; in fila uno accanto all'altro.

Sembrano stracci stesi ad asciugare. Ondeggiano come mossi dal vento.

Dietro, sul muro della casa, campeggia una scritta: "Hanno complottato contro la Patria!"

Tino si toglie il berretto; con le mani che gli tremano, si fa il segno della croce.

Appoggia la bicicletta a terra e va a slegare i cadaveri dalla corda, uno per uno. Li tira giù e li appoggia, con delicatezza, sulla paglia, nella stalla.

Quando si ritrova tra le braccia Benito, piange e lo stringe forte.

"Pëssgatt d'un pëssgatt..." sussurra tra sé, tossendo.

Risale sulla bicicletta e pedala forte come Bartali.

Corre verso il Po; corre verso il posto che riesce a dargli un po' di pace.

Appena arrivato sulla strada che porta al lungo fiume, delle mosche gli ronzano attorno alla faccia. Mentre le scaccia, guarda giù, in un campo: è pieno di mosche. Sono ovunque. Circondano e ricoprono un mucchio di cadaveri buttati lì, sotto il sole.

La bicicletta di Tino scivola sull'erba; lui indietreggia fino ad arrivare al lato opposto della strada e dà di stomaco.

193

# XXV
## La morosa

"Giacomo ha la morosa! Giacomo ha la morosa!" annuncia allegra Luisa, entrando in casa di sua nonna.

Cesira stava lavorando a un centrino, ma mette giù subito l'uncinetto.

"Mi stai prendendo in giro, balòssa?"

"È vero, nonna" conferma Annamaria, entrando dopo la sorella. "Si è fidanzato in montagna!"

"Ma non ci credo..." sorride Cesira. "E lei chi è? L'avete conosciuta? Va bene per il nostro Giacomo?"

"Ce la farà conoscere presto. Per ora sappiamo solo quello che ci ha detto lui: che è la ragazza della sua vita!" sorride Annamaria. "La mamma gli ha dato l'anello che il papà aveva dato a lei quando si sono fidanzati. Te lo ricordi? In oro rosso, con le roselline che s'intrecciano..."

"Altroché se me lo ricordo" dice Cesira, passandosi il fazzoletto sugli occhi. "Se Rosa gli ha dato quell'anello, vuol dire che è proprio una cosa seria. Ël me bagài..."

"E c'è anche un'altra novità" dice Luisa, girando lentamente attorno al tavolo, con le mani dietro la schiena. "Perché Giacomo non è l'unico di casa nostra che si è innamorato."

"Spia e pettegola!" la rimprovera Annamaria, diventando rossa.

"Annina..." la guarda stupita Cesira.

"È matta per uno che nascondiamo nella stalla e che ha i baffetti come Amedeo Nazzari!" racconta Luisa.

Annamaria, sempre più rossa, dà un pizzicotto alla sorella.

"Ahio!" grida Luisa. "Cosa mi pizzichi a fare se ho detto la verità?!"

Cesira si alza, va vicino ad Annamaria e le prende il viso tra le mani. "Gli vuoi bene?"

"È tutta la vita che lo aspettavo" sussurra la ragazza, con gli occhi lucidi.

Luisa scoppia a ridere. "Sentila! *È tutta la vita che lo aspettavo.* Neanche Alida Valli!"

"Se ti prendo ti ammazzo!" le grida Annamaria, rincorrendola per la casa e il cortile.

Cesira si rimette a sedere e riprende il lavoro all'uncinetto, mentre le nipoti battibeccano in sottofondo. "A volte sono proprio un castigo di Dio" riflette tra sé sorridendo.

"Ricordatevi: l'uomo insiste, la donna resiste!" raccomanda Cesira alle nipoti.

"L'uomo insiste a fare cosa?" chiede Luisa.

"A volere la prova d'amore" le risponde Annamaria.

"Cos'è? Un esame tipo a scuola?"

"Be', no. È una roba un po' più privata" ride Annamaria.

Cesira scrolla la testa. "Non fare la stupidina, non scherzare su queste cose." Poi prende la mano a Luisa. "Non far caso a tua sorella e ricordati: la dote di una ragazza è l'onestà."

Luisa annuisce convinta. "Certo, l'onestà. Lo diceva sempre anche il papà che non bisogna rubare."

"Sei senza speranza!" scoppia a ridere Annamaria, mettendosi a sedere e accavallando le gambe.

Cesira la guarda ed esclama: "Come si sono accorciate le gonne! Ai miei tempi arrivavano fino a terra."

"Robe da '15-'18, nonna! Ora siamo negli anni '40!" la aggiorna la nipote.

"E allora prendi, ragazza moderna" scherza Cesira allungandole un pacchettino. "Vi ho preso due nastri per i capelli dal venditore ambulante; uno per te e uno per tua sorella. Spero siano ancora alla moda!"

C'è un piccolo baule in camera di Tino e Cesira.

Luisa, che lo teneva d'occhio da anni, per la prima volta chiede a sua nonna: "Cosa c'è qui dentro?"

"La mia giovinezza" sorride Cesira. "Aprilo pure, se vuoi."

Luisa e Annamaria si inginocchiano vicino al bauletto e guardano dentro: c'è una camicettina leggera e logora – quella che Cesira indossava per il suo matrimonio –, una foto di lei piccola in braccio ai suoi genitori, una foto di Tino in divisa militare da alpino e le sue poche lettere dal fronte, qualche cartolina che Cesira gli aveva scritto dalla risaia prima che si sposassero, due bambole di stoffa che appartenevano a Emma e Rosa, e altre cose così.

"Ehi, belle Gigogin" le richiama la nonna dopo un po'. "Venite ad aiutarmi che dobbiamo fare la polenta."

Annamaria mescola la polenta e intanto osserva sua nonna.

Cesira fa parte di quella generazione di donne che non hanno mai avuto tempo di rimirarsi allo specchio.

Non che lei, Annamaria, ne abbia tanto di tempo per specchiarsi! Però più di sua nonna sì.

Passa il cucchiaio di legno a Luisa e si toglie dalla tasca il nastro che le ha regalato Cesira.

"Nonna, ti posso aggiustare i capelli con il nastro?" le propone allegra.

"Ma per l'amor del cielo!" ride Cesira. "Cara la me bagàia... Cominciare a far la stupida alla mia età. Non è più il tempo!"

"Ma staresti bene!" prova a insistere Annamaria.

"E magari mi vuoi pitturare anche le unghie o mettere il rossetto, neh? Sì, così tuo nonno mi fa rinchiudere in manicomio!" torna a ridere Cesira. "Vai, vai ad aiutare tua sorella con la polenta, che se no me la fate attaccare alla pentola!"

"Siamo brave, eh?" le chiede Luisa, dopo aver vuotato la polenta sull'asse di legno.

"Siete le mie cocche!" le risponde Cesira, abbracciandosi entrambe le nipoti.

"Vi racconto un segreto" dice Cesira seria, mentre richiude il sacchetto con la farina gialla avanzata. "Voi due siete state una gioia grandissima, senza ombre. Invece, quando sono nati Giacomo e Andrea ho pianto. Non che gli abbia voluto meno bene che a voi! Ma appena ho saputo che erano nati due maschi, ho pensato che se ci fosse stata una guerra sarebbero dovuti partire. E così è stato."

Annamaria e Luisa tornano ad abbracciarla.

"Ho pianto da sola" conclude Cesira. "Non l'avevo mai detto a nessuno, finora."

"E noi manterremo il segreto" garantisce Annamaria, mentre anche sua sorella, seria, fa segno di sì con la testa.

Poi, per distrarre Cesira, Annamaria sorride ed esclama: "Nonna, dicci un po' cosa hai detto quando hai visto Luisa appena nata!"

Cesira si asciuga gli occhi col grembiule e sussurra: "La par rabià cul Signùr." *Sembra arrabbiata col Signore.*

Annamaria guarda sua sorella e ride. "Ecco, avevi proprio un broncino come adesso!"


Mentre sono in cortile, pronte a tornare a casa, Luisa si avvicina ancora alla nonna per farle una domanda a cui, forse, solo lei può rispondere. Almeno secondo i ragionamenti di Luisa.

"Fra un po' di giorni è la festa della Madonna d'Agosto" le dice. "Ma cos'è che si festeggia di preciso?"

"L'Assunzione di Maria in Cielo" risponde subito Cesira, non tradendo così le aspettative della nipote. "Maria viene accolta in Paradiso, sia con l'anima che con il corpo. Per tutti gli uomini, la resurrezione della carne avverrà solo alla fine dei tempi, col Giudizio Universale. Maria è la sola a cui è toccato prima."

"Te l'ha detto Lei?" bisbiglia Luisa all'orecchio della nonna.

"Ma no!" esclama Cesira, a voce alta. "Questo lo sanno tutti."

"Tutti tranne questa qua!" sorride Annamaria, dandole uno spintone.

"Già, perché tu lo sapevi!" ribatte Luisa, restituendole la spinta.

"Sì, io lo sapevo!"

"Ma figurati! Tu sai solo quello che vedi al cinematografo!"

"E tu nemmeno quello!"

"Antipatica!"

"Rompiscatole!"

Cesira, scherzando, si mette le mani sulle orecchie e le supplica: "Io, per oggi, vi ho sentite abbastanza. Andate a casa a far diventar matta un po' vostra mamma!"

Le due ragazze partono sulla loro bicicletta e, ancora in lontananza, si sentono le loro voci che battibeccano.

"Speriamo non finiscano in un fosso" prega Cesira, alzando gli occhi al Cielo.

*****

"Giacomo si è fidanzato" dice Cesira, in piedi, infilandosi le mani nelle tasche del grembiule.

Tino la guarda sorpreso; per qualche minuto resta silenzioso, inebetito. Poi si schiarisce la voce e: "Vado a dar da mangiare alle galline."

"Testone..." sussurra Cesira.

"Ti ho sentita" borbotta Tino uscendo.

*****

Luisa e Annamaria sono sedute a pranzare con pane e uva.

"È fiorito un ciliegio vicino alla cappelletta dove va la nonna" racconta Annamaria.

"E allora?" chiede Luisa con poco interesse. Sente già il suo stomaco brontolare per il poco cibo.

"Sveglia! Siamo a settembre. È un po' fuori stagione, ti pare?"

Luisa appoggia la fetta di pane sul piatto. "Vuoi dire..."

"No, io non voglio dire niente. Ma la nonna di sicuro penserà che c'è di mezzo la Madonna."

"Magari è così!" esclama Luisa, con ritrovata energia.

"Sì, probabile" sbuffa Annamaria. E conclude, a mezza voce: "Scema io che ne vengo a parlare a te!"

# XXVI
## La Garibaldina

Fine settembre 1944.

"Hai sentito cos'è successo sul Grappa? Il *nostro* Grappa?"

Piero si siede vicino a Tino, lungo un filare di viti.

"No. Lo sai che io non seguo la politica. Perché, cos'è successo?"

"Non la seguo neanch'io, ma quando ho sentito che parlavano del Grappa..."

Piero si corica con la schiena sull'erba, incrocia le mani dietro la testa e racconta: "I tedeschi sapevano che lì c'erano delle formazioni partigiane. E così hanno organizzato un rastrellamento. Sono andati in massa, i nazisti, assieme ai fascisti di Salò. Ma non per farli prigionieri. Hanno ucciso, deportato... una roba sanguinaria, per fermare la guerriglia partigiana."

"Brutta storia. Però è anche vero che... se i partigiani li attaccano, quelli cercano di anticiparli e fermarli. È una guerra" commenta Tino, cercando una motivazione e coricandosi sull'erba nella stessa posizione dell'amico.

"Sì, è una guerra. Ma è troppo facile vincere quando si è cinque, dieci volte più numerosi degli avversari! I nazifascisti erano molti di più dei partigiani, li hanno presi facilmente. E poi hanno rastrellato anche i paesi per cercarli. Bruciato i villaggi, ammazzato il bestiame. Hai sentito quello che raccontava il Nando l'altro giorno: dove passano i crucchi, non lasciano vivo nessuno. Intanto che cercano i partigiani, se gli scappa, ammazzano anche un po' di gente a caso; tanto poi gli basta buttar lì che erano collaborazionisti!... Comunque. Per finire, hanno fatto una roba che... Hanno preso e impiccato 31 ragazzi. Li hanno impiccati lungo un viale di Bassano del Grappa. E li hanno lasciati appesi lì per quasi un giorno, per terrorizzare la gente. Un albero per ogni ragazzo impiccato."

"..."

"Tino... Io, come te, ho sempre preferito non sapere. Ma con queste cose che stanno succedendo, come si fa a star zitti e a non far niente? Io te lo dico: un po' di vergogna ce l'ho."

Prima di tornare a casa, Tino passa per la piazza del paese.

Trova tre uomini fucilati e impiccati, con al collo il cartello "Banditi".

Uno è il Nando.

"L'hanno torturato prima di impiccarlo" sente raccontare a bassa voce in piazza. "Quando gli hanno messo la corda al collo, non ci vedeva più, tante erano le botte che gli avevano dato sugli occhi. Ma non ha parlato."

Tino pensa che, dovunque si volta, non fa che trovare dei morti assassinati.

E poi pensa alle ultime parole del Piero, nella vigna: "Un po' di vergogna ce l'ho."

\*\*\*\*\*

Ottobre 1944.

"Le Repubbliche Partigiane sono cadute. C'è stata un'offensiva nazifascista. Si sono ripresi i territori. Ma è stato bello averle, anche se per poco. È stato bello crederci."

È Emma a raccontarlo alla madre, sedute nella cucina che l'ha vista crescere.

Cesira sta lavorando a maglia: prepara un berretto di lana da mandare a Giacomo.

"Chissà se il papà capirà mai che i partigiani sono la parte migliore del Paese. Sembra che ormai l'abbiano capito tutti. Tutti li sostengono e aiutano, tutti... tranne il papà. Avevi ragione, mamma, la prima volta che hai detto che è uguale al suo mulo!"

Emma ride; e nel ridere tossisce forte, con un fazzoletto davanti alla bocca che si affretta a riporre in tasca.

"La vuoi una tazza di latte caldo?" le chiede Cesira con apprensione, mettendo da parte il lavoro a maglia. "Sei pallida e stanca. Tu non stai bene, bambina."

Emma si accoccola ai piedi di sua mamma e le appoggia la testa in grembo, abbracciandole le gambe. "Vorrei stare così per sempre" le sussurra. "I ragazzi della mia brigata ne stanno passando tante. Troppe. Quando questa guerra finirà, non saranno più gli stessi. Li guardo negli occhi ed è come se vedessi le loro anime appannarsi. Quindi, no. No che non sto bene, mamma. Finché questo schifo non finirà non starò mai bene."

Cesira la ascolta e le accarezza i capelli.

Emma alza il viso verso sua madre. "Quando apro gli occhi, al mattino, il mio primo istinto è ancora quello di andare in camera di Andrea, per svegliarlo e mandarlo a scuola. Poi mi ricordo che ora c'è Sara. È come se il Cielo mi avesse mandato una figlia."

Emma si rimette in piedi. "Passo nella stalla a salutare il papà, perché poi devo andare."

Cesira si asciuga il viso col grembiule e le dà un bacio. "Torna presto a trovarmi."


Emma è certa di trovare suo padre a spazzolare il mulo. Invece lo trova seduto: sta accarezzando la fisarmonica e ripassando qualche accordo.

"Che soddisfazione quando sentivo Andrea che la suonava" dice Tino, vedendo entrare sua figlia.

"E a lui piaceva suonarla per stare con te. Perché gliel'avevi insegnato tu" sorride Emma, fermandosi a pochi passi da lui.

"Mi ricordo quando ve la suonavo da bambine. Per le feste." Tino abbassa lo sguardo. "Ve l'ho fatta sentire troppo poco. Ci sono tante cose che ho fatto troppo poco, per te e Rosa..."

"Papà, ma che idee ti stai facendo venire? Senti: anche se con me e Rosa non sei stato affettuoso come coi tuoi nipoti e il tempo che avevi per stare assieme era poco, noi l'abbiamo sempre saputo il bene che ci volevi. Era il modo in cui ci guardavi, come per proteggerci con lo sguardo. Era più forte che essere abbracciata."

Tino si passa una mano tremolante sugli occhi e cerca di evitare lo sguardo di Emma.

"Però, oggi, c'è qualcosa che puoi fare per noi, se vuoi. Un gesto che avrebbe un grande valore e ci farebbe stare tutti meglio."

Tino allora alza lo sguardo e aspetta di sapere di cosa ha bisogno sua figlia; anche se un po' già se lo immagina.

"Smetti di fare il testardo e fai pace con Giacomo. Anche solo per il male che stai facendo a Rosa, papà. Torna a parlargli! È un bravo ragazzo, non si merita di essere trattato così."

Tino mette a terra la fisarmonica e scatta in piedi. Va a spazzolare il suo mulo. "Lo sai come la penso. Perché continui a tornarci su? Mi sembri tua mamma. Non posso dimenticare certe cose. E la morte di Andrea, mentre Giacomo era imboscato..."

"Ma porca miseria!" sbotta Emma. "Giacomo non è imboscato! Lo vuoi capire?! Combatte solo in maniera diversa. E la pistola che ha con sé in brigata gliel'ha procurata Andrea prima di partire. Così come gli ha procurato dei contatti a Milano, quando la Resistenza doveva ancora nascere. Andrea era d'accordo con quello che faceva Giacomo! E allora perché tu devi essere l'unico a dargli addosso?"

Tino è senza fiato. Emma riusciva a metterlo all'angolo anche da bambina; ora che è donna non c'è proprio gara, lui lo sa bene. E in fondo ne è contento.

Ci sono tante cose che gli passano per la testa, tanti pensieri che cozzano gli uni con gli altri. Inizia a tossire e a tremare.

Emma, ricordando i problemi di cuore di Tino, comincia

a temere di essere stata troppo aggressiva. Si attacca al fischietto che porta al collo e ci fischia dentro, forte.

Tino la guarda con la faccia di uno che pensa di avere una figlia matta. È quello che voleva Emma.

"Papà: occhio che, se non mi dai retta, inizio e ti canto tutta *Bandiera Rossa!*" dice ridendo.

"Orca!" sorride Tino calmandosi. Poi le mette una mano sulla spalla. "Sei ancora la Garibaldina."

\*\*\*\*\*

"Siùr Dutùr!" esclama Cesira, aprendo la porta di casa. "Cosa ci fate in giro con questo tempo? Venite, venite dentro, accomodatevi."

Il dottor Gandolfi entra e si siede; Tino gli offre un bicchiere di vino, ma lui accetta il caffè di cicoria di Cesira.

"Ci fa piacere che siete venuto a trovarci" gli dice Tino.

"Tanti anni fa ci si vedeva più spesso. Ma ormai state sempre in città anche voi."

Il dottore annuisce e appoggia la tazzina sul tavolo.

"Io... in effetti, non sono passato solo per salutarvi" dice Gandolfi, con una voce tentennante. "Io... ecco... Dovreste cercare di convincere vostra figlia, Emma, a riguardarsi di più."

"Perché? È malata? Dottore, la mia Emma sta male?" chiede Cesira, subito in agitazione.

"No, non è... non ha niente di male" cerca di rassicurarla Gandolfi. "Si sta solo strapazzando troppo. E se si riposasse un po', se mangiasse meglio... Se si affaticasse meno..."

"Dutùr, parlate chiaro. Dobbiamo preoccuparci?" chiede Tino, appoggiando le mani sul tavolo.

"Ma no, certo che no. Lo dicevo solo per precauzione, per... Scusatemi, ho sbagliato a venire" conclude Gandolfi, alzandosi e allungando la mano per salutare entrambi. "Per favore, non dite alla signora Emma che sono passato. Non avrei dovuto. Scusate ancora per il disturbo."

Mentre finisce la frase, il dottore s'è già infilato il cappello e s'incammina verso la sua auto, senza lasciare il tempo per una replica.

Cesira lo guarda allontanarsi, appoggiata alla porta. "Battistino... pensi che Emma sia malata e che non ce lo vogliono dire?"

"Può darsi. Umberto non è mai stato bravo a dir balle" risponde Tino, toccandosi nervosamente la barba. "Comunque, sta' tranquilla: Emma ha detto che torna presto, e appena viene la metto a sedere e le parlo bello schietto. E se c'è da curarla, la teniamo qua e la curiamo noi!"

\*\*\*\*\*

Novembre 1944.

Emma è morta.

Non di malattia; è morta in azione, riuscendo a salvare la sua brigata e altri partigiani.

È un'eroina per tutta la Resistenza.

Ma per Tino e Cesira era solo la loro bambina.

Vengono a saperlo in una giornata di neve. È Rosa a doverglielo dire. Rosa, stretta nel suo scialle di lana nero, col cuore ormai così squassato dai dolori da non sapere più impedire che vada in pezzi.

Tino, impietrito, cade sulla sedia; non parla, non respira.

Cesira si scosta da Rosa ed esce nel cortile innevato, trascinandosi la gamba.

"Assassini!" si mette a gridare, in mezzo alla neve. "Assassini! Prima Andrea e adesso... Ve li siete presi tutti e due!"

Col respiro affannoso e con sempre meno voce, va avanti a ripetere: "Assassini..." mentre Rosa le si avvicina, piano, per appoggiarle lo scialle di lana sulle spalle.

Cesira piange e si lascia mettere lo scialle, mentre il suo sguardo si svuota di ogni forza. Si stringe a Rosa e restano così, strette una all'altra, vestite di nero in mezzo alla neve.

Il freddo, in qualche modo, pare congelare il dolore e renderlo, per un istante, più sopportabile.

"La mia Emma..."

*****

"Ce l'hanno uccisa! E anche Andrea... Lo capisci cosa sta succedendo?! Lo capisci, adesso?!"

Cesira grida contro Tino; grida contro di lui per gridare contro il mondo.

Tino non dice una parola. Prende il suo tabarro ed esce di casa.

Per qualche giorno, nessuno sa dove sia.

È come se si fosse rintanato in un angolo invisibile che solo lui conosce.

Piero e gli altri amici, chiamati da Cesira, provano a cercarlo, ma senza risultato.

Il giorno del funerale di Emma, Tino non c'è.

"È su per le colline, son sicura" sussurra Cesira, mentre stringe la mano di Rosa.

Tino sente le campane della chiesa che suonano per il funerale di sua figlia.

È sdraiato a terra, con la neve che gli cade sul viso.

Piange e bestemmia a lungo; fino a che sente di aver finito.

Poi si alza in piedi, si scrolla la neve di dosso e decide.

Sa cosa deve fare. E può tornare a casa.

# XXVII
## L'uomo delle biciclette

Dicembre 1944.

Tino si presenta nella canonica di don Franco col berretto in mano. "Voglio aiutare. Spiegatemi come funziona la faccenda; come l'avete spiegata a Emma."

Don Franco incrocia le mani sul petto. Sorride, mentre gli si inumidiscono gli occhi. "Pensare che c'è gente che non crede nei miracoli."

E così gli spiega.

Lo fa accomodare, chiude a chiave la porta, e inizia a raccontargli cos'è successo negli anni in cui lui si rifiutava di ascoltare.

E arriva a parlargli della Resistenza, di com'è nata e di quello che cerca di fare.

"Si sono formate le brigate partigiane che cercano di rappresentare tutti gli orientamenti politici e di pensiero. Perché stanno partecipando tutti alla Resistenza. Credimi, Tino.

Ci sono le Brigate Garibaldi: sono le più numerose e si rifanno al Partito Comunista, a Luigi Longo.

Ci sono le Matteotti che prendono ordini dal partito socialista, e il loro uomo di riferimento è Sandro Pertini. Entrambe (Garibaldi e Matteotti) portano il fazzoletto rosso, come lo portava Fausto.

Poi ci sono le Brigate Giustizia e Libertà, col fazzoletto verde; si rifanno al Partito d'Azione di Ferruccio Parri e hanno le loro radici nel movimento antifascista di Giustizia e Libertà, fondato a Parigi dai fratelli Rosselli per riunire tutto l'antifascismo non comunista e non cattolico. Sono le GL o Gielline. Dopo le Garibaldine, sono le più numerose.

E poi ci sono le Fiamme Verdi..."

Tino salta sulla sedia. "Gli alpini?!"

"Be', si rifanno agli alpini. Ne hanno preso le mostrine, il cappello... Operano prevalentemente in montagna, hanno radici popolari e nessuna ideologia politica. L'unica propaganda che accettano è quella contro i tedeschi e i fascisti. Sono le uniche che non hanno un solo nome, ma cambiano a seconda della zona; da noi sono le Fiamme Verdi, ma in altre zone le chiamano Brigate del Popolo o Brigate Osoppo o in altri modi ancora. Ho sentito che i membri delle Osoppo si chiamano 'patrioti'. Portano il fazzoletto bianco. Sono di orientamento cattolico e si rifanno alla Democrazia Cristiana, in particolare a Enrico Mattei."

"Allora i partigiani non sono solo comunisti..."

"I comunisti lavorano in clandestinità da vent'anni. Erano i meglio organizzati da subito. Però, no. Certo che no. Come ti ho spiegato all'inizio, stanno collaborando tutti per la liberazione del Paese! E anche la suddivisione in brigate è più teorica che altro. Non necessariamente si sceglie la brigata in cui andare in base all'orientamento politico. Ci sono tanti cattolici che sono in brigate comuniste per questioni di vicinanza territoriale o per amicizie personali o altro ancora. Ma cosa ti stavo spiegando? Ah, sì, le formazioni partigiane! Ecco. Poi ci sono i monarchici, tanti ex-ufficiali, col fazzoletto azzurro e..."

"No, no, basta così" lo interrompe in fretta Tino. "Se mi dite ancora qualcosa mi scoppia la testa! E poi, se posso scegliere, io ho già trovato le mie brigate."

Don Franco sorride. "Le Fiamme Verdi, giusto?"

"Io sono un alpino. E se posso aiutarli in qualche modo, sono pronto."

"C'è la brigata del comandante Bixio. Si muove non troppo lontano. È quella da cui era Emma quando..." Don Franco abbassa la testa. Poi riprende: "Sono certo che gli farà piacere il tuo aiuto. Gliene parlerò io, al più presto."

Il parroco s'illumina in viso mentre aggiunge: "Lo sai chi,

tra tanti, ha aiutato la Resistenza in questi mesi? Bartali!"

"Ginettaccio? E voi come lo sapete?"

"Da amici di amici di amici..." gli schiaccia l'occhio don Franco. "Si è sempre saputo che era un cattolico fedele alla chiesa e non al fascismo. È stato riformato per uno strano funzionamento del suo cuore. Ha finito per lavorare come riparatore di ruote di biciclette. Ma dopo l'8 settembre, si è messo a disposizione per aiutare gli ebrei, facendo viaggi in bicicletta avanti e indietro per trasportare documenti e fototessere nascosti nei tubi del telaio della bicicletta. Da quest'estate ha dovuto smettere perché la polizia fascista l'ha messo tra i ricercati. È stato avvisato e ora è costretto a nascondersi. Prima, però, è riuscito a fare tanto."

"Come sempre" commenta Tino, rigirandosi il berretto tra le mani. "Lo dicevo, io, che quell'uomo lì ha un gran cuore. Lo si capiva anche da cose più piccole. Anche quando s'è sacrificato per far vincere Coppi, che era in squadra con lui."

"Il povero Coppi. È prigioniero in Africa."

"Eh, lui l'hanno preso in guerra e..."

Tino s'interrompe bruscamente. Appoggia il berretto sulla scrivania di don Franco e si mette a camminare per la stanza, passandosi una mano sulla testa.

"Reverendo, m'è venuta un'idea! Magari è una loccata, ma... Stavo pensando a Bartali che, per lavoro, riparava le ruote delle biciclette e... Io non so bene cosa potrei fare per la Resistenza; son vecchio, non sono istruito. Però se c'è una cosa che so fare è aggiustare le biciclette! L'ho sempre fatto e, anche se non dovrei dirmelo da solo, lo so che sono bravo. Ho rimesso in piedi dei ferri arrugginiti che voi non ve li immaginate neanche! Potrei cominciare ad aiutare così i partigiani. Cosa dite?"

"È un'ottima idea! Le biciclette servono tantissimo per gli spostamenti, non solo dei combattenti, ma anche delle staffette. Sarai più che utile, Tino."

Don Franco si appoggia allo schienale della sua sedia e fa

un lungo respiro, contento della soluzione trovata.

"C'è una cosa, però, di cui non abbiamo ancora parlato" aggiunge il parroco, rabbuiandosi. "I pericoli che corri. Devi tenere sempre presente che i pericoli ci sono. I tedeschi, nazisti e SS li riconosci, immagino. Così come le camicie nere. Però, di fascisti, dopo l'8 settembre ce ne sono di tipi diversi. C'è la GNR – Guardia Nazionale Repubblicana –, destinata essenzialmente ai compiti che prima erano dei Carabinieri e della Milizia: è l'esercito di Salò. Ci sono le Brigate Nere, ricostituite da Pavolini, il segretario del partito fascista, dopo l'8 settembre; sono sanguinarie. Ad esempio la Banda Carità a Firenze e la Banda Koch a Milano. Prendono il nome dal loro capo. Di Firenze non so molto, ma di Milano... Pietro Koch tortura per conto dei nazisti e ci si diverte; usa fruste, nocche d'ottone... Lo fa in un luogo soprannominato 'Villa Triste'. E purtroppo, ormai, quasi ogni città ha una sua 'Villa Triste', dove si torturano i prigionieri."

Don Franco fa una pausa e si versa un po' d'acqua. Si fruga anche in tasca alla disperata ricerca di una caramella che possa addolcire tutto l'amaro che sente salirgli dallo stomaco; ma è una ricerca inutile da tempo.

"C'è la X Mas, detta anche solo la Decima" riprende il parroco. "Formata da circa ventimila uomini al comando del principe Borghese. Agisce in autonomia, al fianco dei tedeschi, delle SS. Appoggia Kesselring nelle battaglie e nei rastrellamenti. E poi ci sono le SS italiane, la polizia speciale. E persino le ausiliarie di Salò: donne addestrate anche a sparare. Come Dora, la vicina di casa di Emma."

"Dora" ripete Tino. "Mi ricordo di questa donna. Giacomo mi raccontava che lo guardava sempre dall'alto in basso."

Ha pronunciato il nome di Giacomo.

Don Franco non se l'aspettava; sono anni che Tino evita accuratamente di parlare del nipote, e ora...

"Ecco, questi sono, pressappoco, i corpi di oppressione della RSI" conclude il parroco, mentre gli versa un bicchiere d'acqua. "C'è da stare attenti. Non fidarsi di nessuno, perché chiunque può essere una spia. E per questo motivo, meno gente sa che aiuti la Resistenza e meglio è, per te e per loro."

"Ce l'aveva spiegato anche Emma, a me e Cesira, il giorno che c'ha detto che collaborava con voi" dice Tino con malinconia. "A me ha detto anche un bel po' di altre cose; mi ha fatto una bella sfuriata, e me la meritavo. Solo che io non l'ho ascoltata. Ho lasciato che morisse senza aver fatto niente di quello che m'aveva chiesto."

Tino si tormenta la barba e tossisce. Rifiuta il bicchiere d'acqua che don Franco gli offre e, come se avesse un peso sullo stomaco da buttar fuori, si appoggia alla scrivania e inizia a parlare.

"C'ho pensato su, reverendo. Credo di averlo sempre saputo, in fondo, che Fausto era nel giusto. Parlava di uguaglianza, di diritti per i lavoratori, di libertà. Aveva ragione. Ma io mi ero fatto tre anni di guerra! Tre anni di trincea! Ne ho passate tante. Sono stato in mezzo a uno schifo che... Volevo starmene in pace. Lasciar perdere il mondo e occuparmi solo della mia famiglia. E lui, invece, era lì a mettersi sempre nei guai per i suoi ideali, era lì a ricordarmi cosa sarebbe stato giusto fare: combattere per quello in cui si crede, far sentire la propria voce, preoccuparsi anche per gli altri. Senza volerlo, mi ricordava continuamente quello che avrei dovuto fare anch'io, ma che non mi sentivo più di fare. Era come se cercasse di rendermi migliore di quello che potevo essere. Lo odiavo per quello. Per quello cercavo di stargli alla larga. Ora l'ho capito, ora lo so. Non ce l'avevo con lui; ce l'avevo con me stesso perché non avevo il suo coraggio. Ma non riuscivo ad ammetterlo."

Tino è rosso in viso e continua a tossire.

Don Franco gli mette in mano il bicchiere d'acqua di prima e gli ordina: "Bevilo! O mando a chiamare Cesira!"

Tino lo beve tutto d'un sorso, e poi si alza e riprende a camminare avanti e indietro per la stanza; parla concitato.

"Come faccio a rimediare adesso?! Adesso che lui è morto? E come faccio a rimediare con Giacomo?! Maladìssa mi e tüt i lucc!" *Accidenti a me e a tutti i locchi!*

Anche don Franco si alza e, con un sorriso commosso, va a metterglisi davanti, fermando così il suo moto perpetuo. Con la voce bonaria di sempre, gli dice: "Giacomo non aspetta altro che di ritrovare suo nonno. Tanto più ora..."

" "
...

"Tanto più ora che aspetta un figlio."

*****

"Il Piave mormorò: non passa lo straniero!"

A Tino tremano le mani mentre, canticchiando serio *La Canzone del Piave*, tira fuori dall'armadio il suo vecchio cappello da alpino.

Lo indossa e gli sembra di sentirsi già più forte. Persino più alto.

Va in cucina, beve un sorso di vino e si prepara ad uscire.

Cesira lo guarda e si porta una mano alla guancia. "Ti prenderanno per matto."

"... disse quella che parlava con la Madonna."

" "
...

" "
...

"Oh, fa' un po' come vuoi."

Tino sta per uscire, quando lo sguardo gli cade sulla cornice con la fotografia strappata; ci sono solo lui e Andrea.

Manca Giacomo.

"Maladìssa mi e tüt i lucc" dice tra sé, a mezza voce.

Ma Cesira lo sente. E capisce. Era tanto che aspettava un segno così.

Va in camera, apre il cassetto del comò dove aveva riposto il pezzo di foto con Giacomo. Torna in cucina e lo porge a Tino. "Cosa dici, non starebbe meglio se ci attaccassimo ancora questo pezzo?"

Tino si passa una mano tremolante sugli occhi. Anche la voce gli trema, quando risponde: "Sì che sta meglio. Da' qui."

Chiude la porta e si mette a sedere; il resto può aspettare.

Ricostruisce la fotografia originaria attaccando il pezzo mancante. Un lavoro di precisione. Ogni tanto gli sembra a posto, ma poi cambia idea, la tira fuori di nuovo dalla cornice e le dà un'altra aggiustatina.

Passa la sera a controllarla e a risistemarla. E a sorridere al viso di Giacomo.

Cesira gli appoggia una mano sulla guancia dove, quasi due anni prima, l'aveva colpito.

Tino le trattiene la mano e le dice: "Aspetta un bambino."

"Chi?"

"Come chi? Nostro nipote. Diventiamo bisnonni."

Quella sera, coricato a letto, al buio e di spalle, Tino borbotta: "Grazie, neh."

Cesira appoggia la sua schiena contro quella del marito e, nel buio, sorride.

La mattina dopo, Tino va sulla tomba di Fausto; ha in testa il cappello d'alpino.

Si ferma in piedi, davanti alla fotografia di Fausto. Gli parla in silenzio per qualche minuto.

Poi si mette sull'attenti e gli fa il saluto militare.

*****

Gennaio 1945.

È notte. Tino è nella stalla; aspetta visite, come gli ha annunciato don Franco.

"Io sono Bixio" gli dice un uomo col coltello alla cintura, allungandogli la mano. "Lui è Ettore e quest'altro è Oscar" dice poi, indicandogli due ragazzi sui vent'anni.

Si siedono tutti e quattro sulle balle di paglia. Oscar ha

una gamba fasciata e Tino, senza accorgersene, gliela sta fissando.

"L'avevano preso i fascisti e hanno cercato di rompergliela" spiega Bixio. "Ma lui è più robusto di quel che s'immaginavano."

"Spezzare una gamba al nemico per non farlo scappare: era la tecnica degli Arditi" commenta Tino. "Ho fatto la prima guerra, queste tecniche le si sapeva; certo che allora non si pensava di usarle contro degli italiani."

"Ne son passate di cose, dalla prima guerra" dice Bixio, togliendosi il fucile di spalla.

Tino li osserva; hanno l'aria di uomini che combattono da sempre, ma che non ce la faranno a continuare così per molto. Le facce sono pallide e scavate, i vestiti sporchi e bagnati. Sembra che non abbiano mai mangiato né dormito.

"Sarà ridotto così anche Giacomo?" non riesce a non pensare tra sé Tino.

"Lei... lei era il padre della Mascia?" chiede Ettore, rispettoso.

Tino tira su la testa. "Io *sono* il padre della Garibaldina."

"..."

"Che poi è la vostra Mascia, sì."

"Sarà anche il padre della Mascia, ma non mi sembra che in questi anni abbia fatto qualcosa per stare dalla nostra parte" interviene brusco Oscar. "Anzi, mi risulta che se ne sia stato ben alla larga dai partigiani, facendosi sempre i fatti propri. Io te l'ho detto già prima di venire qua" dice rivolto al comandante. "Non mi fido di uomini così. Non ci puoi fare un conto."

Bixio appoggia le mani sulle ginocchia. "Don Franco ha garantito per lui; e direi che di don Franco ci fidiamo tutti ciecamente, o sbaglio?"

Tino fa un gesto con la mano per fermare la difesa da parte del comandante. Si raddrizza il cappello da alpino e si rivolge direttamente a Oscar.

"Di', bagaiòtt... Ricòrdat bëi: s'at vö parlà, parla nurmàl, no rugànt. Mi gò un'età che vöi pü sëint parlà rugànt." *Di',* *ragazzino... Ricordati bene: se vuoi parlare, parla normale,* *non da arrogante. Io ho un'età che non voglio più sentir par-* *lare da arroganti.*

" ..."

"Prima ad tüt: ghet idea da parlà o da rugnà? Sa gum da ragiunà, cambia tono." *Prima di tutto: hai intenzione di* *parlare o di litigare? Se dobbiamo ragionare, cambia tono.*

Tino si alza in piedi e si mette davanti ai tre uomini; si sente trent'anni di meno.

"Seconda roba. Son contento che don Franco abbia parlato bene di me; ma sono *io* che garantisco per me. E se non vi fidate, allora aria! Ricordatevelo: io la prepotenza non la voglio."

Bixio sorride sorpreso. "Bene. Direi che ha proprio il temperamento da partigiano. Allora, Oscar. Rispondigli: vuoi parlare o rognare?"

Oscar si passa la manica della camicia sugli occhi. "Mio nonno m'avrebbe messo a posto nello stesso modo. Con le stesse parole in dialetto."

Il ragazzo si alza in piedi – piano, con la gamba fasciata – e dà la mano a Tino. "Mi scusi. Mi fido anch'io."

"T'è un brav fiö" *Sei un bravo ragazzo,* gli dice Tino stringendogli la mano. "Un po' rompaball, ma un brav fiö." *Un* *po' rompiscatole, ma un bravo ragazzo.*

"La Resistenza in Emilia è forte e radicata come da nessun'altra parte" spiega Bixio, con una certa fierezza. "La lotta ora è sull'Appennino tosco-emiliano. Ma non c'è più il fronte, come ai tuoi tempi; ci sono le imboscate."

Tino ascolta, seduto di fronte al comandante. È come ai tempi della leva: deve ricevere gli ordini dai superiori e sapere com'è messo il suo esercito.

"Qualcuno dice che, fascisti o partigiani, stiamo combattendo una guerra civile. Alla pari. Che ci comportiamo un po' bene e un po' male, da entrambe le parti." Bixio si alza in piedi e dà un paio di calci innocui alla paglia. "Certo, non posso garantire io per tutti i partigiani. Ci saranno dei farabutti anche tra di noi, vai a saperlo. Però... Be', tanto per cominciare, noi non abbiamo i tedeschi a coprirci le spalle. Non abbiamo i loro armamenti. Noi non uccidiamo le famiglie dei repubblichini per sfizio. Non ce la prendiamo con donne, vecchi e bambini. Noi non stiamo aiutando a deportare e ammazzare gli ebrei.

Uno della nostra brigata, uno catturato assieme a Oscar, è stato picchiato e seppellito sotto terra. L'hanno seppellito vivo... Lui s'è svegliato e non si è arreso; ha scavato con le mani tanto da uscirne. Mezzo asfissiato, col corpo che era tutto una ferita, e con le mani a pezzi... ma è tornato al campo. Ecco: queste son robe che noi non ci sogneremmo mai di fare. Son robe da criminali fatti e finiti!

E soprattutto: noi ci stiamo difendendo, stiamo rispondendo a una situazione di terrore creata da loro. Quindi no: i partigiani e i nazifascisti *non* sono la stessa cosa."

Tino, con la testa, fa segno di aver capito; e la sua penna di alpino è orgogliosa di stare dalla parte giusta.

"Che è pericoloso non sto neanche a dirtelo. Se ci prendono, o ci torturano, o ci ammazzano, o ci deportano in Germania."

"O tutte e tre le cose, in ordine sparso!" prova a scherzare Oscar.

E Bixio gli molla uno scappellotto.


"Hai preferenze per il nome di battaglia?" gli chiede il comandante.

Tino ci pensa un attimo. "Se posso scegliere, se per voi va bene... Caruso."

"Come il cantante?" chiede Ettore con un piccolo sorriso. Tino fa segno di sì.

"Va bene. Vada per Caruso" approva Bixio. Poi prosegue: "Don Franco mi ha detto della tua abilità con le biciclette. Il tuo aiuto è una manna! Le biciclette sono fondamentali

per noi; ci servono per tenere contatti da una brigata all'altra, per coordinare i vari gruppi. Senza, saremmo nei guai."
"Vorrei esser giovane. Esser capace di fare di più."
"Ognuno fa la Resistenza come può. L'importante è far bene!" gli dice Bixio, con convinzione. "Il nostro esercito è fatto in gran parte da uomini e donne in bicicletta. La bicicletta è quasi un simbolo per la nostra Resistenza."
Tino sorride. "E allora vi do una mano io a oliare meglio il vostro simbolo."

Mentre il comandante si prepara a tornare in montagna, dice a Ettore di ricordargli, il giorno dopo, di contattare Carletto, un ragazzino che gli fa da staffetta.
"C'è proprio bisogno?" chiede Tino. "Non si potrebbe fare a meno di coinvolgere i bambini? Io ne conoscevo uno e... l'hanno impiccato, come un criminale."
"Non è successo a un bambino solo, ma a tanti" dice Bixio, con stanchezza. "Purtroppo sì: non dovrebbe essere così, ma abbiamo bisogno di bambini e ragazze per portare messaggi e altro. Noi non ci possiamo muovere liberamente, in mezzo alla gente; ci riconoscono subito. Loro, invece, possono. Non piace a nessuno di noi. Ma questa è la piega – schifosa – che ha preso la guerra."

"Ti lasciamo qua Oscar a darti una mano per i primi giorni. Con la gamba fasciata può fare poco in azione; a te, invece, potrebbe essere utile nel lavoro" dice il comandante a Tino, mettendosi in spalla il fucile.
"Mi scusi se glielo dico" interviene Ettore, rivolgendosi ancora a Tino. "Ma il cappello da alpino potrebbe metterla nei guai. Attira un po' troppo l'attenzione, per lei che deve stare in paese. Se la vedono..."
"Che stupido, non c'ho pensato" si rimprovera Bixio. "Ha ragione Ettore. Se nella tua stalla comincia a circolare più gente e i vicini se ne accorgono, già darai dei sospetti. Il cappello mi sa che è troppo."

Tino ci riflette su, grattandosi un po' la barba. Poi conclude: "Va bene. Non ci andrò in giro. Ma nella stalla, in casa mia, me lo tengo su!"

"Ragionevole" lo asseconda Bixio.

Sulla porta della stalla, mentre Bixio stringe la mano a Tino per salutarlo, gli dice: "Don Franco mi ha parlato dei dubbi che hai avuto in questi anni, a proposito dei partigiani. Ricordati quello che ti dico: la Resistenza appartiene a tutti gli italiani per bene. E non è odio. È amore per la libertà."

*****

La stalla si trasforma in un'officina.

Non solo. Tino ricorda una botola, inutilizzata da anni, che, nei primi tempi del fascismo, usava per nascondere una parte del raccolto e altre cibarie, per evitare che le squadracce gliele portassero via.

Con l'aiuto di Oscar, fa passare la paglia alla ricerca del punto esatto e, finalmente, la trovano.

Scende sotto a controllare: c'è spazio per nasconderci una decina di persone, se stanno in piedi e non si muovono troppo.

Torna su soddisfatto. Ricopre la botola con un mucchio di fieno e commenta: "Sarà utile per te e i tuoi compagni. Può diventare un rifugio temporaneo, quando venite per le biciclette."

*****

Dopo una settimana, Bixio ed Ettore tornano a vedere com'è la situazione.

Ettore ha uno zaino in spalla; lo svuota davanti a Tino.

"Le abbiamo portato dei pezzi di ricambio per le biciclette. Tutto quello che siamo riusciti a mettere assieme."

"Orca! C'è roba buona qua in mezzo. Ma vedrete che riuscirò a trovarne anch'io. Conosco tutti, qua attorno, e so a chi chiedere e come farlo senza dare nell'occhio."

"Come hai dormito nella stalla?" chiede Bixio a Oscar. "Ti sei messo addosso la paglia, come t'ho insegnato?"

"L'ho fatto dormire in casa" interviene Tino. "La stanza delle mie figlie ormai è vuota. C'è un letto in più. Tanto valeva usarlo."

"Ma se lo vedono..." tentenna Ettore.

"Lo faccio venire in casa quando c'è già buio. E lo faccio tornare nella stalla prima dell'alba. Ohi, bagaiòtt... Non son mica nato ieri!"

"Che aiutante è Oscar? Si dà da fare o no?" chiede Bixio, con un mezzo sorriso.

"Bah. Continua a pirlarmi attorno con in mano l'olio lubrificante senza sapere cosa fare!"

"Faccio anche altro!" protesta Oscar, mettendo subito giù l'olio e afferrando un martello. "Mi ripeti sempre le stesse cose!"

"E si vede che non mi capisci! Adesso, ad esempio, cosa ci fai con un martello in mano? Ti può servire giusto per dartelo in testa."

Oscar lo fissa e intanto si mette a picchiare su un ferro per raddrizzarlo.

"Dài, fai più rumore che in città non ti hanno sentito!" scuote la testa Tino. Poi, rivolto a Bixio: "Ma a lui l'avete spiegata la faccenda del non farsi notare?"

Oscar mette giù il martello e ride. "Non posso neanche arrabbiarmi con te. Sei uguale a mio nonno! Quando lo aiutavo da bambino, mi diceva: 'Dai tanta soddisfazione come succhiare un pezzo di ferro arrugginito!' E poi rideva."

"Ecco: mi farebbe comodo aver qua tuo nonno, invece che te" gli dice Tino, dandogli un paio di pacche sulle spalle.

*"Fiamme Verdi dei vecchi alpini*
*i nostri petti fregiano ancora;*

*noi vogliam libera l'Italia nostra*
*o per l'Italia tutti si muor!"*
Tino lo recita quasi d'un fiato.
"Hai imparato il ritornello dell'inno delle Fiamme Verdi!
Bravo" si complimenta Bixio.
"Me l'ha insegnato quello lì" risponde Tino, indicando
Oscar.
"Allora a qualcosa è servito!" scherza Ettore.
"Ora, però, ce lo dobbiamo riprendere" comunica il co-
mandante. "Ci serve in montagna, mi spiace."
Anche Oscar sembra dispiaciuto, mentre raccoglie le sue
poche cose.
"Pazienza" sorride a Tino.
"Pazienza con rabbia" borbotta lui. "T'è un brav fiö. Un
po' rompaball, ma un brav fiö."

Ettore e Oscar cominciano a mettersi in marcia verso il
campo. Bixio si ferma ancora qualche minuto da Tino. Voleva parlargli da solo e ha detto ai ragazzi di precederlo.
"La Mascia... tua figlia... è morta mentre era da noi, lo
sai, vero?" Fa su e giù con il coltello che porta alla cintura, mentre lo dice. "Non saremmo qua a parlarti se non si
fosse sacrificata per tutti. Non c'è giorno che non ci pensi, a quello che ha fatto, da sola. Al coraggio che ha avuto.
Non la conoscevo bene, ma credo che sarebbe orgogliosa di
quanto hai deciso di fare."
Tino appoggia le mani sul dorso del suo mulo e inizia ad
accarezzarlo.
"Chi è che la conosceva bene? Da partigiana, intendo.
Perché io della mia Emma so tutto. Ma della Mascia so
poco e vorrei..."
"Nuvolari" risponde di getto Bixio. "Senz'altro Nuvolari. Era il suo comandante, ma erano anche amici e si
stimavano."
"Mi piacerebbe conoscerlo, un giorno. Mi piacerebbe che
mi raccontasse..."

*****

Febbraio 1945.

La stalla di Tino è piena di biciclette, messe un po' dappertutto; quelle a cui non deve lavorare subito, finiscono nel vano sotto la botola.

Alcune sono da aggiustare, altre sarebbero solo da buttare, ma Tino le usa per ricavarne dei pezzi.

A volte, da due, tre biciclette ne tira fuori una.

Ruote con gomme sgonfie o bucate e la raggiera rotta o da oliare con cura; freni che non funzionano; manubri che vanno per conto loro; catene allentate o malandate.

Tino aggiusta di tutto; e mentre lavora, con in testa sempre il suo cappello, canticchia *Va' pensiero*, *La Canzone del Piave* e *Sul cappello*.

Ogni tanto si guarda le mani: tremano molto meno di prima.

"A saperlo, che ad entrare nella Resistenza ringiovanivo così, lo facevo prima" riflette tra sé.

Intanto si mette in piedi davanti ai suoi ultimi lavori. Li guarda soddisfatto.

"Niente male per uno della mia età" dice a voce alta.

"Niente male per uno di qualsiasi età!" gli fa eco una voce maschile alle sue spalle.

Tino si volta e si trova davanti due uomini: due partigiani giellini. Ormai sta imparando a riconoscerli.

"Siete voi l'uomo delle biciclette?" chiede uno dei due.

"L'uomo delle biciclette?" ripete Tino con un sorriso. "Mi piace... Sì, sono io."

"Noi siamo della brigata del comandante Amleto. Ce ne servirebbero quattro, subito."

"Orca! Ma Bixio lo sa che..."

"Sì, sì, chiaro. E comunque non è che ce le prendiamo e basta. Vi abbiamo portato dei pezzi di ricambio e una piccola somma in denaro. In più, nelle prossime notti, torneranno dei nostri uomini e vi porteranno altre biciclette che potrete rimettere in sesto."

"Se siete d'accordo tra di voi, per me va sempre bene" dice Tino, scegliendo tra le biciclette quelle che sa di aver terminato del tutto.

La porta della stalla si apre e gli uomini si mettono subito in allarme.

È solo Cesira. Che nell'entrare, invece di guardare per terra, scruta che uomini ci sono stavolta nella sua stalla, e così inciampa.

Un partigiano la sorregge prontamente. "Tutto a posto, signora?"

Cesira alza le spalle. "Eh, son vecchia. Cosa vuol mai che sia tutto a posto, ormai." Poi si rivolge a Tino: "Come va? Hai finito per oggi? Allora?"

"Eh, allora, allora! All'ora sessanta minuti!" le risponde lui, senza alzare lo sguardo dalle biciclette che sta per consegnare.

"È più quello che rompe che quello che aggiusta" scuote la testa Cesira.

"Su, che vostro marito è un brav'uomo!" le dice l'altro partigiano.

"È bravo quando dorme" gli bisbiglia Cesira.

"Ti ho sentita" borbotta Tino.

*****

Tino è seduto in cucina, davanti al fuoco.

Cesira prende una sedia e gli si mette di fianco.

"Mi hanno detto qual è il nome di battaglia di Giacomo" sorride Tino. "Ha scelto Matteotti. L'ha fatto di sicuro per Fausto."

"Se è così, è stato un bel pensiero il suo" ribatte Cesira, ormai abituata a dover difendere ogni scelta del nipote.

"Molto bello" le dà subito ragione Tino. "Ma non c'era da aspettarsi niente di diverso da Giacomo. Tutto quello che fa lui è fatto col cuore."

Cesira sa che in Tino ormai qualcosa è cambiato; ma, dopo tanti anni di asprezza, fatica a ricordarsene, e sentirlo parlare così le fa un certo effetto.

Si passa l'angolo del grembiule sugli occhi, e poi resta a guardare il fuoco con suo marito. In silenzio.

"Sto pensando a cosa posso fare per il bambino di Giacomo" dice lui, dopo un po'. "Li aiuterò a mettere su casa, dove la vorranno loro; anche se spero che verranno ad abitare qua vicino... Magari sua moglie avrà bisogno che tu le dia una mano, all'inizio. E poi gli terremo il bambino, se lavoreranno tutti e due. Eh sì, avranno bisogno... Lo porterò a spasso io; gli farò conoscere il nostro Po, e l'uva, il grano. E Giuseppe Verdi e la fisarmonica..."

Tino si appoggia allo schienale della sedia e fa un lungo respiro.

"Questo bambino è una benedizione di Dio. Mi dà un'altra possibilità per non fare più gli sbagli che..."

"Se Rosa e Giacomo sapessero quello che stai facendo, sarebbero così contenti!"

"Non dirlo a Rosa. Voglio essere io a parlare per primo con Giacomo e anche con lei... quando sarà il momento."

*****

È notte e come sempre Tino è nella stalla, con la sua lampada a petrolio. Lavora e aspetta di vedere se arriva qualcuno che ha bisogno di lui; sono quelli gli orari delle visite partigiane.

E infatti, dopo poco, un uomo appare sulla porta e resta fermo a cercare con gli occhi Tino nella semioscurità della stalla. È un partigiano rosso.

Tino alza in aria la lampada, per farsi vedere.

"Sono Nuvolari" dice l'uomo. "So che voleva incontrarmi."

Tino lo guarda come se cercasse in lui qualche pezzo di sua figlia; in fondo ci ha passato tanto tempo ed è stato tra gli ultimi a vederla viva.

"Lei è quello che le ha insegnato a fumare?"
Nuvolari sorride stanco. "Sì, sono io."
"Venga... venga avanti. Si sieda qua."
Mentre il comandante si siede sulla paglia, Tino vede un fischietto attaccato a un cordoncino che gli balla al collo. Lo fissa.
Nuvolari lo ferma con una mano. "È uguale a quello della Masc... a quello dell'Emma" si corregge. "Ce ne hanno regalati due identici i ragazzi della brigata."
Tino prende un fiasco di vino con appoggiati sopra due bicchieri capovolti. "Lo accetta un bicchiere?"
Il comandante fa segno di sì.
"Non ho detto ai ragazzi che stanotte sarei venuto qui, altrimenti avrebbero fatto di tutto per seguirmi. Non sanno più a chi dirlo che donna eccezionale era Emma, e quanto tempo hanno passato con lei, e... Le volevano molto bene."
Nuvolari prende il bicchiere di vino e ne manda giù una buona metà.
"C'eravamo tutti al suo funerale. Tutta la brigata. Nascosti sulle colline, per forza. E sparsi. Ma c'eravamo."
"Io no" dice Tino. E butta giù d'un fiato il suo bicchiere.

"Mi parli della Mascia. Quello che vuole..."
Nuvolari non sa da dove cominciare. E così decide di cominciare dall'inizio. Sorride.
Racconta, racconta tutto quello che gli viene in mente, cose importanti e aneddoti, tutto quello che la sua mente ha conservato. Fino ad arrivare al giorno in cui è morta, per evitare alla loro brigata – ai suoi ragazzi – di esporsi a un pericolo.
"Diceva sempre: 'Non sono riuscita a salvare il mio Andrea, ma questi ragazzi non li lascio morire!' Li ha trattati come dei figli e loro l'hanno ricambiata allo stesso modo. Io, lassù in montagna, ho un'intera brigata che piange ancora adesso la morte di una seconda madre."
Tino tira fuori dalla tasca il fazzoletto e se lo passa sugli occhi.

Anche Nuvolari si dà un'asciugata veloce con la mano. E subito aggiunge: "Mai conosciuto una donna così testarda."

"Orca, se lo era. E voleva sempre aver ragione lei" sorride Tino, con gli occhi rossi.

"Già! E se provavi a darle torto, parlava fino a sfinirti. Fino a che ti convinceva!" sorride anche Nuvolari.

"Non si poteva farla ragionare" dice Tino, riempiendo il suo bicchiere e quello del comandante. "Se decideva una cosa..."

"... era quella, ad ogni costo!" gli conclude la frase Nuvolari.

Tino butta giù il secondo bicchiere e si raddrizza il cappello.

"Era così fin da piccola. Picchiava tutti quelli che si comportavano male! Schietta come il freddo del mattino. E coraggiosa..."

Tino e Nuvolari sono fermi sulla porta, aperta, della stalla.

"Sotto la neve il pane" sussurra Tino, guardando le sue colline così bianche.

"Anche la libertà, per ora, riposa sotto la neve" sospira Nuvolari. "Ma arriverà la primavera... e quest'anno non sarà solo il grano a germogliare."

"So che ha conosciuto Ettore" dice il comandante, prima di andar via. "Gliel'ha detto che era in Russia con suo nipote, nello stesso battaglione?"

Tino lo guarda sbalordito.

"No. Non gliel'ha detto" deduce Nuvolari. "Erano diventati amici, in guerra, e credo che per lui sia difficile dover affrontare i parenti di Andrea. Perché lui è tornato e Andrea no. Gli dev'essere costato molto trovarsi davanti a Emma. Forse ora non sa se è giusto parlarne ancora, o se finirebbe per provocare solo dolore."

Tino s'infila in fretta le mani in tasca, ma il comandante fa in tempo a vedere che gli tremano.

"Ettore è stato più saggio di me a non parlarne. Mi scusi...

E grazie per il vino. Mi ha fatto piacere chiacchierare con lei."

Nuvolari fa per andarsene, ma Tino lo trattiene per un braccio, giusto il tempo di rassicurarlo. "Ha fatto bene a dirmelo. Grazie. Grazie *per tutto* quello che mi ha detto."

*****

"L'ultima lettera di Andrea, quella che Emma si portava sempre dietro... che fine ha fatto?" chiede Tino, mentre taglia in due una mela e ne passa metà a Cesira.

"La custodisce Rosa. Gliel'hanno riportata il comandante Nuvolari e la brigata, subito dopo che..."

"Bene. È giusto che sia in mano a Rosa. Emma sarebbe contenta."

Cesira spezza lentamente del pane e lo appoggia nel piatto, assieme alla mela. "Pensi che Aldo sia ancora vivo?" sussurra.

Tino scuote la testa. "I soldati italiani all'estero hanno fatto una brutta fine. Se fosse solo prigioniero... Ai prigionieri lasciano scrivere lettere. Noi non abbiamo sue notizie da anni."

Cesira allontana il piatto e prende in mano il rosario. "La famiglia della nostra Emma è stata spazzata via."

# XXVIII
## La cosa giusta

Una ragazzina e un cane camminano verso la casa di Tino e Cesira.

La ragazzina ha i capelli rossi raccolti in trecce, la carnagione chiara, e indossa un cappottino che un tempo era stato di Andrea.

La ragazzina è Sara, il cane che l'accompagna è Caruso.

"Tino... Battistino! Vieni a vedere chi arriva" chiama Cesira, stando sulla porta di casa.

Tino esce dalla stalla, dopo essersi tolto il cappello da alpino.

Sara procede spedita verso di loro; al collo, sopra il cappotto, le brilla la catenina con la medaglietta della Madonna che era stata di Emma. Caruso cerca di reggere il suo passo.

È dalla morte di Emma che Sara è andata ad abitare con Rosa; e così ha preso anche l'abitudine di andare a trovare "i nonni".

"La vuoi risentire la mia fisarmonica?" le chiede Tino, dopo averla fatta accomodare in casa.

La ragazzina fa segno di sì. E Tino attacca a suonare.

Cesira riprende il suo lavoro a maglia e ascolta la musica, seduta vicina a Sara.

Quando Tino si ferma per una pausa, la ragazzina gli chiede: "Perché non ti fai più vedere a casa di Rosa? Dicono che da quando Emma non c'è più, anche tu sei sparito."

Cesira ferma i suoi ferri da lana, ma senza alzare lo sguardo.

Tino tossisce e appoggia a terra la fisarmonica. "È una cosa difficile da spiegare."

"Io capisco anche le cose difficili" ribatte decisa Sara. E

aspetta.

"Avevo bisogno di starmene per conto mio e poi... poi ho dovuto assumermi certe responsabilità da cui ero sempre scappato."

La ragazzina sospira. "Non so perché, ma credo che Rosa sia convinta che dai la colpa a lei e a suo figlio per la morte di Emma. L'ho sentita mentre piangeva, una notte, e diceva con Annamaria che stava succedendo la stessa cosa di quando era morto Andrea. È vero che dai la colpa a loro?"

"No... No, certo che no!" tossisce forte Tino.

Cesira si alza, gli versa un bicchiere d'acqua e lo costringe a berlo, anche se lui non vorrebbe.

Poi Tino si appoggia una mano sulla testa, ormai quasi senza capelli.

"Sono un locco che più locco di me non ce n'è" dice a mezza voce. "Un giorno, fatti raccontare bene come mi sono comportato con Rosa e la sua famiglia. E se mai avrai dei figli, fai l'esatto contrario."

"Rosa è molto affettuosa con me. E Luisa e Annamaria sono simpatiche; un po' matte, ma simpatiche. Io ero figlia unica, non ho mai avuto attorno tanta confusione. C'è da abituarsi, ma poi è bella" racconta Sara a Cesira.

"Se ti piace la confusione, con le mie nipoti ne avrai quanta ne vuoi!"

Sara ha anche una grande notizia da dare: Giacomo si è sposato.

Cesira si porta le mani al viso; ha gli occhi pieni di lacrime, per la contentezza e per la tristezza. "E lui pensa ancora che tu lo odi" sussurra dispiaciuta a Tino, senza farsi sentire dalla bambina.

Le mani di Tino tremano e anche i suoi occhi galleggiano nelle lacrime, mentre ripete: "Il mio pëssgatt si è sposato..."

"Ora sua moglie è venuta a stare con noi" riprende a

raccontare Sara. "Le si vede la pancia con dentro il bambino."

"E com'è questa ragazza?" chiede Cesira.

"È graziosa, con un bel sorriso. Porta al collo il fischietto che era di Emma. E parla sempre di Giacomo. Sempre sempre!"

Cesira si fa il segno della croce e ringrazia la Madonna per aver fatto incontrare a suo nipote una ragazza che gli vuol bene davvero.

"Perché non venite a trovarla?"

La domanda di Sara finisce nel silenzio. Un silenzio pesante e triste.

"Ti manca Emma?" chiede la ragazzina a Tino, mentre lo aiuta a sistemare della legna in cortile.

"È meglio se non te lo dico quanto mi manca. È meglio se non ne parliamo" le risponde lui, passandosi un fazzoletto sugli occhi.

"È giusto che piangi se ne hai bisogno. A me Emma diceva che non dovevo fingere di star bene a tutti i costi, e che se si piange, poi, con le lacrime se ne va via anche un po' di dolore."

" "
...

"Manca tanto anche a me" conclude la ragazzina.

"Caruso è un bravo cane" dice Sara, accarezzandolo. Poi abbassa la voce: "È stato anche partigiano, su per le montagne!"

Tino sorride. "Orca! Partigiano, eh? E io che dicevo che era un cane da pastasciutta..."

"Ma adesso sta invecchiando" commenta malinconica la ragazzina. "Ho paura che se ne vada anche lui. È come se io facessi sparire tutti quelli a cui voglio bene."

"Tu non c'entri. È la vita."

"La vita fa schifo."

"È vero."

" "
...

"Torniamo in casa da Cesira. Lo vuoi del pane col miele? Per addolcire un po' la vita."

Sara ha finito alla svelta la sua fetta di pane, e sta cercando di convincere Tino ad andare a trovarla a casa di Rosa. Tino, invece, sta ancora masticando, piano, la sua fetta.

"Sì, ma se mentre parlo tu mangi!" si lamenta la ragazzina.

"Non mangio mica con le orecchie. Ti sto ascoltando" le schiaccia l'occhio Tino. "Per adesso è meglio se vieni tu a trovarci; quando hai voglia, noi siamo qua. Ma ti prometto che verremo presto da Rosa."

"Presto quando?" lo sollecita Sara.

"Quando mi vedrai arrivare, lo saprai" le sorride Tino.

*****

Si è fatto buio. È il solito orario in cui Tino prende la lampada a petrolio e va nella stalla.

Cesira è appoggiata alla finestra; guarda la luna che si rispecchia sulla neve rimasta. Guardando il cielo e pensando a come è bello, le torna in mente una serata di quasi cinquant'anni fa, con Tino sulla balera del suo paese.

"Una volta, Annamaria mi ha chiesto se tu sei mai stato romantico" dice, continuando a fissare il cielo. "Sai, lei vede tutti quei film in cui ci sono gli innamorati che si dicono che si vogliono bene e guardano assieme le stelle. Pensa sia normale così."

Tino si ferma sulla porta; appoggia la lampada a terra. "E tu cosa le hai risposto?"

"Che per te non è normale così" dice Cesira guardandolo e infilandosi le mani nelle tasche del grembiule.

Tino dà qualche colpo di tosse. "Dopo tanti anni, non ci sarà mica bisogno che te lo dica... che ti voglio bene."

Cesira sorride tornando a guardare il cielo. "No, non ce n'è bisogno."

Tino resta a osservarla per un attimo, illuminata dalla

luna, come quelle sere in balera, da ragazzi – se le ricorda bene –. Quando la guarda, lui vede sempre quella ragazza di cinquant'anni fa.

Sospira, riprende in mano la lampada e borbotta: "Eh, meno male."

*****

"S'et fat?!" *Cos'hai fatto?*, chiede Tino a Piero, vedendolo arrivare nel suo cortile con la faccia che gli sanguina.

"Ho smesso di farmi gli affari miei e questo è il risultato" sorride Piero. Ma sorride poco, perché la faccia gli fa male.

"Ve chi – *vieni qua* –. Rinfrescati con un po' d'acqua" gli dice Tino, tirando su in fretta un secchio dal pozzo. "To', prendi il mio fazzoletto e bagnalo."

Piero guarda il fazzoletto fingendo diffidenza.

Tino gli fa un mezzo sorriso. "È pulito, naža pügnàtt!"

"Allora, cos'è successo?" chiede Tino, appoggiato al muretto, mentre Piero si preme il fazzoletto bagnato sul naso.

"Ero in paese a fare il mio solito giro all'osteria" racconta Piero. "Stavo mettendo giù la bicicletta, quando ho visto dei soldati tedeschi. Ho girato subito al largo e ho fatto finta di niente. Solo che quelli, un attimo dopo, se la stavano prendendo col Silvino. Sai quel vecchietto, mezzo rimbambito, che abita vicino alla tua Rosa? Ecco, lui. I soldati gli parlavano e lui non capiva; non capiva perché quelli gli parlavano in tedesco! E più lui non capiva, più loro lo spintonavano. Poi hanno anche iniziato a picchiarlo. E nessuno faceva niente... Lì avrei dovuto intervenire; ma io, il mio coraggio, pensavo di averlo usato tutto nella Grande Guerra. E così sono rimasto immobile a farmi venire il nervoso in silenzio. Quando i soldati si sono stufati di picchiarlo, se ne sono andati ridendo. Ed è allora che mi è scattato qualcosa. È allora che ho sentito salirmi in gola il coraggio!"

Tino si porta una mano alla testa. "Ti sei fatto picchiare

mentre se ne stavano andando?!"

"Sì!" risponde Piero soddisfatto. "Perché vedere il Silvino a terra e sentire quelli che ridevano, mi ha fatto capire che, a un bel momento, non si può più far finta di niente. Sono state le risate a risvegliarmi; le risate di quattro vigliacchi davanti a un brav'uomo che sanguinava. E allora mi sono ribellato e gli sono corso dietro! E ti dico un'altra cosa: mentre me le davano, mi sono sentito vivo. Mi hanno fatto capire che non sono più un giovanotto, è vero. Ma non sono ancora morto! Sai cos'è? È che a far la cosa giusta ci si sente bene."

"Cos'hai che ti esce dal taschino della giacca?" chiede Tino.

Piero tira fuori un sigaro spezzato a metà. "Me l'ero appena comprato. Me l'hanno rotto i crucchi mentre mi spintonavano" sospira Piero, girandosi le due metà tra le mani. "Quando sono andati via, l'ho raccolto; e stasera, a casa, lo aggiusto con lo spago. Per non dargliela vinta... piuttosto mi fumo anche lo spago!"

"Sono stanco" dice a un tratto Piero. "Andiamo nella stalla a parlare, che ci mettiamo seduti."

"No! No, andiamo in casa che... che così la Cesira ti dà un occhio alla faccia e magari ci mette su qualcosa."

"Sì, così la spavento!" ride Piero. "Il mio muso guarisce da solo. Andiamo."

E Piero si muove verso la stalla.

Tino gli si para davanti. "T'hanno picchiato, non stai bene. In casa fa più caldo, stai più comodo. Dài!"

"Ma se siamo sempre stati nella..."

" "
...
" "
...
" "
...

"Non so cosa stai combinando. Ma qualsiasi cosa sia, se hai bisogno d'aiuto, io..."

"Lo so."

"Bene. Allora mi fai sbirciare?" scherza Piero.

"Nasa pügnàtt! Muoviti, andiamo in casa!"

"E va be', così mi offri un bicchiere di vino. Quello buono, neh!"

Tino gli dà una gomitata. "Ciucatè!"

Piero gliela restituisce. "Rompaball!"

# XXIX
## Tino e Cesira

Primi di marzo del 1945.
Sta arrivando una nuova primavera. L'erba torna a spuntare e le piante a gemmare.
Sembra già di respirare un'aria più leggera.

Da qualche giorno la gamba di Cesira va meglio; e così lei ne approfitta per andare a far visita alla cappelletta della Madonnina.
Guarda il Suo viso, così gentile, e le Sue braccia che ora finiscono nel nulla.
Sospira triste, stretta nel suo scialle. E sussurra: "In fondo, a Te non servono le mani per abbracciare tutti i Tuoi figli."

*****

Tino, intanto, si prepara per salire in montagna.
Si è fatto spiegare da Bixio dov'è la brigata di Giacomo.
Tino conosce quelle zone da più di sessant'anni: sarà facile per lui trovare il campo.
Tossisce agitato, nella stalla.
Ripulisce e mette in bella vista il crocifisso. E poi accarezza il mulo e ripassa per l'ennesima volta le parole che dirà a suo nipote.

Sente dei passi. Si affaccia alla stalla e vede arrivare in cortile don Franco.
Gli sorride, lo fa entrare e chiude la porta.

"Ci vuole una bella faccia di tolla per presentarmi davanti a lui, dopo quello che gli ho fatto passare" dice Tino, riprendendo ad accarezzare il mulo. "All'inizio, mi sono raccontato che era meglio mantenere il segreto, per tutti. Poi mi son detto che, con la neve dell'inverno, alla mia età come facevo a salire in montagna. E altre balle così. La verità, reverendo, è che non avevo il coraggio. Ma adesso m'è venuto. Me l'avranno attaccato i partigiani!" sorride.

Poi, come se ripassasse il suo piano a voce alta, racconta: "Prima parlo con Giacomo. Mi ci inginocchio pure davanti, se serve. E poi, nei prossimi giorni, faccio una sorpresa a Cesira e andiamo a casa di Rosa. Voglio abbracciare mia figlia e mettermi in ginocchio anche davanti a lei. Mi dovrà perdonare. Per sua sfortuna, sono l'unico padre che ha!" sorride. "E voglio conoscere la moglie di Giacomo e vedere la sua bella pancia col mio nipotino dentro..."

Don Franco ha visto ben poche altre volte Tino così sorridente. "Rosa ti perdonerà subito. E non dovrai inginocchiarti nemmeno con Giacomo. Appena ti vedrà, vorrà solo abbracciarti e non si ricorderà nemmeno più del passato. Gli sei mancato così tanto..."

"Sì. Penso anch'io che sarà così. Perché Giacomo è buono, come sua madre. Con un cuore che io... Non me lo merito, ma lui mi perdonerà. E io farò di tutto, d'ora in poi, perché non se ne debba pentire! Niente più loccate, don Franco. Lo potrei giurare sulla Bibbia, se ce l'avete dietro!"

Tino tossisce. È emozionato come se dovesse incontrare Giacomo per la prima volta.

"No, la Bibbia non l'ho portata" sorride don Franco, frugandosi in tasca. "Però ti ho portato una cosa che magari ti farà più piacere."

E don Franco tira fuori un piccolo sonaglio per bambini: un manico in gomma con un cerchio, sempre in gomma, con attaccate delle campanelline che suonano.

A Tino s'illumina il viso: un regalo per il figlio di Giacomo. Si rigira il sonaglio tra le mani e ride a far suonare le campanelline.

"Ma come avete fatto a trovarlo?" chiede, mentre fissa ipnotizzato il giocattolo.

"Con l'aiuto del buon Dio. E di qualche mamma partigiana amica dell'Emma" gli schiaccia l'occhio don Franco.

"Emma..." sussurra Tino, mentre stringe il sonaglio. Poi se lo infila con cura nella tasca della giacca e dice: "*La Resistenza non è odio. È amore per la libertà*. Me l'ha detto il comandante Bixio. C'ho pensato spesso in questi mesi. E pensarci mi ha fatto capire molte cose."

Mentre don Franco sta per uscire, per tornare in paese alla corriera, si sente un camion fermarsi sulla strada.

Tino sbircia da una fessura. "I soldati! Ci sono i soldati! Maladìssa – *Maledizione* –..."

"Buon Dio" si fa il segno della croce don Franco.

Tino corre alla botola e toglie la paglia che usa per nasconderla.

"Presto, reverendo! Venite qua. Nascondetevi qua sotto!"

"No! Io non... io non mi nascondo senza di te! O vieni giù anche tu o restiamo qua tutti e due!"

"Non dite loccate!" ribatte serio Tino. "Se ci nascondiamo tutti e due, metteranno sottosopra la stalla per trovarmi. E alla fine mi troveranno. E voi con me! Porco mondo, voi servite alla Resistenza! O scendete con le vostre gambe o vi butto giù io con un volo!" E Tino afferra don Franco e lo trascina alla botola.

Don Franco scende da solo la scaletta e guarda la botola richiudersi sopra di lui e il viso di Tino sparire di colpo. Si ferma a metà della scaletta; sente Tino che rimette la paglia sopra la botola di corsa. Si mette una mano sul viso e piange silenzioso.

Cinque tedeschi e due repubblichini sfondano la porta della stalla.

"Se bussavate, vi aprivo" dice Tino, fermo in piedi ad aspettarli.

236

"Avete voglia di scherzare, ma bravo" sorride un ufficiale tedesco girandogli attorno e osservando la stalla. "Cosa ci fate con tante biciclette?"

"Organizzo il Giro d'Italia" risponde Tino, con le mani in tasca.

Un repubblichino lo colpisce forte, in faccia, col calcio del fucile e Tino cade a terra.

"Alla vostra età dovreste curare l'orto, non fare il ribelle" commenta l'ufficiale tedesco, come nulla fosse.

"Non si preoccupi, che curo anche quello" gli risponde Tino, rimettendosi in piedi.

"Basta, sono stanco di girare per stalle, tra i pezzenti" sbadiglia l'ufficiale. "Distruggete le biciclette. E lui... portatelo fuori e fucilatelo. Oggi facciamo un po' di pulizia" sorride.

"Non toccatemi!" grida Tino a due soldati tedeschi che cercano di afferrarlo. "Esco da solo. Aspettate."

Si toglie il cappello e lo appoggia vicino al crocifisso. "Per un alpino il cappello è sacro" sussurra.

I due soldati lo afferrano e lo portano fuori.

Mentre attraversa il cortile, Tino si ferma e sorride. "Non tossisco" dice sbalordito e quasi felice, staccandosi dai tedeschi e avvicinandosi a un repubblichino. "E guarda le mie mani: non tremano. Sono ferme come quando ero giovane come te!"

Il repubblichino lo spintona via col fucile. "Cosa significa? Che diavolo significa?!"

Tino sorride ancora. "Vuol dire che anche un locco come me lo capisce che ci sono motivi per cui val la pena di morire. Aveva ragione Fausto e aveva ragione Piero: a far la cosa giusta ci si sente bene."

"E chi sono questi due?" chiede il repubblichino.

"Ma che ne so!" gli risponde l'altro che è con lui.

I soldati tedeschi si posizionano davanti a Tino, coi fucili pronti.

"Ammazzatemi pure" dice sorridendo, con gli occhi lucidi. "Ma sapete cosa vi lascio qui? Un ragazzo che è un fenomeno. Che vale mille volte più di me. E ve la farà vedere, a tutti voi! Perché lui è un vero alpino, più di suo nonno, più di tutti! Il mio pëssgatt..." sussurra alla fine Tino.

"SPARATE!" ordina l'ufficiale tedesco.

E Tino cade a terra morto.

I soldati, italiani e tedeschi, si guardano e si chiedono il perché di quel gran sorriso che ha in faccia. Nemmeno da vivo Tino aveva mai avuto un sorriso così bello e pieno.

"Un altro italiano pazzo" commenta l'ufficiale tedesco.


Mentre cercano di sollevare il corpo per buttarlo sul camion, dalla stalla arriva il mulo che si mette davanti al suo padrone e non ne vuole sapere di spostarsi.

Per qualche minuto, i soldati provano a spingerlo via, anche picchiandolo; ma il mulo torna sempre a mettersi davanti a Tino. Testardo come il suo padrone.

Alla fine, l'ufficiale tedesco, spazientito, estrae la sua pistola dalla fondina e gli spara in testa.

I soldati caricano il corpo di Tino sul camion. Lo gettano in cima ad una serie di cadaveri: la pulizia di cui parlava l'ufficiale.

Il camion parte e si dirige alla piazza del paese.

Lì i cadaveri vengono impiccati con al collo un cartello: "Banditi".


\*\*\*\*\*


Poche ore più tardi, una donna vestita di nero cammina piano verso la piazza, trascinandosi la gamba malandata.

Tornando dalla cappelletta, Cesira ha visto il sangue in cortile e poi ha parlato con don Franco, quando ancora sperava che quel sangue fosse solo del mulo ammazzato.

Mentre arriva in piazza, sa già cosa aspettarsi; eppure, quando si trova davanti a Tino, il dolore al petto è ugualmente insopportabile.

Gli occhi scuri di lei cercano gli occhi verdi di lui.

Cesira rivede un ragazzo di diciassette anni, con qualche rametto di serenella in mano, serio e di poche parole, orgoglioso delle sue scarpe di cuoio nero con una riga bianca.

Gli arriva vicino, si alza in punta di piedi e gli prende dalla tasca della giacca un piccolo sonaglio che penzolava mezzo fuori. Lo stringe con una mano, mentre con l'altra accarezza un lembo dei pantaloni del marito.

"Battistino, aspettami" sussurra.

Torna sui suoi passi, piano, e se ne va, chiusa nel suo scialle, tenendosi stretto il sonaglio e l'anello con la Madonna.

Anche il sole se ne sta andando. Il cielo sembra sporco di sangue.

*****

Don Franco sente così forte il senso di colpa per non aver provato a salvare Tino che non riesce nemmeno a celebrare il funerale. Resta di fianco a don Emilio e lascia che sia lui a farlo.

Nella cassa mettono il cappello da alpino e una manciata d'erba presa dalla riva del Po.

*****

Dopo circa una settimana dal funerale di Tino, Cesira si decide a uscire di casa.

Prima va a dar da mangiare ai conigli, alle galline, alla mucca; e toglie un po' di paglia che è finita addosso al crocifisso di Tino.

Poi rassetta la casa.

Quando ha finito, si mette in ordine, nel suo vestito nero; i capelli raccolti nel solito ciuffo e lo scialle in testa. Va in chiesa e resta seduta a lungo, da sola, a parlare con la Madonnina.

Appena inizia la messa, arriva la Luigina e le si siede di fianco, stringendole il braccio.

Torna a casa dalla messa ancora al braccio della Luigina. "Prima Andrea, poi Emma, poi Tino. Quasi uno dietro l'altro. Sono stati colpi troppo grossi" sussurra Cesira. Dà un bacio sulla guancia alla sua amica e le dice: "Sono tanto stanca. Ora vado a morire."

Cesira rientra in casa, si mette a letto e decide di non alzarsi più.

– Il dottor Gandolfi troverà che il suo cuore sta rallentando naturalmente, come se si stesse pian piano spegnendo. –

La Luigina corre subito ad avvisare Rosa.

E Rosa, col grembiule e le ciabatte, corre subito a casa di sua madre.

"Mamma, per carità, non farci questo" la supplica Rosa. "Sta per nascere anche il figlio di Giacomo, non vuoi conoscerlo? Ti prego, mamma..."

"La mia Rosetta, tanto brava" sussurra Cesira, prendendole la mano e baciandogliela. Sospira: "Mi spiace. Non sono capace di vivere senza quel brontolone di tuo papà."

È Luisa, poi, ad andare a trovare la nonna, coi lacrimoni agli occhi e il suo broncino triste.

Le porta un mazzolino di violette e glielo appoggia sul comodino, vicino al letto.

"Sta arrivando la primavera. Si sente dell'aria tiepida che gira per la stanza" dice Cesira guardando verso la finestra. "Ti ricordi cosa t'ho insegnato sul vento?"

"Che sono gli angeli che sbattono le ali."

"Brava, la me bagàia" sorride Cesira. "Di', i miei fiori... me li curate un po'? Mi raccomando la serenella. Portane qualche rametto alla cappelletta, ogni tanto. E col primo soffione... esprimi un desiderio anche per me."

Luisa scoppia a piangere, col viso premuto contro le lenzuola di sua nonna.

Cesira le accarezza i capelli e le sussurra: "Angelo bell'angelo..."

L'ultima a tentare è Annamaria.

"Senti. Lo so che te l'ho detto io che tu eri troppo sana per essere come le pastorelle a cui è apparsa la Madonna. Ma io dico tante scemate e non è che tu devi seguire i miei consigli. E se invece li segui... Bene, allora ti autorizzo io a vedere la Madonnina anche da sana!"

"Ohi, signorina" le sorride Cesira. "Sei sempre una balòssa! E io ti ringrazio perché, da quando sei nata, mi hai fatto ridere tanto..."

"E allora resta qui e proviamo a ridere ancora assieme!"

Cesira scuote la testa. Poi la chiama vicino a sé.

"Ascolta bene: non dite a Giacomo quello che c'è successo. Né di suo nonno, né di me. Non ditegli niente finché è in montagna a rischiare la vita. Deve stare concentrato, non ha bisogno di altri dolori. Promettimelo... Prometti che glielo dirai solo a guerra finita. E gli dirai quanto gli volevamo bene. E quanto era cambiato suo nonno."

Annamaria volta il viso e si asciuga gli occhi col fazzoletto. Fa segno di sì con la nuca e poi, voltandosi di nuovo verso sua nonna, con gli occhi rossi l'assicura: "Te lo prometto. Ci penso io."

Cesira allunga la mano e apre il cassetto del suo comodino; tira fuori il sonaglio che aveva in tasca Tino e lo mette in grembo ad Annamaria.

"Lo darai a Giacomo: è per il bambino. Glielo manda il nonno."

Poi si toglie dal dito l'anellino di rame con l'effigie della Madonna.

"E il mio anello, l'anello che mi aveva dato la Teresa... che lo tenga tua mamma."

Cesira stringe la mano di sua nipote. "Ho parlato con la Madonnina. Mi ha mostrato una luce bellissima. E c'erano i miei genitori. E Tino, Emma, il mio piccolo Augusto... Andrea e anche Fausto. Sono lì che mi aspettano perché sanno che manca poco. E la Madonna ha voluto farmeli vedere perché stessi tranquilla, perché morissi serena. Allora...

adesso ci credi che mi parla?"

Annamaria guarda il sonaglio e l'anellino. E poi sorride.

"Sì, nonna."

"Bene" annuisce Cesira.

Resta per un po' in silenzio, finché lascia la mano di sua nipote e la incrocia all'altra, sopra al petto. "Ho scelto quale voglio che sia il mio ultimo ricordo" dice guardando avanti a sé. "Un Natale di tanti anni fa. Il salone parrocchiale. Io e tuo nonno seduti tra gli altri compaesani. Emma e Rosa sul palco con in mano una candela; recitavano una poesia tenendosi per mano. Ci siamo commossi, sia io che Tino. Erano così belle le nostre bambine..."

Cesira chiude gli occhi.

E nel tempo di un respiro, una ragazzina di quindici anni si ritrova a camminare col suo fidanzato.

"Peccato. Ce ne siamo andati un mese prima che fiorisse la serenella" sospira lei.

"Era anche tempo d'imbottigliare" borbotta lui.

La ragazza sorride e lui la prende sottobraccio, sussurrandole: "Sarà ora che cominciamo a goderci assieme le stelle."

# Ringraziamenti

Quando sette anni fa ho deciso di scrivere una saga familiare sulla prima metà del Novecento, mi sono subito detta che non mi bastava tutto quello che già sapevo grazie a libri, film & co.

Ho iniziato a fare ulteriori ricerche e approfondimenti, certo. Ma nemmeno quello mi bastava.

Per rendere vivi e reali i miei personaggi e i miei luoghi, dovevo sentire le voci di chi quei personaggi, in un certo senso, li aveva conosciuti da vicino.

E allora sono partite le mie informali e affettuose "interviste". Di persona, al telefono, in casa, in treno, in spiaggia sotto l'ombrellone!

Ho cominciato a prendere appunti mentre parlavo coi miei genitori, quasi senza accorgermene (e da loro ho preso proprio a piene mani!). Poi sono passata a genitori e nonni dei miei amici. Poi conoscenti. E da lì... non mi sono più fermata!

Ho parlato con persone di tutte le età. Dai più anziani (che avevano ricordi personali che risalivano davvero fino ai tempi di Tino e Cesira) ai più giovani (che avevano aneddoti ricevuti in eredità).

Alcune storie – rimescolate e disseminate – sono finite nei romanzi. Altre sono state importantissime solo per me, per aiutarmi a entrare nella giusta atmosfera e a viverci per tutto il tempo della prima stesura.

Sentire le voci, i dialetti, i modi di esprimersi, le intonazioni... è stato preziosissimo. E non solo per la saga. Anche umanamente, per la sottoscritta.

Ho visto tanti occhi inumidirsi pensando alla propria giovinezza. Ho visto lacrime di commozione per i bei momenti, e lacrime di sofferenza (più trattenute) al ricordo di ingiustizie subite, delle guerre, delle morti.

Ho visto la gioia di molti nel poter raccontare – a qualcuno davvero interessato – le storie di persone care che non ci sono più.

Spesso mi è capitato con persone anziane di sentirmi dire: "Adesso è tardi, ma domani continuiamo. Ne ho ancora tante di cose da dirti!"

Io stessa mi sono commossa un'infinità di volte. In alcuni casi mi sarei proprio messa a piangere! Mi sono trattenuta – giuro – non so nemmeno io come.

Sono passati sette anni, ma se chiudo gli occhi ho tanti visi ancora davanti. E tante voci nella testa.

Non ci sono parole per ringraziarvi sul serio, uno per uno, per avermi donato pezzi delle vostre vite e dei vostri tesori più preziosi – i ricordi –.

L'unica cosa che ho cercato di fare, per contraccambiare anche se in minima parte, è stato mettere in questa saga tutte le emozioni che mi avete trasmesso.

Tutto l'amore che ho e che so.

Grazie!

# Note sull'autrice

*L'Autrice in una "casetta" di neve,
come quella di Emma e Rosa.*

Vanessa Navicelli nasce a Vicobarone, un piccolo paese sulle colline piacentine, ma da anni vive a Pavia.

Cresce coi film neorealisti italiani, con le commedie e i musical americani, coi cartoni animati giapponesi, coi romanzi dell'Ottocento inglese e coi libri di Giovannino Guareschi. (Be', sì... anche coi suoi genitori.)

Nel 2012 con il suo romanzo "Il pane sotto la neve" è stata finalista della prima edizione del Premio Letterario "La Giara", indetto dalla RAI. Scelta come vincitrice per l'Emilia Romagna.

Ha vinto la sezione "Scritture per Ragazzi" dello Scriba Festival, organizzato da Carlo Lucarelli, e vari premi con la Scuola Holden di Alessandro Baricco. Il "Premio Cesare Pavese" per la poesia e il "Premio Giovannino Guareschi" per racconti.

Ha partecipato, con diverse poesie e filastrocche, a una mostra itinerante di poesia, legata al concorso Carapaceti-scrivo, organizzata per diffondere una cultura di pace e per raccogliere fondi per Amnesty International, Emergency e per il popolo Saharawi.

Ha una conoscenza discreta di Inglese, Piacentino, Pavese.

Quando passa la banda musicale di paese, si commuove; sia che suoni *Bella ciao,* o *La canzone del Piave,* o *La bella Gigogin.*

Ha un enorme cane bianco e nero, Angelo (70 kg di puro affetto), che le vuol bene nonostante tutti i suoi difetti. Mica poco...

Scrive romanzi per adulti e ragazzi; e storie per bambini.

Quando scrive, cerca di tenere presente quattro cose: la semplicità, l'empatia, l'umorismo, la voglia vera di raccontare una storia.

Crede nella gentilezza. E nell'umorismo. (Forse è umoristico credere nella gentilezza...)

Frank Capra diceva: "Con humour e affetto si favoriscono, a mio avviso, i buoni istinti. Sono un tonico per il mondo intero." Lo sottoscrive.

E sottoscrive anche quello che diceva Giacomo Puccini: "Voglio arrivare al cuore della gente."

Infine, segue istintivamente la regola di Walt Disney: "Per ogni sorriso, voglio anche una lacrima."

È convinta che dal bene nasce il bene. E le piace raccontarlo.

Ha pubblicato due libri per bambini.

Nel 2014 "Un sottomarino in paese" (ebook e cartaceo, italiano e inglese), fiaba illustrata sul tema della pace.

Nel 2016 "Mina e il Guardalacrime" (solo cartaceo), che inaugura la collana delle Fiabe Bonbon.

È cresciuta con persone che, pur cercando di scherzarci su, nella loro giovinezza hanno sperimentato cosa fosse la povertà vera.

È cresciuta in un minuscolo paesino emiliano dove ancora oggi ben pochi anziani sanno cos'è il lillà, ma tutti sanno cos'è la serenella. E lei lo trova stupendo.

**Potete trovarla su Facebook, Twitter, Pinterest e Google+**

Visitate anche il suo sito web:
**www.vanessanavicelli.com**

# Indice

Pubblicato da Vanessa Navicelli © 2017
www.vanessanavicelli.com


Stampato da CreateSpace

Made in the USA
Middletown, DE
19 September 2024

61132876R00151